FRAPPE HELIX

ESCOUADE SEVER

TOME 2

A.R. KNIGHT

TERRITOIRE ENNEMI

Aurora cassa la barre en deux, provoquant une fusion alors qu'elle glissait les morceaux dans sa bouche. Un goût de chocolat chargé d'éléments artificiels parcourut sa langue et descendit dans sa gorge, apportant tous les nutriments efficaces, plus de la caféine, dont un soldat aguerri pourrait avoir besoin après s'être réveillé en pleine mission.

L'Escouade Sever était sur Dynas depuis presque deux jours maintenant, une aventure qui avait commencé par un appel de détresse provenant d'une planète censée être inhabitée, mais qui était en réalité peuplée de... quoi, Aurora n'en était toujours pas sûre.

Les cinq soldats envoyés par DefenseCorp pour répondre à l'appel avaient reçu un objectif clair : trouver le VIP qui avait demandé le sauvetage, et aucune sortie claire : trouver leur propre moyen de quitter la planète avec l'objectif en main.

Quand Aurora croyait Dynas inhabitée, cet arrangement n'avait aucun sens. Maintenant qu'elle, Gregor et Rovo étaient assis dans une station de tram abandonnée sous ce qui ressemblait, sentait et sonnait comme une ville animée, le briefing de mission de DefenseCorp ressemblait à un mensonge.

Comme toute autre corporation galactique, Defense-Corp existait pour générer des profits pour ses propriétaires, employés et divers investisseurs. Comment elle comptait gagner de l'argent en envoyant Sever dans un assaut mal guidé et trompeur vers nulle part n'était pas clair pour Aurora, mais elle savait comment elle obtiendrait les réponses : en plaquant l'Amiral Deepak contre le mur et en le faisant parler à son fusil.

Rovo et Gregor ne partageaient pas sa ferveur. Du moins, pas assez pour se réveiller à l'heure. Ils avaient chacun pris un banc du tram comme lit, et Aurora leur avait donné cinq heures pour se reposer. Après une première journée sanglante et ponctuée d'explosions, l'adrénaline déclinante les avait tous laissés dans un état brumeux, incertain. Épuisés.

Aurora serait damnée si elle laissait son escouade mourir à cause des effets néfastes de l'épuisement.

Non pas qu'Aurora ait toute son escouade. Elle avait laissé le canal de l'escouade ouvert, programmé un message en boucle toutes les quelques minutes demandant à Eponi et Sai, les deux membres manquants, de se manifester. S'ils l'avaient fait, son oreillette l'aurait réveillée en sursaut avec une alarme.

Rien n'était venu, ce qui signifiait qu'Aurora grignotait sa barre énergétique et regardait la lumière bleu-blanc plastique défiler à travers la station de tram en silence. Un silence relatif, en tout cas ; au-dessus, elle pouvait entendre le grondement des moteurs, le martèlement des pas et des cris lointains appelant ceci et cela.

Quand Sever était arrivée à la station, Aurora et Gregor

avaient fait un rapide tour qui avait révélé que la seule entrée de la station était scellée par une grille verrouillée, bloquant non seulement leur quai d'arrivée mais aussi plusieurs autres reliant à d'autres parties de la ville. D'autres options de maintenance étaient également verrouillées, et bien que le tunnel du tram continuât, une fragile barrière métallique à travers le tunnel clamant FERMÉ en lettres peintes en rouge faisait écho au sentiment de la porte de surface : personne ne passerait par ici.

Le pourquoi n'était pas difficile à comprendre. La première chose que Sever avait trouvée à son arrivée sur Dynas avait été un avant-poste envahi de créatures étranges mi-humaines, mi-fongiques. Felix, à la tête de ces choses, avait tenté d'infecter l'Escouade Sever. Il avait échoué, lamentablement, et Aurora s'accrochait à l'idée qu'elle reviendrait un jour pour finir ce travail. Les mutants génétiques comme lui étaient contre la loi Galactique. Plus important encore, Felix avait essayé de blesser Sever, et les gens qui attaquaient Aurora ne vivaient généralement pas longtemps.

L'argent. La vengeance. Des principes à suivre.

Rovo se réveilla ensuite. Aurora avait pris le dernier tour de garde - le bleu avait pris le milieu, Gregor le premier. Et bien que renoncer à ces quelques heures de sommeil supplémentaires signifiait se sentir encore plus engourdie, être fatiguée valait mieux qu'être morte. Beaucoup de produits chimiques pouvaient aider pour le premier, rien ne pouvait aider pour le second.

Le bleu n'avait pas l'air trop mal après sa première journée en tant que membre à part entière de Sever. Les simulateurs pouvaient faire des merveilles pour entraîner les tactiques d'équipe, pour pratiquer vos tirs, mais se retrouver sur une planète crasseuse avec des mercenaires en tenue de combat était bien différent des écrans et des lunettes. Rovo s'était bien débrouillé. Il était même parti seul pendant un moment, et bien qu'il ait suivi Felix dans un piège, cela pouvait être excusé.

Comme tous les bleus, soit il apprendrait, soit il mourrait tôt. Jusqu'à présent, Aurora avait un bon pressentiment concernant le gamin. Non pas qu'elle ait beaucoup d'options si ce n'était pas le cas - Sever n'avait que cinq membres. Il fallait faire confiance à chacun pour faire son travail.

— Pas de visiteurs ? demanda Rovo en se dirigeant vers Aurora, assise par terre dans la station et non dans le tram.

— Calme, à tous les niveaux, répondit Aurora, en tendant une barre protéinée à Rovo.

Rovo croisa les jambes, rejoignant Aurora sur le carrelage gris dur et sale. Ses yeux se portèrent sur les escaliers montant, derrière Aurora et à sa droite. Assez larges, avec une rampe métallique divisant les marches, ils semblaient conçus pour gérer une foule importante.

— Je ne vois pas quelqu'un construire un métro comme celui-ci pour un petit avant-poste, dit Rovo après avoir avalé la moitié du petit-déjeuner chargé en nutriments. Cette mission entière a-t-elle été une grande surprise, ou est-ce juste moi ?

— Ce n'est pas que toi. Aurora hocha la tête en direction du tunnel, où le tram pourrait, sans la barrière, continuer plus profondément dans la ville. Il n'y a aucun moyen que Dynas ait eu naturellement la main-d'œuvre et les matériaux ici pour faire quelque chose comme ça. Quiconque a construit cet endroit a eu de l'aide, et cette aide venait d'ailleurs.

— Ce qui signifie que DefenseCorp aurait dû être au courant.

— Deepak n'était peut-être pas au courant, mais je ne

fais pas confiance à ça, dit Aurora. Donc soit on nous a tendu un piège, soit...

Aurora et Deepak, le commandant du *Nautilus* et amiral de DefenseCorp qui avait envoyé Sever là où ils devaient aller, n'avaient pas ce qu'elle appellerait une bonne relation. Il s'en tenait fermement à la nécessité de jouer le jeu politique, de prendre les ordres d'en haut et de les exécuter sans poser de questions. Aurora, eh bien, Aurora se fichait complètement de l'autorité jusqu'à ce que, et à moins que, lui obéir ne signifie le plus d'argent sur son compte.

Malgré tout, elle avait du mal à croire que Deepak enverrait l'une de ses meilleures escouades, et des plus flexibles moralement, dans une mission suicide sans intérêt. Où était le profit là-dedans ? Si DefenseCorp voulait simplement faire semblant de répondre à l'appel de détresse, Deepak aurait pu envoyer des novices. Rassembler des recrues peu performantes et les envoyer s'écraser dans les profondeurs marécageuses de Dynas.

— Ou alors Deepak espère qu'on pourra s'en sortir, dit Aurora tandis que Rovo mastiquait. Soit exposer un secret, soit le détruire.

— Envoyer cinq personnes pour incendier une ville ne semble pas être un choix judicieux, dit Rovo. Pourquoi ne pas amener le *Nautilus* et lui faire rôtir cet endroit depuis l'orbite ?

— Trop de bruit, annonça Gregor, revenant du tram en se frottant les yeux cernés. Faire exploser une planète, ça soulève des questions. Une petite équipe qui écrase l'ennemi ? Un succès subtil.

— Tu vas écraser tout cet endroit avec ce marteau ? demanda Rovo.

— Je pourrais t'écraser toi, répliqua Gregor, si tu continues à poser des questions.

Aurora les laissa poursuivre leur badinage. C'était bon de voir que les deux avaient développé un lien, bien que cela tendait à arriver rapidement lors de missions mortelles. Sauver la vie des autres rapprochait les gens.

Leurs armures, et le marteau de Gregor, étaient restés dans le tram. Ils devraient y retourner, les enfiler et puis monter vers la ville, prêts à cracher du feu et semer le chaos jusqu'à ce qu'ils trouvent Sai et Eponi. Sauf que les sons venant d'en haut ne semblaient pas si menaçants.

Marchant vers la rampe et la remontant, Aurora alla jeter un autre coup d'œil à la grille en chaîne qui scellait les plateformes. Elle sentit les regards de Gregor et Rovo la suivre, se demandant probablement ce que leur commandante prévoyait de faire dans sa tenue moulante prête pour la mission. Conçue pour se glisser dans les puissantes combinaisons, Sever ne s'envolait pas au combat en vêtements de ville. Ce qui rendrait son idée délicate.

Aurora ne se considérait pas comme une experte en furtivité. Elle préférait le soldat à l'espion, mais charger d'ici toutes armes dehors opposerait trois personnes à ce qui pourrait être une ville entière. Pas vraiment de bonnes chances.

— Il nous faut des vêtements, cria-t-elle en redescendant, s'arrêtant avant de perdre de vue les deux autres. Des idées ?

— Des vêtements ? répondit Gregor. On a des combinaisons !

— On va les laisser, du moins pour l'instant, répliqua Aurora. Je ne déclare pas la guerre à cette planète entière tant qu'on n'y est pas obligés. Notre mission est de récupérer le VIP et de partir.

— Je pensais qu'on s'en sortait plutôt bien, dit Rovo. Ils

en ont envoyé beaucoup après nous à ce avant-poste, mais nous voilà, non ?

— On a perdu deux personnes là-bas, dit Aurora. Contre quelques aéroglisseurs de soldats. On ne peut pas se le permettre à nouveau.

— Et tu penses que des vêtements de ville vont... Rovo s'interrompit lorsque Gregor posa une main ferme sur l'épaule du bleu.

— Remettre en question le commandant ? Tu le fais là-haut, dit Gregor en se tapotant la tête de l'autre main. Pas avec ta grande gueule.

Bien qu'Aurora ne puisse dire que Rovo avait l'air ravi du conseil de Gregor, et qu'elle-même ne pensait pas que l'obéissance aveugle fonctionnait souvent comme commandement de prédilection de Sever, elle appréciait tout de même l'interruption du grand homme. Rovo n'avait pas l'expérience, et aucun d'entre eux n'avait assez dormi, pour remettre en question les décisions d'Aurora ici.

Son plan, s'éloigner de la station de tram et trouver une idée d'où ils étaient, où pourraient être Sai, Eponi et le VIP, sans attirer toutes les armes de la ville, n'aurait pas beaucoup de succès s'ils ne pouvaient pas obtenir des tenues.

Une fois qu'Aurora eut expliqué l'idée, et une fois que Gregor eut fini son propre petit-déjeuner, le trio se mit en rang. D'abord, ils fouillèrent la station de tram elle-même, cherchant de l'équipement d'entretien qui pourrait servir. Le marteau de Gregor brisa les serrures, mais ils ne trouvèrent rien : les placards de fournitures ne contenaient que quelques vieux outils et du matériel aléatoire conçu pour signaler les sols mouillés et délimiter les zones fermées.

Ce qui signifiait que les choses allaient devoir se corser.

Aurora, Gregor et Rovo montèrent jusqu'à la porte scellée menant à la rue. Verrouillée de l'extérieur, la grande porte bloquait tout l'escalier avec sa masse de chaînes et de métal.

— Marteau ? dit Gregor.

— Trop bruyant, répondit Aurora. On essaie d'être discrets ici, pas d'effrayer tout le monde.

— Beaucoup plus dur.

— Des lasers à faible puissance devraient suffire. Aurora tapota l'endroit sur la grille où un panneau inactif attendait d'être réveillé par quelqu'un avec l'autorisation appropriée. On découpera juste cette partie et on sera bons.

Gregor hocha la tête, mais Rovo avait une drôle d'expression. Il s'avança vers la porte, Aurora reculant pour laisser de la place au bleu. Rovo inspecta le panneau, marmonnant pour lui-même tout du long.

Dans une langue qu'Aurora ne connaissait pas.

— Rovo, que dis-tu ? demanda Gregor.

Le bleu s'arrêta, releva brusquement la tête et eut la décence de rougir un peu. — Désolé, je parle parfois tout seul quand je réfléchis. Mes sœurs avaient l'habitude de se moquer de moi si je me trompais en le faisant, alors j'ai appris à ne pas le faire en Commun.

— Tu es un drôle de numéro. Gregor sourit. Mais c'est pas grave ! On aime les originaux.

— Rovo, interrompit Aurora. La porte ? Tu as une meilleure idée ?

— Euh, ouais, je crois. Avec mon armure, j'ai pris une carte magnétique à un garde là-bas à l'avant-poste. On dirait qu'elle pourrait marcher ici.

— Et tu restes planté là, pourquoi ?

L'inspiration de Rovo s'avéra fructueuse : il scanna la carte magnétique du garde et la barrière cligna, puis se déverrouilla. Ils auraient pu l'arracher complètement, mais pourquoi inviter n'importe qui à descendre examiner leurs armures ?

— Maintenant, comment obtient-on des vêtements ? dit Rovo alors qu'ils se tenaient de l'autre côté de la barrière, regardant les foules agitées qui passaient dans la matinée au ciel jaune.

— Un appât, dit Gregor, puis il regarda vers Aurora. Désolé, commandante.

— Gregor, pourquoi devrais-je être désolée ? Aurora savourait la confusion sur le visage du grand homme. C'est ton tour.

Pour quitter la station de tram, retrouver leurs amis et secourir le VIP, l'Escouade Sever ne pouvait pas partir en guerre contre une ville entière. Ils devraient rester sous couverture, et le meilleur moyen de faire ça ?

Envoyer Gregor à découvert, sans protection, pour jouer l'idiot.

2

CE JOUR-LÀ

Au milieu des nuages rouges étirés et tourbillonnants, une nouvelle ligne se dessinait à mesure que le vaisseau descendait vers l'aire d'atterrissage de leur bâtiment. Sur le toit, à cent étages au-dessus du niveau du sol et des émeutes, la plateforme aurait dû être un havre sûr pour les riches du monde en attente de leur sauvetage.

Sai se tenait près du bord, observant la fumée monter jusqu'à cette hauteur, regardant les volutes noires se frayer un chemin le long des bâtiments vers lui et au-delà. Loin en dessous, il pouvait voir des éclairs alors que les tirs laser et les coups de feu éclataient entre les forces de sécurité engagées et le public de la planète. Une bataille qui avait commencé à la périphérie du monde et qui s'était progressivement rapprochée à mesure que le peuple, selon l'expression de la mère de Sai, se rebellait contre ses créateurs.

La politique du moment se brouillait dans, eh bien, l'instant présent. Sai, presque dix-huit ans, restait près de sa mère tandis que le vaisseau approchait : une navette de passagers armée destinée à les emmener tous au-dessus de l'atmosphère vers une station en attente. Une fois partis, la mère de Sai avait promis que DefenseCorp ferait atterrir ses forces lourdes et réprimerait la rébellion.

Parfois, le public pouvait être contraint, parfois il fallait le vaincre. Savoir quelle méthode utiliser était un trait essentiel chez tout leader. Le père de Sai, apparemment, le savait. Tout comme Sai en savait assez pour ne pas demander comment, si ses parents et leurs amis étaient de si bons dirigeants, leur planète était en train de se déchirer.

Être un leader, cependant, avait certains avantages évidents : le père de Sai avait quitté la file normale et pris place près de la tête des groupes en attente. Il était allé à l'avant pour garantir à sa famille une place dans cette navette, et en écoutant les détonations et les balles de plus en plus nombreuses venant d'en bas, ce plan avait du sens.

La navette, presque trop grande pour la plateforme, atterrit avec des cliquetis et des sifflements, comme une créature mythique géante. Un cylindre élancé et pointu avec des moteurs hérissés à l'arrière, Sai trouvait la navette jolie, bien que manquant d'armement lourd.

Ils évacuaient, ils ne combattaient pas. Ils avaient perdu, et c'était une retraite.

Sai devait s'en souvenir.

Une porte en retrait apparut et se souleva le long du côté de la navette, un escalier s'abaissa, et la panique sur le toit se précipita en avant. Plusieurs personnes à l'air officiel surgirent de cette porte ouverte, faisant signe de jeter les bagages de côté. Pas de place pour de grandes possessions. Chaque centimètre serait réservé aux corps.

— Et le katana ? demanda Sai à sa mère alors que les premiers passagers montaient à bord.

— Nous le prenons, répondit sa mère, toujours calme, toujours stoïque, ne laissant aucun doute dans sa voix.

Elle tenait le katana dans sa main droite, Sai dans sa main gauche. L'épée attirait quelques regards, mais personne ici, à ce moment-là, ne se souciait le moins du monde d'une lame tant qu'elle n'allait pas être utilisée contre eux.

Sai jeta un dernier coup d'œil vers les rues qu'il avait parcourues toute sa vie, pour aller à l'école, aux événements, pour simplement explorer les quartiers de l'immense ville. Combien de personnes à qui il avait parlé, chez qui il avait acheté, ou avec qui il avait joué dans le parc étaient là en bas, tournant des armes rudimentaires et une fureur justifiée contre les pairs de Sai ?

Une lueur orange s'épanouit, le craquement assourdissant du verre qui se brise parvint jusqu'au toit et la foule se recroquevilla en se précipitant vers l'avant, se dirigeant vers la navette. Sai et sa mère parmi eux, se pressant.

— Tu crois qu'on reviendra un jour ? demanda Sai.

— C'est notre foyer, répondit sa mère. Bien sûr que nous reviendrons. Quand ce sera prêt.

Sai essaya de trouver son père, mais il semblait que l'homme était déjà monté à bord de la navette. Plus de bruits de colère venant d'en bas et autour de la tour poussèrent l'embarquement à se transformer en une véritable charge. Personne ne semblait prêter attention au rang.

Autour d'eux, au-dessus de la ville, d'autres navettes filaient à travers les nuages rouges, se dirigeant vers d'autres tours, d'autres évacuations. Une fuite généralisée. Toutes ces personnes laissant toutes leurs possessions. Sai lui-même portait un petit sac à dos, rempli des quelques choses absolument essentielles qu'il ne laisserait pas derrière lui.

Y compris, à l'insu de sa mère, un petit pistolet laser qu'il avait acheté plus tôt dans l'année quand les grondements avaient commencé. Quand un garçon comme Sai pouvait trouver que la position de sa famille faisait de lui une cible de choix pour les agressions. Même s'il savait à peine comment tirer avec, avoir cette arme faisait que Sai se sentait un peu plus en sécurité.

Un bruit assourdissant détourna le regard de Sai de la foule vers une autre tour en face, où une autre navette de sauvetage, apparemment pleine et avec beaucoup de gens laissés derrière, retirait ses béquilles et s'apprêtait à décoller. Ses moteurs s'activèrent alors que les jets avant de la navette poussaient le cylindre à la verticale. Du feu brûlant jaillit des moteurs, et le cylindre commença son ascension.

La lumière de la navette devint si vive que Sai ne le remarqua pas tout de suite, mais il capta l'éclair d'une milliseconde lorsque, depuis une autre tour, une roquette s'enflamma. Le tir fila vers la navette en pleine ascension, frappant l'engin juste en dessous du centre. Un boum ondulant laissa place à une montée crépitante et étincelante alors que la navette continuait de pousser.

La roquette, cependant, avait fait dévier la navette de sa trajectoire, inclinant le vaisseau vers... eux.

La mère de Sai réagit la première, attrapant la main de Sai et le tirant loin du rebord, vers l'accès au toit de la tour, les escaliers menant vers le bas, alors même que la foule se précipitait vers leur propre navette.

Sai n'eut pas le temps de crier, de demander des nouvelles de son père, avant que sa mère ne les jette tous les deux au sol et que la navette endommagée ne heurte la leur. Sai ne put voir ce qui se passa ensuite, mais plus tard, en regardant les enregistrements historiques, il vit le nez de la navette endommagée frapper le milieu de la leur. Le nez perça et poussa ensuite leur navette hors de sa base, la retournant et la propulsant complètement hors du côté de la tour.

Les moteurs de la navette blessée commencèrent à se désintégrer alors que la collision s'ajoutait aux dégâts de l'attaque à la roquette, envoyant les nacelles en flammes tournoyer vers le plafond de la tour, directement dans la foule qui se dispersait.

— Ne regarde pas, dit la mère de Sai. Rampe. Continue d'avancer. Avec moi maintenant.

Sai resta au sol avec sa mère alors qu'ils retournaient vers la cage d'escalier. La chaleur lui brûlait le dos et ses vêtements, mais les bruits terribles de déchirement, d'écrasement et de sifflement provenant du désastre couvraient les cris. La fumée piquait les yeux de Sai, brûlait sa gorge, et le toit de la tour écorchait ses mains tandis qu'il se traînait, suivant sa mère, vers un foyer qui n'était plus le sien.

— Parlez-vous toujours autant dans votre sommeil ? demanda la femme à Sai, le ramenant brusquement du toit à une petite pièce lumineuse et vide.

Une femme souriante aux yeux glacés se tenait au-dessus de lui, un doigt sur le menton et l'autre tenant une longue seringue contenant quelque chose de blanchâtre.

Sai pouvait sentir ses bras et ses jambes, pouvait sentir les contraintes qui les maintenaient fermement. Rien ne couvrait son visage, et bien que Sai puisse ressentir des douleurs résiduelles du crash du skiff, du combat avec les infectés, dans l'ensemble, il se sentait bien. Vraiment, vraiment bien.

— Où suis-je ? réussit à dire Sai.

— Ce n'était pas ma question. La femme se pencha, remonta la manche fine sur le bras droit de Sai. Ça ressemblait et ça avait l'air d'être une sorte de blouse bon marché. Une fois de plus. Parlez-vous toujours autant dans votre sommeil ?

— Quoi ? Pourquoi est-ce important ? dit Sai, s'efforçant

de s'asseoir pour voir ce qu'elle allait faire. Qu'y a-t-il là-dedans ? Que faites-vous ?

La femme s'arrêta, appuya sa main contre l'avant-bras de Sai, et lui adressa un sourire encore plus rigide. — Répondez à la question, s'il vous plaît.

— Quoi, si je parle dans mon sommeil ? dit Sai. Comment le saurais-je ? Je dors !

La femme hocha la tête, ses yeux se tournant vers le plafond, — Bien sûr. C'est logique. Nous observerons au cours des prochains jours et verrons si le virus apporte des changements à ce comportement.

— Le virus ?

Sai sentit la piqûre lorsque la femme enfonça l'aiguille dans son bras, juste au-dessus du coude. Il ressentit l'étrange ruée du liquide étranger entrant dans son corps, parcourant ses veines et ses vaisseaux.

— Oui, dit la femme en retirant la seringue. Nous avons passé les dernières heures à vous remettre sur pied. Maintenant, vous êtes suffisamment en forme pour que nous puissions voir si un soldat de DefenseCorp peut supporter notre dernière génération. Ce sourire glacial menaça de vaciller, mais la femme le cacha derrière un regard vers ce que Sai supposait être l'entrée de sa cellule, une porte vitrée s'étendant d'un mur à l'autre. Si ce n'est pas le cas, alors mon travail devient beaucoup plus difficile.

Sai voulait dire qu'il ne comprenait pas, voulait en savoir plus de cette femme, mais il savait contre quoi il s'était battu dans cette pièce. Il connaissait les étranges créatures présentes dans cette tour, et il pouvait deviner d'où elles venaient, où il pourrait aller.

Et ce que ses enfants pourraient avoir perdu.

— Sai, poursuivit la femme. Je m'appelle Dr Anaskya. Je vais vous observer et vous écouter. Si cela ne vous dérange pas, après mon départ, veuillez continuer à parler. J'aimerais beaucoup entendre la fin de votre histoire, et si nous pouvons comprendre comment le virus impacte votre façon de parler en rêve, ce serait encore mieux.

Sai, cependant, l'entendait à peine. Il s'allongea sur l'oreiller fin, fixa le plafond et sentit l'infection se répandre comme un feu brûlant.

3

SÉANCE DE SHOPPING

Si Gregor calculait le temps passé avec ou sans armure dans sa vie, une estimation instinctive suggérerait un déséquilibre en faveur de l'armure. Ayant passé sa jeunesse à extraire la roche froide des comètes avec un risque constant d'exposition au vide, et sa vie d'adulte dans diverses zones de combat, se promener dans les rues de la ville sans rien de plus qu'une fine tenue de sport lui semblait très étrange.

Au moins, Dynas, avec son climat humide et marécageux, le gardait au chaud. Et Gregor s'était depuis longtemps rendu incapable de rougir, à force de maladresses et de déclarations malencontreuses, si bien que lorsque les visages se tournaient vers lui, il affichait un grand sourire. Un homme confiant, fort et à moitié nu apparaissant d'une station de tram fermée — qu'y avait-il de si inhabituel à cela ?

Apparemment, tout.

Émerger de la station de tram, surtout en venant des marécages et des périphéries infestées de monstres, mettait le faux sourire de Gregor à rude épreuve. Il avait déjà servi sur des planètes urbaines, passé du temps dans des trous perdus lors de missions pour DefenseCorp, mais cet endroit ne semblait pas savoir ce qu'il était, ni ce qu'il voulait être.

En descendant du tram, dans la station, tout le groupe avait constaté à quel point tout semblait humide ici. La forte humidité couvrait d'une pellicule les carreaux, les murs, les rampes et les escaliers. C'était encore pire à la surface ; quitter la station signifiait marcher sur un trottoir détrempé, légèrement incliné pour drainer l'humidité vers de larges caniveaux jaunis bordant les étroites rues.

Les bâtiments noirs tachetés adoptaient des philosophies similaires, s'arrangeant en pentes et entonnoirs pour que l'humidité perpétuelle s'écoule et tombe à des points précis, gardant ainsi les passants au sec. Plutôt que des toits plats et carrés, tout se terminait en angles, comme si quelqu'un avait construit une ville à partir de lances.

Les rues aussi étaient inclinées du centre vers les caniveaux, et à un angle si prononcé que Gregor se demandait quel type de véhicules pourrait y circuler, jusqu'à ce qu'il remarque les câbles tendus entre les bâtiments. Des téléphériques, donc. Suspendus au-dessus de l'humidité.

La station de tram débouchait sur une intersection, avec un nœud de câbles directement au-dessus pour que les cabines puissent naviguer d'une manière ou d'une autre. Les passages piétons, pour le peu de gens que Gregor voyait, étaient faits de métal grillagé et clouté posé sur les chaussées inclinées. En somme, une merveille et un désordre.

Dynas ne semblait pas propice à la vie civilisée, et pourtant cet endroit existait. Tordant toutes les règles, juste pour jouer avec le code génétique de la galaxie.

Gregor leva une main vers la personne la plus proche, l'une des demi-douzaines en vue. Celle-ci venait de traverser l'intersection et s'était arrêtée quand Gregor était sorti. Un homme plus âgé, bien que Gregor ne puisse en être sûr, étant donné le respirateur que l'homme portait sur le visage. L'appareil était relié à une bonbonne sur le dos de l'homme, connectée à ce qui ressemblait à une combinaison de plongée.

— Tu vas faire de la plongée ? dit Gregor, et l'homme pencha la tête, puis se dirigea vers lui.

— Tu es malade ou quoi ? répondit l'homme, le respirateur déformant sa voix. Où est ton masque ?

— Je l'ai perdu, dit Gregor. Là-bas. Il pointa du doigt vers la station de tram. Tu peux m'aider à le récupérer ?

En matière d'histoires convaincantes, Gregor était bien conscient qu'il ne savait pas les raconter. Il n'était pas un menteur, pas un conteur. L'homme semblait être d'accord.

— Perdu ? Maintenant l'homme reculait d'un pas. Qu'est-ce que tu faisais là-bas de toute façon ? Cette station est fermée.

— Du travail. Les choses ont mal tourné.

— Alors va à l'hôpital, l'homme balaya Gregor du regard. Avant de te faire tuer.

Eh bien, ça ne s'était pas bien passé. L'homme tourna le dos à Gregor, commença à s'éloigner. L'Escouade Sever avait besoin d'une tenue, au moins une, alors Gregor tendit le bras, saisit celui de l'homme et le ramena dans l'entrée de la station.

L'homme résista, une légère traction contre la force écrasante de Gregor. De l'eau chaude éclaboussa tandis que l'homme essayait de reculer, de se libérer, mais Gregor savait comment maintenir sa prise. Saisir juste au-dessus du coude, serrer fort et continuer à bouger.

Ce qui n'arriva pas, ce que Gregor attendait mais qui ne vint jamais, c'était un appel à l'aide. À part des jurons marmonnés, des plaintes, l'homme ne cria ni ne hurla. Et dès que Gregor eut tiré l'homme derrière l'entrée, près de la porte métallique scellant l'accès au tram lui-même, Aurora foudroya le malheureux citoyen d'un tir paralysant de son fusil.

— Ce n'était pas très élégant, dit Rovo alors qu'ils s'affairaient à retirer la combinaison de l'homme, révélant des sous-vêtements miteux tachetés de moisissure. Combien de personnes t'ont vu ?

— Quelques-unes, mais je ne pense pas qu'elles s'en souciaient, répondit Gregor, en arrachant le masque et révélant, en effet, un visage ridé et usé en dessous. C'est un endroit étrange, et je ne l'aime pas.

— Ça fait deux d'entre nous, répliqua Rovo. Regarde ce masque. C'est un vrai respirateur. Oxygène filtré, blocage total de l'air entrant. Tu as vu d'autres personnes avec ça ?

— Des masques, oui, dit Gregor. Tout le monde. Pas les bonbonnes complètes.

— Les gens qu'on a combattus à l'avant-poste portaient aussi des combinaisons, répondit Aurora, en retirant les bottes de l'homme. Mais nos armures disaient que l'atmosphère ici était sûre. Alors qu'est-ce qui nous échappe ?

— Sûre selon nos renseignements pourris, dit Rovo. Nouvelle planète, nouvelles règles. On ne sait pas ce qu'il y a dans l'air ici, mais apparemment ça vaut le coup d'être évité.

La combinaison de l'homme aurait pu convenir à Gregor ou à Rovo. Ils avaient évidemment besoin de deux tenues supplémentaires, et après la joie d'avoir kidnappé un citoyen sans défense dans la rue, le trio se mit d'accord sur une approche plus douce : deux attendraient à la station de tram avec leur armure activée, filtrant l'air, pendant que le troisième irait à la recherche d'un endroit pour acheter des tenues pour les autres.

— Tu es plus petit, dit Gregor à Rovo. Moins menaçant, ça devrait être toi. Personne ne remarque une souris.

— Ouais, sauf que je suis occupé, répondit Rovo. J'ai réussi à m'infiltrer dans les communications qui circulent ici, et je suis sur le point d'y arriver. Il tapota le respirateur de l'homme. À moins que tu ne puisses faire ça, je pense que je suis plus utile de cette façon.

— Tu insinues que je suis inutile, le bleu ?

— Non, je dis que je te fais confiance pour acheter des vêtements dans un magasin.

— Ah.

— Allons-y, intervint Aurora. Rovo, aide-moi à traîner ce type jusqu'au placard à balais. On l'enfermera là-dedans. Gregor, habille-toi et mets-toi en route. J'en ai marre d'être ici en bas, et on perd du temps.

Quelques minutes plus tard, se sentant comprimé dans une combinaison trop petite et le respirateur sur le visage, Gregor retourna dans les rues. Ils avaient trouvé d'autres objets sur l'homme, notamment, dans une fine poche hermétique sur la poitrine de la combinaison, ce qui ressemblait à une carte d'identité d'entreprise. La photo de l'homme et divers numéros de compte y étaient gravés, ainsi que des informations de contact au cas où la carte serait retrouvée.

Gregor avait déjà vu des cartes comme celle-ci — la compagnie de la comète les avait émises. Censées contenir toute votre identité, y compris votre argent. Les personnes détenant ces cartes étaient censées dépenser tout ce qu'elles gagnaient dans les magasins de l'entreprise, une économie fermée. La carte répondait à une autre question sur la ville : ce n'était pas une société libre, mais une société de travail, captive de ses maîtres corporatifs.

De retour à la surface, Gregor marchait d'un pas lourd dans la rue, traçant une ligne droite depuis la station de tramway pour faciliter l'orientation. Maintenant qu'il ne cherchait plus seulement des victimes, Gregor voyait la ville prendre une sorte de vie.

Les magasins ouvraient à mesure que la matinée avançait vers des heures de service. Ces téléphériques, construits comme des ovales mais avec des guides d'écoulement pour évacuer l'eau, passaient devant Gregor pendant qu'il marchait, chargés de gens vêtus de diverses combinaisons et imperméables.

Les magasins avaient tous leurs propres noms, mais chacun arborait également le même logo juste derrière leurs enseignes, un symbole de l'infini dessiné avec la double hélice de l'ADN. À l'intérieur, les marchandises étaient variées, bien que l'inventaire semblât limité. Les prix étaient élevés.

Une planète secrète, une société secrète équivalaient à des coûts de transport élevés.

Le premier magasin qu'il trouva vendant des combinaisons et des imperméables proposait, de manière plus visible, des réparations. Un autre geste sensé avec un approvisionnement limité ; garder son équipement en bon état plutôt que d'en acheter un neuf. Sur Snowball, on gardait la même armure jusqu'à ce qu'on la dépasse ou qu'on meure.

Gregor passa par une double porte pour entrer dans le magasin, une simple chambre de verre entre elles servant à chasser l'humidité. À l'intérieur, de l'air frais et filtré frappa le visage de Gregor alors qu'il retirait son masque et regardait les portants d'imperméables à droite, les combinaisons à gauche.

— Tu es en avance, dit une voix qui, lorsqu'elle se leva de derrière un comptoir couvert d'équipements de couture et de scellage, appartenait à une jeune fille. Tu n'es pas censé être au travail ?

— Je suis un client ? dit Gregor. Censé être au travail ?

Il ne connaissait pas cette fille.

La vendeuse pointa du doigt la combinaison de Gregor. — Ton service a commencé il y a une heure.

— Ah bon ?

Maintenant, le visage de la fille changea, passant de la curiosité à une peur aux yeux écarquillés. Elle se retourna, tendit la main vers quelque chose sous le bureau, mais avant qu'elle n'y arrive, Gregor traversa le magasin d'un bond et, pour la deuxième fois en autant d'heures, saisit un bras et le maintint immobile.

— Ne touche à rien, chuchota Gregor, puis jeta un coup d'œil rapide vers le fond du magasin. Il y avait une porte là-bas, mais personne d'autre en vue. Ça n'a pas besoin d'être difficile.

Gregor sentit la fille frissonner, sentit qu'elle essayait de se dégager de lui.

— Tu es l'un d'entre eux, n'est-ce pas ? dit-elle. Ils ont dit que certains s'étaient échappés de la quarantaine.

— Quelle quarantaine ? dit Gregor. Je veux seulement des vêtements.

— Tu veux dire que tu n'es pas infecté ?

Ah. Cela avait du sens. Si cette ville connaissait l'existence de Felix et de son taudis infesté là-bas dans le maré-cage, pas étonnant qu'ils aient peur. Qui voudrait finir comme ça ?

— Je ne suis qu'un visiteur, c'est tout, dit Gregor. Je ne veux faire de mal à personne.

— Alors lâche mon poignet ?

— Tu ne me le feras pas regretter ?

La fille secoua la tête, regarda la main de Gregor et poussa un demi-sanglot. — Tu es ici. C'est déjà une puni-tion suffisante.

4

LA MARQUE DU TRAÎTRE

Le traître dormait dans la tour. Dans une chambre jaune boueuse ornée d'œuvres d'art venues de toute la galaxie, avec des lignes lumineuses s'enroulant au plafond dans des motifs suggérant un présent plus brillant et plus fantaisiste que celui dans lequel Eponi vivait. Rêvait.

Désespérait.

Elle ne pensait pas que ce serait si terrible. L'Escouade Sever n'avait jamais été une famille, pas vraiment, pas formellement. Leurs missions étaient trop dangereuses, leurs membres trop cabossés et brisés pour s'entendre en dehors des briefings serrés et des lignes de bataille. Du moins, Eponi l'avait toujours pensé : elle amenait les quatre autres en vol, les laissait semer le chaos, puis les récupérait et s'envolait vers les étoiles.

Jusqu'à ce qu'elle voie Sai, avec toutes ces armes pointées sur lui, et son visage blindé la regardant droit dans les yeux. À travers ce métal, ce verre, la déception de Sai l'avait brûlée, et Eponi avait passé le reste de la nuit à boire jusqu'à l'abrutissement, enfermée dans cette chambre avec une bouteille d'eaux usées brutes qui faisait néanmoins l'affaire. Le tord-boyaux maison de Dynas, une variante de bourbon brunâtre, la narguait depuis la table de nuit, un verre à moitié rempli reposant sur la table métallique jaunâtre.

Sans son armure, ses autres gadgets lui ayant été retirés depuis longtemps, Eponi se rabattit sur l'horloge réelle de la pièce, sur un petit écran vissé au mur qui lui indiquait aussi la température (chaude), l'humidité (écrasante) et la météo (brumeuse). L'heure, passé huit heures du matin maintenant, indiquait qu'Eponi devait se lever. Devait comprendre ce qu'elle pouvait faire de sa vie.

En tant que pilote de course, filant à travers les circuits de la galaxie, elle avait pris d'innombrables décisions en une fraction de seconde. Pas seulement s'il fallait aller à gauche ou à droite, par-dessus ou par-dessous, mais quelle marque soutenir, avec qui signer, si l'on pouvait faire confiance à un circuit pour vraiment remettre la prime du gagnant quand Eponi franchissait cette ligne.

Eponi regarda dans le placard, rempli d'uniformes standard aux couleurs noir et gris de l'entreprise, et en choisit un au hasard. Elle pouvait mettre cet uniforme, embrasser son nouveau rôle d'informatrice infiltrée et aider les gens qui dirigeaient cette planète à traquer l'Escouade Sever, ou elle pouvait...

Quoi ? Que pouvait-elle faire d'autre ? Eponi n'avait aucune arme, aucune connaissance secrète d'une super bombe qu'elle pourrait retourner contre ses créateurs. Aucun contact qu'elle pourrait appeler pour obtenir du soutien — étant donné ce qu'elle avait vu ici, Eponi pensait déjà que le briefing de DefenseCorp sur l'absence de connaissances puait le mensonge.

L'uniforme s'avéra flottant, mais suffisamment portable. Se nettoyer dans la salle de bains distraya Eponi pendant quelques minutes, bien qu'elle évitât constamment son propre regard dans le miroir qui couvrait tout le mur. Pas de shampoing, pas de brosse à cheveux, ni rien d'autre qu'un robinet et quelques serviettes pour la douche rendaient le rituel bref.

La mission de l'Escouade Sever consistait à secourir un VIP, puis à faire sortir toute l'escouade de la planète et à l'emmener... quelque part. D'après ce qu'Eponi avait vu quand elle et Sai avaient percuté un skiff dans cet énorme bâtiment, la seule chose que cet endroit pourrait avoir qu'elle pourrait utiliser serait un vaisseau. Elle pourrait tenter un coup comme dans un film, voler l'engin sous le nez des malfaiteurs et foncer à la rescousse.

Plus probablement, elle arriverait aux commandes, la sécurité désactiverait le vaisseau, et puis Eponi serait sommairement exécutée d'une balle dans la tête quelques secondes plus tard. Guère une mort héroïque, et Eponi ne voulait pas de mort du tout.

Sa chambre avait une porte principale, une porte simple qui, selon les souvenirs d'Eponi, menait à un couloir de style appartement rempli d'autres portes. Eponi ne pouvait pas vérifier ce souvenir car, quand elle essaya, la porte ne s'ouvrit pas. Le bouton-poussoir censé la déverrouiller ne réagissait pas. Après l'avoir essayé plusieurs fois, Eponi se dirigea vers la fenêtre, qui ne montrait que la brume jaune sans fin de Dynas.

Piégée. Seule avec ses pensées. Pas l'idéal, car être seule avec son tourment pousserait Eponi à —

La porte s'ouvrit brusquement. Un homme qu'elle n'avait jamais vu se tenait là, en uniforme comme elle — bien que le sien lui aille mieux — et tenant deux petites tasses de marque.

— Café ? dit l'homme en lui tendant une tasse.

Eponi essaya de lire la marque, mais le logo masquait tous les mots. Une sorte de spirale, avec des lignes jumelles et tourbillonnantes qui s'entrelaçaient. Comme de l'ADN, peut-être ?

Ses yeux se portèrent au plafond, confirmant que les lumières correspondaient. D'accord. Il y avait donc une méthode dans la conception ici, même si Eponi ne savait pas ce que signifiaient les formes.

— Merci, offrit Eponi en portant la tasse à son nez, la humant. Définitivement du café. Chaud, mais pas trop.

Ça pourrait être du poison, mais Eponi chassa cette idée en riant, s'attirant un regard perplexe de l'homme. Pourquoi l'empoisonneraient-ils alors qu'ils auraient déjà pu lui tirer dessus ? Pourquoi mettre Eponi dans une chambre alors qu'ils auraient pu la jeter du balcon, l'enfermer avec Sai ?

Elle prit une longue gorgée. Appréciant, pour la première fois depuis longtemps, un café qui provenait de quelque chose de meilleur que le produit de masse de DefenseCorp. En fait, le café terreux et noisette semblait bien trop bon pour Dynas. Une preuve de plus que cet endroit avait des soutiens au-delà de son statut de trou perdu.

— Vous aimez ? dit l'homme.

— Bien sûr, répondit Eponi. Alors, vous êtes censé être quoi ? Mon gardien ?

— Pas vraiment, répliqua l'homme, puis il tendit sa tasse de café, la faisant tinter contre la sienne. Je m'appelle Ben Taigo, et je me suis porté volontaire pour ça.

— Et c'est quoi, « ça » ?

— C'est ce que j'essaie de comprendre, dit Ben. Eponi remarqua que Ben avait fait très attention à ne pas faire plus d'un pas dans sa chambre, comme s'il suivait un code strict. La plupart d'entre nous savent qu'un groupe nous a attaqués hier sur un site périphérique. Il y a beaucoup de gens blessés et en colère en ce moment.

Eponi buvait son café. Observait Ben. Il n'avait pas d'armes visibles. La porte était restée ouverte. Si elle le voulait, Eponi pourrait lui lancer le café au visage, enchaîner avec un coup et s'enfuir. Peut-être prendre la carte d'identité de Ben avec elle, l'utiliser pour monter-

— Tu m'entends ? dit Ben, plus brusquement. Je dis que ce n'est pas vraiment sûr pour toi ici, même avec la protection offerte par les hauts gradés.

— C'est censé me faire peur ? Eponi croisa les bras.

— Une pilote comme toi ? J'imagine que non ?

— Attends, tu sais que je suis pilote de course ?

— Bien sûr que je le sais ! C'est pour ça que je suis là ! Ben rompit son code, entra dans la pièce, agitant les bras dans tous les sens. Je me souviens de toi, cette étoile montante qui allait loin, qui brûlait les classements et puis plus rien ! Les rumeurs ont circulé sur les ondes pendant longtemps, tout le monde pensait que tu t'étais crashée, ou que tu avais simplement décidé d'arrêter, et soudain te voilà ici ?

—Je ne pense pas que ça ait été si soudain.

Eponi regarda son café pour éviter de rougir. Elle n'avait pas été en contact avec des fans depuis un moment, elle était un peu rouillée.

— Peut-être pas pour toi, dit Ben en se retournant vers elle. Voilà le truc, Eponi, quand tu es sur une planète comme celle-ci, où ils gardent les ondes restreintes, tout est une surprise. Alors te voilà, arrivant comme... mercenaire ou quelque chose du genre ?

— Comme pilote. La paie est plus régulière.

— Mais beaucoup moins excitante, non ?

— Je ne sais pas trop, dit Eponi. Alors, Ben, merci pour

le café, mais tu penses qu'il pourrait y avoir de la nourriture quelque part pour aller avec ?

— Bien sûr, d'accord, rit Ben. Je te préviens, par contre. La nourriture n'est pas terrible ici en ce moment. Il y a eu un blocage sur la plupart des livraisons, alors on en est aux rations bon marché.

— Un blocage ? Pourquoi ?

— Ce n'est pas pour ça que tu es là ? Quel que soit le gang avec lequel tu es arrivée ? dit Ben, conduisant Eponi hors de la pièce, dans le couloir, comme s'ils étaient les meilleurs amis du monde. On a des problèmes avec certains de nos traitements. Ils ne restent pas confinés, alors les hauts gradés ne veulent pas beaucoup de trafic en ce moment.

— Et tu penses que je suis liée à ça ?

— Pourquoi ne le serais-tu pas ? Une sorte d'équipe d'inspection venue voir ce qui se mijote sur Dynas ? Sortir avec les preuves et ensuite on se fait réduire en cendres depuis l'orbite. C'est le plan, non ?

Eponi essayait de suivre l'enthousiasme de Ben. L'homme était passé de fan à provocateur très vite. Pour autant qu'Eponi sache, comme Aurora l'avait dit, le briefing commençait et se terminait avec le VIP et son extraction. Rien à propos d'un bombardement. Cela dit, d'après ce qu'elle avait vu avec les choses malades contre lesquelles Sai s'était battu, peut-être que Dynas méritait un bon nettoyage au laser.

— Écoute, Ben, peut-être qu'il me faut plus de café pour te suivre, dit Eponi alors qu'ils atteignaient les ascenseurs. Je pilote des vaisseaux et je le fais bien. Je ne suis pas dans un complot et je ne veux pas en faire partie.

Les portes circulaires de l'ascenseur s'ouvrirent en sifflant quelques secondes plus tard et Ben fit entrer Eponi. Il passa sa carte contre un panneau à côté de la porte.

L'écran afficha une liste de ses destinations habituelles, indiquées par un titre orange vif en haut de l'écran, et Ben appuya sur celle montrant une fourchette et un couteau.

— D'accord, juste une pilote, dit Ben. Voilà le truc, Eponi, et c'est un gros truc, alors écoute bien. Cet endroit a beaucoup de problèmes, et ils ne font qu'empirer. On a besoin d'aide. J'ai besoin d'aide. Et je pense, j'espère, et bon sang, Eponi, je *crois* que tu es celle qui peut nous la fournir.

— Il y a quelque chose qui ne va pas chez toi ? Eponi recula vers le côté opposé de l'ascenseur.

— Qu'est-ce que tu veux dire ? Que peut-être on est tous un peu fous, à être coincés sur ce monde depuis des années avec des maladies qui deviennent plus mortelles de jour en jour ? Comment ça pourrait affecter qui que ce soit ? Ben se lança dans un rire tremblant, puis secoua la tête. Prit une grande inspiration. Désolé, désolé. Parfois tout ça me monte à la tête, tu sais ?

— Bien sûr. Eponi ne savait pas. Ne voulait pas savoir. Comment suis-je censée aider ?

— Tu es pilote, Eponi. J'ai besoin que tu me sortes d'ici, avant que Dynas ne nous tue tous les deux.

5

TRAVERSER LA VILLE

Il y avait des emplois et des carrières, des décisions intelligentes et des décisions stupides. Rovo, selon son père, n'avait choisi aucune de ces options en décidant de rejoindre la branche plus active de DefenseCorp. Employé de bureau avec une vie stable flottant au-dessus de sa planète natale à transférer des communications interstellaires aux bonnes parties, Rovo avait fait l'impensable :

Rovo avait renoncé à une vie sûre et décente dans une galaxie qui n'en offrait pas beaucoup.

Marcher en combinaison étanche à travers une ville malade sur un monde reculé avec peu d'amis et beaucoup d'ennemis donnait raison à son père. Bien que l'excitation ait été l'objectif, Rovo avait découvert que frôler la mort n'ajoutait pas grand-chose à la vie.

Les choses n'étaient pas plus lumineuses, plus enrichissantes juste parce que des lasers avaient marqué le métal près de son crâne. Au contraire, Rovo se surprenait à tressaillir plus souvent, à regarder constamment autour de lui, persuadé qu'un tireur embusqué ou une silhouette malade se cachait dans l'ombre suivante, prêt à bondir.

Gregor était revenu avec deux combinaisons étanches et un air troublé sur le visage, une expression menaçante pour un homme aussi imposant. Il avait parlé de la commerçante, comment elle s'était ressaisie suffisamment pour lui vendre les vêtements avant de demander, à la fin, si l'Escouade Sever pouvait l'emmener hors monde quand ils partiraient.

— Je lui ai dit que nous le ferions, avait dit Gregor, mais ça m'a fait mal de mentir à quelqu'un d'aussi désespéré.

— Si nous parvenons à faire sortir le VIP de ce monde, elle pourrait bien voir son souhait exaucé de toute façon, dit Aurora. Il y a suffisamment de saloperies illégales ici pour justifier une intervention de nettoyage.

Rovo resta silencieux pendant cette conversation. Il avait vu ces ordres passer sur son terminal ; quand les planètes devenaient trop indisciplinées, quand les populations présentaient un danger trop important pour l'ordre galactique établi, les systèmes voisins payaient Defense-Corp pour résoudre le problème. DefenseCorp arrivait avec une flotte menaçante, exigeait des concessions ridicules avec des armes prêtes à l'appui.

La moitié du temps, les gens retrouvaient leurs esprits, encaissaient le coup et retournaient dans leurs cachettes, généralement avec DefenseCorp qui décrochait un autre gros contrat pour mettre en place une force de police brutale jusqu'à ce que les anciens propriétaires de la planète remettent tout le monde dans leurs chaînes économiques.

L'autre moitié... DefenseCorp facturait très cher pour les nettoyages de population, mais les profits avaient fière allure dans le bilan. Rovo n'aurait rien contre le fait de refouler ces documents de sa mémoire.

Peut-être les remplacerait-il par ce qu'il voyait maintenant, une ville trempée avec des gens en ombre se blottissant dans les rues, l'air défait, hanté, ou, rarement, résolu.

Comme si le Destin était venu et que tout le monde l'avait accepté.

Aurora les guidait le long des trottoirs, se dirigeant vers la position du signal du VIP. Elle avait détaché l'ordinateur de poignet de son armure, fait une entaille dans sa combinaison pour pouvoir soulever la couverture et regarder les directions tous les quelques pâtés de maisons. Pas que l'appareil ait une véritable carte, mais l'Escouade Sever avait le nord, le sud, l'est et l'ouest. Dans une ville quadrillée et rigide comme celle-ci, c'était suffisant.

Rovo suivait, laissant de l'espace entre lui et Gregor, et Gregor faisait de même avec Aurora pour rendre plausible qu'ils étaient des citoyens séparés marchant vers une quelconque destination. Après que les premiers blocs se soient avérés ennuyeux — Rovo ne pouvait rester intéressé par les bâtiments sombres, leurs gouttières interminables et leurs tuyaux qui gouttaient — il revint à son projet personnel : casser le chiffrement de la ville.

Les transmissions volaient à un rythme frénétique, chacune bourdonnant dans son oreille, tandis que le Bug de Rovo, un minuscule émetteur dans son oreille qui se synchronisait avec son propre ordinateur de poignet, les captait et tentait de déchiffrer leur encodage. Parfois, l'une d'entre elles utilisait le même schéma que les gardes du skiff au avant-poste et Rovo obtenait une rafale claire, un commentaire sur une patrouille en cours ou un problème potentiel ici ou là.

Trop d'autres, cependant, jouaient sur une bande différente, à une fréquence plus élevée au-delà de la portée de la plupart des récepteurs traditionnels. DefenseCorp utilisait ce niveau pour des communications plus sensibles, pour des opérations en cours. Les propres signaux de l'Escouade

Sever passaient par là, bien qu'Aurora les ait coupés après avoir quitté la station de tram.

Si Sai ou Eponi avaient finalement décidé d'appeler, ils n'obtiendraient que du silence maintenant.

Rovo, travaillant sur le programme du Bug, ajustait les paramètres de l'appareil tout en marchant. Conçu pour être utilisé sans la vue, dans des situations furtives, le Bug reposait sur une interface directe à travers son armure ou par un processus plus manuel, mais plus amusant. En utilisant ses doigts, Rovo pouvait ajuster les fréquences spécifiques que le Bug entendait, et le chiffre que l'appareil utilisait pour casser le chiffrement de tous les messages qu'il captait.

Comme résoudre un puzzle en tournant une bille, essayant de trouver la partie rugueuse sur une sphère lisse.

Résoudre celui-ci prit toute la matinée plus six pâtés de maisons à marcher en combinaison étanche, mais quand Rovo capta la première rafale claire, une instruction nette d'obtenir plus de joueurs sur le terrain, la montée d'endorphines rendit tous les efforts valables. Il voulait courir vers Aurora, vers Gregor, leur dire qu'ils pouvaient tout entendre maintenant.

Au lieu de cela, il utilisa le signal dont ils avaient discuté, et éclaboussa dans une flaque d'eau au bord de la rue, comme quelqu'un qui aurait trébuché et perdu l'équilibre.

Aurora ne se retourna pas, mais prit un virage serré à droite, se dirigeant vers un petit restaurant au coin. Gregor, jetant un coup d'œil à Rovo, la suivit. Et Rovo le suivit. Ce n'était pas exactement de l'espionnage de haut niveau — quiconque les observait trouverait sans doute étrange que trois personnes à la suite soient entrées dans le même endroit. Le personnel du restaurant, à en juger par leurs regards, ne s'y attendait certainement pas.

Lorsqu'il franchit la porte, une chose en verre sous un auvent incurvé détournant l'eau sur les côtés, Rovo vit Aurora et Gregor partager une table avec de la place pour d'autres. Un peu surprenant, mais Aurora croisa son regard et lui fit signe de s'asseoir à côté d'elle.

Abandonnant complètement le jeu de la discrétion, donc.

— Tu as déchiffré le code ? dit Aurora, sans même une once de remerciement.

— Ouais, dit Rovo, faisant glisser la chaise métallique contre le carrelage scellé et prenant place. Quelque chose les a mis en émoi.

— Nous. Gregor prit le menu.

Un véritable menu imprimé. Rovo n'en avait pas vu en dehors des films. Partout où il était allé, y compris sur les vaisseaux de DefenseCorp, on projetait simplement les choses sur des tables ou des tablettes. Plus facile à modifier, moins de fabrication. Sauf, supposa-t-il, sur une planète si déconnectée des chaînes d'approvisionnement que le papier et le plastique de laminage étaient plus faciles à obtenir.

— Quelque chose arrive ? demanda Aurora.

En fait, il y avait eu. Pendant le court laps de temps entre le trébuchement et l'entrée dans le restaurant, Rovo avait entendu plus de messages sur les ondes. Après l'appel à plus de joueurs, il y avait eu un avertissement général de rester sur ses gardes, que les responsables de l'accident sur l'avant-poste vingt-trois n'avaient pas été trouvés.

— Pas besoin d'être un génie pour deviner que c'est là où nous étions, dit Rovo.

— Nous nous y attendions, dit Aurora. Nous sommes proches du signal du VIP maintenant. Si nous bougeons vite, ils n'auront pas le temps de nous attraper.

Si vite, qu'ils ne prirent pas la peine de manger. Ils se

levèrent au signal d'Aurora, quittèrent le restaurant, traversèrent le trottoir détrempé et montèrent directement dans l'un des tramways à câble qui venait de s'arrêter pour laisser descendre quelques personnes trempées.

Personne ne se soucia de collecter un paiement pour monter à bord, et Rovo ne vit pas de conducteur. Tout était automatisé. L'intérieur du tramway était bondé, avec des ventilateurs au plafond soufflant sur tout le monde. La chaleur de la journée s'était intensifiée, et les fenêtres ouvertes signifiaient que les ventilateurs ne faisaient pas grand-chose pour rafraîchir l'atmosphère. Mais Sever était en mouvement.

Et ils avaient été repérés.

Le Bug de Rovo capta plus de transmissions. Un café signalant un étrange trio qui était entré séparément et reparti rapidement ensemble. Monté dans un tramway, tous vêtus de combinaisons étanches bon marché.

Bon marché ? Rovo baissa les yeux sur lui-même, compara sa combinaison à celles des autres dans le tram. Certes, certaines combinaisons avaient des boîtiers pour bracelets et autres ordinateurs, arboraient des emblèmes ou des insignes flamboyants sur la poitrine et les manches, ou s'ajustaient mieux que son truc serré et spongieux, mais bon marché ?

— Ils nous ont repérés, chuchota Rovo à Aurora, qui n'avait pas l'air si intimidante dans sa propre combinaison, jusqu'à ce qu'elle tourne son regard vers lui.

— Je sais, répondit Aurora. Il y en a un dans ce wagon. Trois personnes derrière.

— Je peux regarder ?

— Non.

Rovo garda les yeux fixés devant lui. La foule maintenait le trio de Sever vers l'avant du tramway, et à l'arrêt suivant, deux pâtés de maisons après le restaurant, Aurora les tira de nouveau dehors. Elle les fit continuer à avancer en atteignant le trottoir, murmurant à nouveau à Rovo de garder les yeux devant lui.

Quand le tramway repartit, ses éclaboussures furent remplacées par de plus petites, suivant les leurs. Ça pouvait être un piéton normal. Un citoyen vaquant à ses occupations, peut-être allant prendre un déjeuner précoce. Ou bien...

— Coupure, dit Gregor, à la droite de Rovo, et l'homme s'accroupit, comme s'il avait trébuché.

Rovo regarda par-dessus son épaule, se demandant ce qui se passait, juste à temps pour voir un homme en uniforme qui les suivait s'arrêter net sur le trottoir. Contrairement aux gardes de l'avant-poste, dont l'équipement militaire ne s'embarrassait pas de logos d'entreprise, ce type portait un épais imperméable bleu-noir et un pantalon assorti. Une grande et étrange hélice blanche brillait sur sa poitrine.

— Rovo, cours, siffla Aurora, et elle s'élança tandis que Gregor jaillissait de sa position accroupie, se retournant pour asséner un long coup de poing directement dans le visage de l'homme qui les suivait.

Rovo resta bouche bée en voyant l'homme heurter le sol, les membres en désordre et complètement inconscient. Puis Aurora saisit le bras de Rovo et l'entraîna, sprintant à travers les flaques d'eau tandis que le Bug interceptait un désastre imminent après l'autre.

6

LE VIP

La première mission d'Aurora avec l'Escouade Sever, en tant que nouvelle recrue, s'était déroulée sur la surface calcinée de Pledea Quatre. Elle avait atterri avec tout un contingent de DefenseCorp, financé par des intérêts miniers corporatifs qui voulaient que Pledea Quatre soit débarrassée pour leurs machines.

Et de quoi voulaient-ils se débarrasser ?

Des prospecteurs, des espèces et des humains qui étaient venus avant et avaient trouvé les diamants et les gemmes plus dures sous les flots de lave bleue. Ceux qui avaient déclaré les gisements comme étant les leurs et qui, légalement parlant, avaient tout à fait le droit de les garder. Ce que cette même racaille n'avait pas, cependant, c'était le droit de déclarer toute la planète interdite aux intérêts corporatifs. Une fois que les prospecteurs ont commencé à saboter les grosses machines et à empoisonner les représentants qui venaient en visite, leurs jours étaient comptés.

Aurora avait entendu dire que les prospecteurs avaient offert à DefenseCorp une part des métaux qu'ils extrayaient, censée valoir plus que ce que DefenseCorp gagnerait de ce nettoyage. Mais pas plus que les relations, qu'une galaxie remplie de contrats.

Alors Aurora, Sever, et d'autres escouades avaient pris d'assaut les villages des prospecteurs et, sous la menace d'une force mortelle, leur avaient demandé de partir. Sauf qu'ils n'ont trouvé personne. Aurora, le fusil d'assaut levé et prêt, les boucliers thermiques activés alors qu'elle errait dans le camp mécanique de fortune désigné par Sever, ne voyait que des restes. Des terminaux abandonnés, quelques fournitures, mais pas de panique.

Les prospecteurs n'avaient pas fui. Ou plutôt, ils l'avaient fait, mais sans se presser. Les repas n'avaient pas été laissés à moitié mangés pour cuire sur la surface de roche noire de Pledea Quatre, sous son ciel cendré, luisant d'un bleu inquiétant à cause des lignes de lave qui marquaient sa surface.

Le mot circulait que tous les camps étaient vides. DefenseCorp avait bloqué la planète, donc les prospecteurs n'avaient pu qu'aller en bas. Sous terre, dans toute cette chaleur, à la source de leur conflit. Le commandant d'Aurora n'avait pas hésité : avec leur armure, Sever pouvait supporter la chaleur, alors ils s'étaient mis en marche, dans la mine et vers le bas.

Avec d'épaisses roches de tous côtés soutenues par des poutres transversales en acier fabriquées et des lumières jaunes alimentées par l'énergie géothermique, les tunnels de la mine n'étaient pas si désagréables. Bien que, comparés aux efforts des entreprises, Aurora trouvait les fils lâches occasionnels et les supports tachés inquiétants, l'effort global semblait discréditer l'idée que ces mineurs étaient désordonnés, sales et désorganisés.

En descendant plus profondément, Sever passait devant des points de pause organisés, des chambres creusées remplies de fournitures et prêtes à protéger les mineurs en cas de fuite de lave ou de rupture de gaz. Professionnel, de qualité. Cette vue rendait Aurora un peu malade, un peu effrayée.

Mais les recrues, comme l'avait dit son commandant, devaient rester silencieuses et apprendre. Alors Aurora ne dit rien, suivit le groupe avec son fusil levé, cherchant quelqu'un à abattre.

Les communications à la surface grésillaient et disparaissaient à mesure que Sever s'enfonçait, tandis que les autres escouades descendaient dans leurs propres mines. Coupé et hors de contact, le commandant de Sever reconnut enfin, profondément entouré de roche, que la mission ne se déroulait pas comme prévu.

Rester prudent, rester en vie.

L'objectif restait le même.

Six mètres séparaient Aurora et l'homme de tête de Sever, un grand gars comme Gregor qui préférait les lance-explosifs. Ils approchaient d'un autre élargissement du tunnel quand le leader s'arrêta, leva la main pour que l'escouade fasse de même. Aurora exécuta son rôle d'arrière-garde et se retourna, éclairant le tunnel avec la lumière de son fusil.

Les lumières montées des prospecteurs s'éteignirent, et les combinaisons de Sever compensèrent, les lumières des épaules et des genoux s'allumant pour donner une vue claire et raffinée en blanc. Juste à temps pour voir et entendre des grondements venant d'en haut. Des explosions de poche, faisant détoner la roche et s'effondrer les tunnels.

Aurora plongea au sol tandis que les boums et les bangs continuaient, que son escouade criait sur leur canal de communication et que les roches les martelaient. Un milliard de tonnes allaient tomber sur leurs dos.

Courez.

L'ordre était clair, bien que plus tard Aurora ne serait pas, ne pourrait pas être sûre que quelqu'un dans Sever l'ait réellement dit. Peut-être que c'était son corps, son esprit lui disant que rester dans la mine qui s'effondrait mènerait à une mort rapide. Qu'elle devait bouger.

Elle poussa ses pieds contre le sol mouvant et se propulsa, se releva et courut vers le haut tandis que les roches la frappaient et tombaient contre elle, la poussaient sur le côté ou la faisaient trébucher. Quelque part en chemin, elle laissa tomber son fusil pour pouvoir utiliser ses deux mains, se frayant un chemin à travers l'obscurité et les roches qui tombaient.

Devant, à ce qui avait été autrefois un tronçon ennuyeux, le tunnel semblait avoir disparu. Une lueur bleue vive s'élevait, miroitant de chaleur. Aurora grimpa jusqu'au bord, regarda en bas dans une large rivière de lave bleue. Magnifique, mort instantanée.

En regardant le vide, le casque d'Aurora calcula trois mètres. Ses propulseurs prirent l'énergie cinétique appropriée des batteries de sa combinaison, et Aurora sauta alors que sa corniche s'effondrait. Un soldat en armure comme elle n'était pas censé voler, mais ici, profondément sous la surface, elle vola. Assez haut et loin pour s'écraser contre le toit du tunnel, le raclant et rebondissant sur le sol.

Aurora creusa les derniers mètres vers la surface, suivant la piste de fortune de poutres effondrées et le calcul de profondeur de son casque pour revenir, pour s'échapper. Elle pensait être seule, mais quelques instants plus tard, de son même trou, deux autres membres de Sever y parvinrent, les trois se tenant seuls autour de la mine effondrée, la lave bleue montant autour d'eux.

DefenseCorp nettoya la planète depuis l'orbite après

cela. Effaça les colonies, brûla les mines, et remit Pledea Quatre aux entreprises, propre et prête.

Aurora commençait à espérer que la même chose se produirait ici. Elle glissait et dérapait sur le trottoir mouillé en sprintant avec Rovo derrière elle. À l'intersection suivante, Aurora prit un virage serré à droite, chaque respiration lui donnant l'impression d'inhaler un marécage dans l'humidité infernale de Dynas. Une fois de plus, l'eau s'écoulait de ses pieds et éclaboussait autour d'elle.

Comment Dynas pouvait être si humide sans aucune pluie — la journée semblait brumeuse, bien loin de la brume étouffante qui avait enveloppé Dynas en dehors de la ville — laissait Aurora incrédule. Elle comprenait maintenant pourquoi tous ceux qu'ils croisaient dans ces rues semblaient déprimés ; même sans armes biologiques incontrôlables comme Felix, Dynas était misérable.

Une échappatoire à cette misère se profilait sur la droite d'Aurora alors qu'elle continuait de courir le long du pâté de maisons. Une enseigne illuminée montrait une bouteille, une assiette et quelque chose ressemblant à un hamburger. Après un rapide coup d'œil en arrière pour confirmer que Rovo la suivait toujours, et que personne ne le suivait, Aurora se faufila à travers l'entrée rafraîchissante et anti-humidité, puis à l'intérieur du bar proprement dit.

— Pourquoi ici ? demanda Rovo dès qu'il rattrapa Aurora, qui s'était arrêtée juste à l'intérieur de l'entrée pour reprendre son souffle. Ce n'est pas la meilleure cachette.

— C'est là où nous devons être, répondit Aurora.

Quelques autres partageaient cette idée, occupant des tables ou des places au bar dans un endroit qui embrassait le caractère isolé de Dynas avec à peu près zéro décoration. Des écrans par dizaines jonchaient chaque mur, diffusant toutes sortes de programmes. De quoi rendre fou quelqu'un peu habitué au chaos. Au moins, ils étaient tous en sourdine, donc le seul bruit provenait des conversations et des appels de la cuisine annonçant que tel ou tel plat était prêt. Le petit-déjeuner tardif battait son plein.

Aurora se concentra sur un seul homme au bout du bar. Un type petit et mince, portant un poncho et sirotant ce qui ressemblait à du jus de fruit mélangé à quelque chose de plus fort, l'homme n'avait pas encore tourné la tête dans leur direction.

— C'est lui ? demanda Rovo en suivant le regard d'Aurora.

— C'est notre gars, répondit Aurora. Il a l'air vraiment désespéré, non ?

— Pas vraiment.

Exactement, et Aurora détestait les missions inutiles. Si ce type avait fait appel à l'Escouade Sever juste parce qu'il s'était lassé de ses choix de vie, s'il avait décidé que Dynas n'était pas l'endroit où il voulait être et que, parce qu'il en avait les moyens, il voulait un billet de sortie explosif, alors Aurora allait lui dire ses quatre vérités. Avec ses poings aussi.

— C'est vous, n'est-ce pas ? dit l'homme en les regardant alors qu'Aurora et Rovo prenaient place à côté de lui. J'ai reçu la confirmation que vous arriviez. Quand tout le monde a commencé à paniquer, j'ai supposé que vous étiez là.

— Ils sont déjà à nos trousses, dit Aurora, et ils savent que nous sommes ici.

— Bien sûr qu'ils le savent, répondit l'homme. Toute la ville a entendu parler de votre entrée.

— Nous ne faisons pas dans la discrétion, dit Aurora. DefenseCorp nous a envoyés parce que vous avez demandé une extraction, et qu'il y aurait de la résistance.

— Et il y a eu de la résistance, ajouta Rovo.

— Hé, appela l'homme en passant devant Aurora et Rovo, au barman. On peut avoir une autre tournée ? Trois de plus de ce que je bois.

Le barman fit un signe de tête pour indiquer qu'il avait entendu.

— Qu'est-ce que vous buvez, et peut-on l'avoir dans un endroit plus sûr ? dit Aurora. Ils vont nous trouver ici.

— Bien sûr, répondit l'homme. Peut-être votre vaisseau ? En route vers un autre monde ?

— Nous n'avons pas de vaisseau, dit Aurora. Il faut qu'on en vole un.

L'homme rit, un son amer et désespéré, puis vida d'un trait son premier verre.

— Si vous n'avez pas de vaisseau, alors nous sommes tous morts. L'homme tendit la main vers le bas, tapota une mallette recouverte d'un tissu qu'Aurora n'avait pas remarquée et sur laquelle il était assis. Voyez-vous, les gens qui dirigent cet endroit veulent ça, et ils vous tueront pour l'obtenir. Ils me tueront aussi, une fois qu'ils découvriront que je l'ai.

— Je me fiche du pourquoi, dit Aurora. Notre travail est de vous faire sortir. Pour cela, j'ai besoin de savoir deux choses : avez-vous un endroit plus sûr où nous pouvons aller, et avez-vous un nom ?

— Un nom ? Bien sûr, c'est Kashmal. Le barman déposa les trois verres à côté d'eux, et Kashmal saisit le sien. Quant à un endroit sûr, mon appartement fera l'affaire. Personne ne se soucie de moi.

— Alors allons-y, dit Aurora en se levant.

— Whoa, attendez. Kashmal fit un geste vers les boissons. Buvez. Ensuite, je vous laisserai entrer avant de partir.

— Partir où ? demanda Rovo.

— Au travail, évidemment. Les dents de Kashmal brillèrent alors qu'il souriait. Il faut garder les apparences quand on vole les patrons.

Aurora essaya de penser à quoi dire. Essaya de comprendre pourquoi l'Escouade Sever avait été envoyée sur cette planète infernale, mise en danger, tout ça pour aider un voleur ivrogne. À quoi avaient pensé Deepak et DefenseCorp en acceptant cette mission ?

Au lieu de cela, Aurora saisit son verre, le porta à ses lèvres et l'avala d'un trait.

[7]

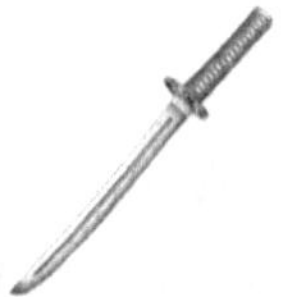

CAPITAINE HAPPY

Sai avait monté ces escaliers d'innombrables fois en grandissant, visant toujours le toit et sa vue sur sa ville natale, les montagnes vertes au loin et le vaste ciel au-dessus. Maintenant, il les descendait en courant, sa mère sur ses talons, devançant une foule désespérée et les flammes voraces qui les poursuivaient.

Les escaliers eux-mêmes, de lourdes marches vert émeraude, tremblaient sous l'effet des explosions qui continuaient au-dessus et des attaques lointaines qui frappaient en bas. Une émeute et une rébellion en pleine force, entraînant la civilisation dans les profondeurs avec elle.

Pas que Sai s'en souciât outre mesure quand mettre un pied devant l'autre signifiait la survie. Il sautait plusieurs marches à la fois, atterrissait sur le palier suivant et rebondissait contre le mur, dévalant l'escalier suivant avec une vivacité alimentée par la panique.

— Sai ! La voix de sa mère perça ce voile de concentration, brisant sa zen acrobatie et provoquant un faux pas alors que Sai atteignait le palier suivant.

Le dos contre le mur, regardant vers le haut et respirant

fort, Sai vit sa mère, portant toujours ce fichu katana, arriver au palier au-dessus de lui, ses cheveux noirs coupés court volant au vent tandis qu'une lumière orangée se projetait vers le bas. Des cendres pleuvaient autour d'eux, ponctuées de temps à autre par la chute d'un morceau plus gros. D'autres familles poussaient et bousculaient derrière la mère de Sai, trébuchant et tombant ou restant debout et désespérées. Cris, hurlements, tout se mélangeait.

Alors que sa mère descendait l'escalier suivant, la foule l'atteignit. Des gens plus rapides et plus frénétiques la poussèrent de côté, et Sai regarda sa mère lever le katana, le tenant en l'air comme un phare pour empêcher les gens de le heurter.

— Prends-le ! cria la mère de Sai, d'une voix qui n'était pas plus forte que les autres mais que Sai entendait quand même, claire et forte.

Et même s'il ne l'avait pas entendue, quand elle jeta le katana sur le côté, dans un autre escalier devant les gens, Sai aurait compris : Prends l'épée et va-t'en.

Il descendit les marches rapidement, ramassa l'épée gainée et continua à courir, utilisant l'entraînement de sa mère pour garder ses pieds agiles tandis que les gens derrière lui s'écrasaient et trébuchaient les uns sur les autres.

Sai attendrait sa mère une douzaine d'étages plus bas, dans leur appartement. Celui auquel il avait déjà dit au revoir une heure plus tôt, quand l'univers semblait seulement en grande partie fou. Avant que son père ne soit pulvérisé dans une attaque à la roquette sur leur moyen de transport vers la sécurité.

Pas le temps pour les souvenirs maintenant.

Sai continuait, aspirant l'air, gardant l'épée en équilibre et sautant d'une marche à l'autre. Quand il atteignit leur étage, Sai fit irruption dans le couloir menant à leur appartement. Derrière lui, la foule déferlait, continuant à se précipiter vers le bas et la guerre qui les attendait là.

Sai s'arrêta dans le couloir et regarda les gens qui défilaient, l'épée dans ses bras. Attendant, guettant l'arrivée de sa mère. La peur, l'excitation et les premières touches du chagrin inondaient chaque nerf.

Sa mère survivrait à cette foule. Elle le devait.

Le temps passait lentement quand on avait un feu qui vous consumait de l'intérieur. Sai ne bougeait pas, respirait à peine tandis que le virus qu'Anaskya avait injecté se répandait. Sur un lit de camp plat, sans draps et avec un oreiller réduit à sa plus simple expression, Sai alternait entre fermer les yeux et les ouvrir quand de terribles rêves, le désespoir et tout ce qui allait avec menaçaient d'emporter son esprit.

Sai fixait la dalle d'acier grise et repoussait la tour qui s'effondrait, la foule, le katana et tout ce qui allait avec. Ce n'était pas le moment pour les souvenirs, pour y replonger. Il devait se concentrer, comprendre ce que cette chose faisait à son corps et essayer de trouver un moyen de la contrer, ou, au moins, voir ce qu'il pouvait en faire. S'il pouvait s'en sortir.

— Il est temps de bouger, dit une voix joyeuse, et le visage d'un homme en forme de lune apparut au-dessus de la tête de Sai. Tu le sens partout maintenant ?

— Ça fait mal.

— Bien, ça va faire ça. Pendant un moment. Puis peut-être que ça ne le fera plus ! L'homme sourit, puis fronça les sourcils. Allez, lève-toi. Il est temps d'y aller.

— Où ? Sai testa ses jambes, ses abdominaux, ses bras. Les muscles n'étaient pas ravis, mais ils pouvaient bouger. Pouvaient tressaillir. Pourquoi ?

— C'est nous qui posons les questions, toi tu fournis les

réponses, répliqua l'homme, comme si Sai avait demandé ce qu'il allait recevoir pour son anniversaire. Bouge, s'il te plaît. Ou je vais te faire bouger, et tu n'aimeras pas ça.

— J'y vais, grogna Sai, puis il se poussa sur le côté du lit, le gros homme lui faisant de la place.

Bouger était comme faire glisser un solide dans une piscine, le solide étant le virus et le corps de Sai l'eau qui clapotait autour. Pas d'une manière nauséeuse, mais plutôt comme un grand rayon chaud glissant à travers le sang de Sai. Se lever envoya l'effet vers ses jambes et en dessous, tandis que sa poitrine et ses bras tremblaient, en sueur avec l'absence soudaine de chaleur.

— Que m'arrive-t-il ? dit Sai. La femme n'a rien expliqué.

L'homme-lune gifla Sai avant qu'il puisse réagir, un coup dur sur le visage, suivi d'une tape sur la joue de Sai, une leçon donnée à un enfant.

— Pas de questions ! gazouilla l'homme-lune. Maintenant, allons-y. Hors de la cellule.

Quitter sa cellule signifiait entrer dans un large couloir avec des courbes circulaires au loin. Tout du long, tous les quelques mètres, le mur se transformait en verre solide avec des icônes projetées dessus montrant les signes vitaux du captif, la température et le pourcentage d'oxygène de la cellule, et d'autres acronymes et abréviations avec des graphiques rouges et verts que Sai ne comprenait pas.

Les cellules étaient également disposées en quinconce, de sorte que Sai ne pouvait pas voir directement dans une autre. Alors qu'il marchait derrière l'homme-lune, chaque pas mélangeant l'étrangeté autour de son corps, Sai commença à comprendre pourquoi : tout ce processus serait peut-être plus facile à supporter si l'on ne voyait pas quelqu'un d'autre se dégrader.

Certaines cellules qu'ils passaient étaient vides, d'autres pas tant que ça. Sai vit des femmes et des hommes, des adultes, qui lui ressemblaient, allongés sur leurs lits de camp, fixant le plafond avec une douleur évidente. D'autres faisaient les cent pas, avec des mouvements hésitants en regardant le sol. Ceux-ci étaient pires ; ils avaient souvent des plaques de peau de différentes couleurs, ou d'étranges excroissances cachées par de grandes blouses.

Aucun ne levait les yeux à leur passage.

Sai commença à poser une autre question, puis s'arrêta. L'homme-lune fredonnait un air, quelque chose de léger qui revenait sur lui-même comme un jingle publicitaire. Au-delà de cela, les seuls bruits dans le couloir provenaient de machines lointaines qui ronronnaient.

Pas de fenêtres. Pas d'œuvres d'art. Aucune émotion dans la pierre sombre et l'acier.

Après deux virages arrondis, l'homme-lune conduisit Sai dans un ascenseur, plus grand que la cellule de Sai. Son guide pointa du doigt un endroit plus clair sur le sol, où le carrelage avait été recouvert d'une peinture blanche rugueuse.

— Mets-toi juste là et ne bouge pas d'un muscle, dit l'homme-lune. On va faire un tour et je ne veux pas que tu te blesses.

Sai réussit à hausser un sourcil, mais resta silencieux et écouta son geôlier. Ses mains le démangeaient de tenir le katana. Quelque chose à tenir, pour lui donner prise dans cet enfer surréaliste dans lequel il était entré.

Son guide tapa quelque chose sur un ordinateur portable, et le sol sous Sai vibra très légèrement. Comme s'il tombait dans le sable le plus fin, Sai s'enfonça d'un centimètre ou deux, avant que le blanc — apparemment pas seulement de la peinture — ne se reforme. Sai essaya de soulever ses pieds, juste pour voir, et les trouva bloqués.

— C'est juste pour la sécurité, dit le Capitaine Joyeux. Sai décida qu'il devait donner un nom à l'homme ou il deviendrait fou, et la voix de l'homme-lune lui rappelait une émission que ses enfants avaient regardée quand ils étaient plus jeunes, avant que Sai ne commence cette vie de vagabondage interplanétaire. Accroche-toi !

L'ascenseur fit une embardée et ils descendirent, en douceur et rapidement. Le Capitaine Joyeux reprit sa chanson pendant le trajet, qui aurait pu durer cinq minutes ou cinq heures pour autant que Sai le sache. La chaleur virale se répandit sur son visage, et il se retrouva dans une bataille pour empêcher ses paupières soudainement lourdes de se fermer, sa bouche de s'ouvrir.

L'ascenseur s'arrêta et le Capitaine Joyeux conduisit Sai dans une grande pièce, une antichambre avec d'autres portes vitrées menant on ne sait où. Répartis sur le sol, à intervalles réguliers, se trouvaient d'autres carreaux blancs comme celui dans lequel Sai avait été piégé, et dont il avait été libéré grâce aux efforts du Capitaine Joyeux dans l'ascenseur.

Des gens se tenaient déjà sur plusieurs d'entre eux, semblant aussi délirantes que Sai se sentait. Leurs mains reposaient sur de petits supports, enveloppées de fils et de menottes. Les supports, en verre pur à l'exception d'une colonne intégrée, projetaient les signes vitaux en haut pour chaque sujet.

— Merci, dit Anaskya, s'éloignant d'un captif, au Capitaine Joyeux. Amenez le reste, s'il vous plaît. Ça se passe bien.

— Un à la fois ?

— Un à la fois. Anaskya adressa à Sai son sourire patient

habituel. Nous devrons installer chacun d'entre eux, et c'est plus sûr ainsi. Pour nous tous.

Le Capitaine Joyeux ne s'objecta pas, fit demi-tour et retourna dans son ascenseur. Sai regarda le grand homme partir jusqu'à ce qu'il sente la main d'Anaskya sur son épaule le dirigeant vers les taches blanches, les supports, l'étape suivante.

— Vous avez l'air plutôt bien, dit Anaskya.

— Je ne me sens pas comme ça.

— J'en suis sûre, mais ayez confiance, Anaskya guida Sai en avant. Vous êtes en bien meilleure forme que la plupart de nos sujets. Regardez celui-ci. Anaskya, tenant maintenant le bras de Sai, hocha la tête vers un homme plus âgé, couvert de sueur, qui semblait perdu pour le monde. Il a travaillé avec nous pendant des années. Des tâches de bureau, rien à voir avec l'entraînement intensif auquel vous êtes habitué. Son corps ne peut pas accepter le changement.

— Qu'est-ce qui, Sai se concentra sur les mots qu'il voulait dire, comme s'il parlait à travers de la colle, ne va pas chez vous ?

Anaskya hocha la tête, reprit le mouvement, — On aurait dû vous dire qu'aucune question n'est autorisée. Cela perturbe l'ambiance. Mon humeur, leur humeur. Toute l'expérience est en danger si les sujets remettent en question les motifs. S'il vous plaît, prenez votre place.

Ils s'étaient arrêtés près d'un endroit vide, bien qu'un support en verre ait déjà été placé devant, attendant que quelqu'un enfile ses menottes, glisse ses doigts dans ses fentes de mesure. Si Sai montait sur ce podium, il serait piégé. Inséré dans la phase suivante sans aucune réponse.

Il essaya. Sai mit tous ses efforts dans ses mains, ses jambes pour se retourner et atteindre Anaskya, pour la plaquer et peut-être lui arracher un badge, quelque chose qui pourrait lui permettre de s'échapper d'ici.

Sauf que ses muscles ne répondaient plus comme avant. Sai ne passa pas à l'action d'un coup, comme il l'avait fait des centaines, des milliers de fois auparavant. Il se retourna à moitié à la place, et le fit avec une telle lenteur qu'Anaskya eut le temps de rire et de faire un pas en arrière. Elle laissa Sai terminer sa rotation, puis tendit la main et le guida, alors que Sai essayait et essayait et luttait pour résister, en position.

— Ne vous inquiétez pas, dit Anaskya en sortant son petit ordinateur. Votre force reviendra. Le virus doit d'abord faire sa magie.

Sai sentit Anaskya attacher ses doigts, ses bras dans les menottes. Elle fit chaque mouvement doucement, comme si Sai était une sculpture de porcelaine susceptible de se briser. Et au moment où elle finit, avec la fièvre qui le brûlait, Sai ne put rien faire d'autre que de sombrer dans ses cauchemars tumultueux.

8

PAS SEUL

Aurora donna le signal en sortant du téléphérique. Trois petits coups d'un doigt sur sa combinaison humide et Gregor sut quoi faire. Sever avait ces signaux silencieux prêts pour les embuscades, pour les missions où les communications vocales pouvaient être interceptées. Celui-ci, pour couper, avait été conçu pour être utilisé avec leur armure, pour un virage rapide et un coup de marteau ou un tir de fusil.

Sans l'un ni l'autre, mouillé dans sa combinaison étroite, Gregor utilisa les armes dont il disposait toujours. Bien qu'il glissât un peu en pivotant sur le trottoir humide, sa cible qui le suivait ne put trouver aucune adhérence pour esquiver, si bien que Gregor avait étendu le pauvre homme avec son puissant crochet.

Et maintenant Gregor courait. À travers la rue incli-née — un défi en soi avec la surface glissante — vers la gauche et loin de Rovo et Aurora. Tout l'objectif de la coupure était d'attirer l'attention des autres membres de Sever, leur permettant de mettre en place une contre-embuscade. Du moins, c'est ce que Gregor espérait qu'il se passait ; sans leur armure, Gregor, Aurora et Rovo n'avaient aucun moyen de se parler à distance.

En contournant l'intersection, la même où ils avaient abandonné le téléphérique, Gregor prit à droite et continua, se frayant un chemin entre les gens et remarquant le changement progressif des bâtiments, passant d'une concentration résidentielle, de restaurants et de loisirs à des entités à l'image d'entreprises. Contrairement à la plupart des villes, cependant, toutes ces fenêtres portaient le même logo dans le coin, cette hélice tournoyante.

Sprinter à travers le cœur de l'ennemi ne semblait pas judicieux, alors Gregor ralentit, attirant les regards des passants mais sans suite. Typique d'un endroit craintif et désespéré ; tout le monde avait trop de problèmes pour s'en créer un de plus. Marchant et essuyant la sueur, Gregor essaya de continuer en ligne droite. Idéalement, toute poursuite le suivrait, puis Rovo et Aurora tomberaient derrière *eux* et s'occuperaient de l'ennemi.

Seulement Gregor ne voyait pas ses coéquipiers. Ne voyait pas d'ennemis non plus. Les rues mouillées n'étaient pas envahies par la foule, mais l'heure devait approcher du déjeuner, car toutes ces portes de bureau glissaient pour laisser sortir des gens bavards et sinistres.

Deux options, donc. Soit revenir en arrière, essayer de retracer les pas d'Aurora et découvrir où elle était allée, soit continuer et espérer qu'ils réapparaissent tôt ou tard. Revenir en arrière risquait de se faire repérer à nouveau, mais avancer le mettrait dans la même situation que Sai et Eponi : isolé et seul en territoire ennemi.

— Ne t'arrête pas de marcher, murmura une voix derrière lui, et dans la vitrine à sa gauche, il aperçut une femme qui venait de sortir de son immeuble.

Vêtue d'un poncho en plastique transparent, elle avait

l'air aussi ridicule que tous les autres dans la rue, et semblait faire la moitié de la taille de Gregor, mais elle restait proche sur ses talons, une main disparaissant dans une poche.

Ça pouvait être du bluff. Sans armure, cependant, mettre la femme au défi serait risqué, et qui sait combien d'alliés elle avait parmi les gens trempés qui passaient. Gregor pouvait se battre avec les meilleurs, mais même lui aurait du mal à en assommer quelques dizaines dans la rue glissante.

Alors il marcha. Un pied devant l'autre. Ne dit pas un mot, car il doutait que la femme puisse l'entendre sans que Gregor ne parle assez fort pour porter dans la foule.

Après un pâté de maisons, elle dit à Gregor de tourner à gauche. Après un autre, à droite. Puis tout droit pendant deux de plus, avant qu'ils n'arrivent quelque part que Gregor ne s'attendait pas à voir, ne s'attendait pas à ce que ça existe.

Un bâtiment DefenseCorp. Juste là, le logo DC associé à celui de l'hélice dans un effort uni. La femme guida Gregor droit vers l'entrée, verrouillée de l'extérieur.

— Ne fais aucun mouvement, dit la femme, puis elle passa devant Gregor et passa son appareil portable contre la porte. Entre.

Complètement confus, Gregor suivit les instructions. Pour ce qu'il en savait maintenant, cette femme pouvait être sa patronne. Pouvait être plus haut dans la hiérarchie qu'Aurora, capable de le licencier sur-le-champ. Non pas que son emploi lui soit d'une grande utilité sur cette planète, mais ajouter de l'anxiété professionnelle à ce qui était devenu une mission désastreuse n'aiderait en rien.

À l'intérieur, Gregor réalisa que ce n'était pas un bureau d'affaires. Pas un espace de liaison, où DefenseCorp pouvait signer des contrats et effectuer des tâches administratives.

Des caisses empilées, toutes verrouillées, étaient disposées dans le vaste espace d'entrée. Des tables en plastique gris bon marché remplissaient le reste, couvertes d'équipements actifs. Des portes, verrouillées avec ces scanners noirs, divisaient les murs, menant sans doute à d'autres salles de stockage. Plusieurs points étaient fixés au plafond, des dispositifs capables de suivre les mouvements de Gregor et, sur commande, de tirer de petits rayons d'énergie mortels.

Gregor avait déjà vu des arsenaux comme celui-ci. Déposés dans des endroits où DefenseCorp voyait un avantage lucratif à avoir des fournitures prêtes à l'emploi. Si, par exemple, les missions devaient être monnaie courante. Si une planète était un désordre violent.

Comme Dynas.

— Tu n'es pas censé être ici, dit la femme en contournant Gregor. Avant d'enlever son poncho, elle appuya sur quelque chose sur son appareil portable qui assombrit les fenêtres et verrouilla la porte d'entrée. Qui t'a envoyé ?

— Qui m'a envoyé ? dit Gregor, scrutant encore les fournitures. Pas d'armure. Soit cela justifiait sa propre pièce, soit cet arsenal appartenait à une division différente de DefenseCorp. Pourquoi es-tu ici ?

— Pour affaires, répondit la femme en pliant son poncho et en le posant sur une table proche.

Sans le poncho, la femme révélait à quoi devait ressembler une vie et un travail à long terme sur Dynas. Elle gardait ses cheveux foncés coupés court, sa peau plus sombre douce et ridée, bien que Gregor ne la considérât pas si vieille. L'humidité élevée, très probablement. Sous le poncho, elle portait une tenue de sport agressive, comme celle que Gregor et les autres portaient entre les missions dans l'espace, sauf que celle-ci portait des marques d'usure et des taches dues à une utilisation intensive.

— Moi aussi, répondit Gregor.

— Vraiment ? dit la femme en croisant les bras. Parce que je pensais que vous étiez juste là pour faire du bruit. Agiter les gens. Me causer des ennuis.

Gregor adopta la même posture. Si elle voulait la confrontation, Gregor pouvait la lui donner.

— Nous sommes venus parce qu'on nous l'a demandé, dit Gregor. Que devions-nous faire quand ces gens ont essayé de nous tuer ? On ne nous avait pas prévenus.

— Parce que je ne savais pas que vous veniez.

— Ce n'est pas ma faute.

La femme secoua la tête, se retourna et, faisant signe à Gregor de la suivre, passa devant les caisses d'armes vers la porte du milieu au fond et scanna son passage. Derrière l'imposante barrière se trouvait... un foyer ?

Après avoir passé tant de temps sur le *Nautilus*, surfant entre les étoiles entre de brefs déploiements sur des planétoïdes remplis d'action, Gregor avait presque oublié à quoi ressemblait un endroit à long terme plus grand qu'une chambre.

Ici, avec un escalier blanc menant à une mezzanine, se trouvait un petit appartement. Une kitchenette était installée sur le côté, avec une petite table pour deux sous l'escalier et, plus loin, un salon plutôt douillet dominé par un déshumidificateur bourdonnant. Un qui, par son extérieur coloré, avait été peint.

De la peinture, en fait, était partout ; sur des toiles encadrées aux murs, sur les murs eux-mêmes, le sol carrelé et le plafond. Certaines zones semblaient encore en cours, d'autres semblaient être repeintes, et pas pour la première fois.

— Entre ici, dit la femme. Je ne veux pas que quelqu'un d'autre entre et te voie. Pas avant que je sache si tu dois être mort ou vivant.

— Si j'entre chez vous, je devrais connaître votre nom, dit Gregor. Je suis Gregor, et vous êtes ?

— Lani fera l'affaire, dit la femme. Et je ne plaisante pas. Entre.

Gregor risqua un regard en arrière, se demandant si un ennemi avait poussé l'urgence de Lani. Rien n'était entré dans le hall, personne n'essayait d'ouvrir la porte, mais Lani avait toujours l'air combatif, alors Gregor s'exécuta et entra, bottes mouillées et tout, dans son appartement.

Après avoir fermé et verrouillé la porte avec des verrous numériques et manuels, Lani ordonna à Gregor d'enlever ces bottes, puis de se diriger vers le canapé, en gardant ses mains visibles tout le temps.

Puis elle lui offrit de l'eau.

— J'ai l'impression que je n'aurai jamais soif ici, dit Gregor.

— Ouais, tout ça c'est à l'extérieur. Tu dois quand même rester hydraté. Lani sortit deux verres d'un placard, les remplit au même robinet, en tendit un à Gregor et but une longue gorgée de l'autre. Il y a un million de façons de mourir sur ce foutu monde. Ce serait plutôt stupide de laisser l'eau être celle-là.

— Vous n'avez pas tort.

— Alors raconte-moi ton histoire, dit Lani. Et fais en sorte qu'elle soit bonne, parce que je ne veux pas te tuer pendant que tu es sur mon canapé. Ce sont de bons coussins.

Les coussins, bronzés et doux, étaient définitivement de haute qualité, et Gregor respectait le travail bien fait, alors il raconta à Lani les grandes lignes de la raison pour laquelle

Sever était venu sur Dynas. L'appel, l'interception à l'atterrissage et le tramway vers la ville. Pas de Felix, rien sur la disparition de Sai et Eponi.

Lani ne semblait pas être l'ennemie, mais faire confiance à quelqu'un en dehors de Sever était un mauvais choix.

— Tu l'as vu, alors ? demanda Lani quand Gregor termina.

— Vu quoi ?

— Ce qu'ils font ici. Avec les virus.

Felix, principalement recouvert de moisissure, et ses esclaves revinrent brutalement à l'esprit. Le plongeon de Gregor dans la biomasse pour sauver Rovo. Le sentiment persistant que laisser l'avant-poste non brûlé avait été un mauvais choix.

— J'ai vu.

— Alors tu sais pourquoi nous sommes là, dit Lani.

— Pour le détruire ?

— Pour l'observer, répondit Lani. Beaucoup d'entreprises s'intéressent à Dynas, à ce qui se passe ici. S'ils réussissent, disent-ils, les humains n'auront plus besoin de terraformer une planète avant de la prendre. Il suffira de choisir les bonnes personnes à envoyer. Quel avenir parfait.

Gregor prit cela avec calme. Dynas n'avait pas été la première mission de DefenseCorp qu'il avait entreprise avec des sous-entendus de génie génétique. Toutes s'étaient terminées par des démolitions enflammées, et vu ce que Gregor avait déjà vu, il pariait que DefenseCorp enverrait une flotte de nettoyage sur Dynas peu après la fin de cette mission.

— Ils échouent, dit Gregor. Ce que nous avons vu était une maladie, pas une amélioration.

— Comme tous les autres, dit Lani en fronçant les sourcils. Avant, Frappe Helix nous prévenait quand les choses échouaient. Nous laissait nettoyer. Maintenant, ils ne sont plus aussi gentils. Je pense qu'ils savent que le temps presse.

— À cause de notre mission ?

— Es-tu aveugle, mon gars ? Lani fit un geste vers sa porte. Tu vois ces gens dehors ? Personne ne croit plus en ça. Personne ne veut être sur ce caillou humide. Frappe Helix a besoin d'une percée, ou tout le monde va partir, et on ne peut pas forcer autant de gens à garder le silence.

— Si tout cela est vrai, et que vous êtes censée les surveiller, alors pourquoi m'avez-vous trouvé ? demanda Gregor.

Il n'avait pas pensé que Lani pouvait froncer davantage les sourcils, pouvait rendre son regard encore plus furieux, mais Gregor s'était trompé.

— Parce qu'on nous laisse de côté, dit Lani. Frappe Helix ne nous donne plus d'informations, et ils ont renforcé la sécurité. DefenseCorp vient de nous donner de nouveaux ordres, et tu vas m'aider à les exécuter.

— Pourquoi ferais-je cela ?

— Parce que, si tu le fais, je m'assurerai que ton escouade récupère son vaisseau pour quitter ce foutu caillou.

9

ENRÔLÉE

Le petit-déjeuner en captivité s'est avéré plutôt bon — bien que plus tard que son habituel passage éclair par les œufs et les toasts, Eponi a décidé que le temps n'avait pas d'importance puisqu'elle n'avait aucun contrôle sur la façon de le dépenser. Ben a passé tout le repas à babiller devant elle, posant de temps en temps une question sur les parcours de course avant de se lancer dans un autre long monologue sur la façon dont, s'il avait été autorisé à concevoir l'engin de course, Eponi n'aurait jamais eu d'accident. Personne n'en aurait eu, et les choses auraient été tellement meilleures.

Pendant que Ben plongeait dans les profondeurs de son propre ego, Eponi laissait son regard errer dans la cafétéria, un espace assez grand pour accueillir plusieurs centaines de personnes et qui en contenait autant, mais beaucoup trop calme pour ce nombre. Les mess de DefenseCorp qu'Eponi avait connus étaient remplis de soldats vantards, de cadres bavards et de comptables qui plaisantaient. Les gens jouaient à des jeux sur les tables ou élaboraient des stratégies pour la prochaine session de simulateur. Ici, même si les gens étaient assis face à face, l'expression par défaut semblait être le regard vide, le regard perdu dans le vide.

Le long des murs de la cafétéria et éparpillées dans les couloirs de la tour se trouvaient des affiches dessinées dans des styles artistiques vintage représentant les miracles que Frappe Helix devait encore accomplir. La plupart montraient des planètes ou des astéroïdes en cours de transformation humaine, mais sans les combinaisons encombrantes et les vaisseaux de soutien nécessaires à la colonisation. Des tonalités douces et ambiantes étaient diffusées par un système de haut-parleurs, interrompues par des annonces dirigeant untel vers tel ou tel endroit. Des systèmes low-tech – DefenseCorp aurait envoyé tous les ordres directement sur votre appareil – mais étant donné le statut étrange ici, c'était peut-être tout ce dont Helix disposait.

Après le repas, Eponi ne savait pas à quoi s'attendre. Ben avait-il un emploi du temps de traître ? Une liste à parcourir avant de quitter ses amis ?

En supposant que Ben en ait.

— On va aux hangars, a dit Ben quand Eponi a demandé. Tu en as déjà vu un.

Il a accompagné cette dernière phrase d'un clin d'œil qui a donné envie à Eponi de vomir.

— Pourquoi y allons-nous ? a essayé Eponi alors qu'ils retournaient vers les ascenseurs.

— Pourquoi amènerions-nous une pilote aux vaisseaux ? a répondu Ben. Aucune idée, Eponi. Aucune idée.

Elle avait envie de répliquer à ce sarcasme, de dire qu'elle comprenait parfaitement ce qu'il y avait dans les hangars, espèce d'ordure, mais que ça n'avait aucun sens de mettre un ennemi dans un engin qui pourrait faire tant de dégâts. Eponi avait déjà écrasé un skiff pour laisser sa marque, une grosse navette ne ferait que pire.

— Alors, quand as-tu décidé pour la première fois de devenir pilote de course ? a demandé Ben pendant qu'ils attendaient l'ascenseur. Il suçait quelque chose qui ressemblait à une sucette, mais Eponi soupçonnait que l'aspect blanc et frisé, décidément pas celui d'un bonbon, signifiait que la friandise avait un tout autre effet.

— Quand est-ce qu'on choisit une passion ? a dit Eponi. Quand j'étais enfant.

— Oui, oui, mais je veux dire, quand as-tu vraiment décidé de te lancer ?

— Quand j'en ai eu l'occasion, a dit Eponi.

Il y avait des gens à qui elle n'aurait pas eu de problème à raconter sa vie. Comme, disons, n'importe lequel des médias couvrant le circuit de course et ses pilotes. Elle ne voulait rien donner à Ben, qui continuait à déclencher toutes sortes d'alarmes dans son esprit. Pas une âme dans la cafétéria n'était venue lui parler, personne ne lui avait dit bonjour pendant qu'ils marchaient, et l'homme avait gardé son sourire idiot tout du long.

Eponi avait vu des films. Ce type cochait toutes les cases.

Au moins, il a compris l'allusion et est resté silencieux jusqu'à ce que l'ascenseur les amène au hangar d'atterrissage. Contrairement à celui où Eponi avait fait exploser le skiff, cet étage semblait intact. Il semblait aussi dépourvu de skiffs, destiné à des transports plus importants. Les vaisseaux qui transporteraient des marchandises vers les étoiles et en reviendraient.

Plusieurs remplissaient le hangar en ce moment, tous des cargos ovales à deux moteurs identiques, construits pour de courts sauts dans le système et des voyages plus longs limités. Étant donné le désir apparent de Helix de garder le secret, Eponi n'était pas surprise de voir ce type de vaisseau ici : difficile de s'échapper s'il n'y a rien de capable de le faire aux alentours.

Si la cafétéria avait été lugubre et léthargique, ici, au moins, les gens bougeaient avec un but. Ils guidaient des drones de transport à travers le sol peint en noir sous de larges lumières blanches entre les énormes ouvertures sur les côtés de la tour, quelque peu protégées grâce au même nano-filet microscopique qui camouflait la ville elle-même. Un vaisseau était en train d'être chargé, chaque caisse embarquée avec soin dans des boîtes de haute qualité doublées d'argent.

— Vous envoyez des trucs sensibles, a dit Eponi en sortant de l'ascenseur.

— Tu ne sais pas ce qu'on fait ici ? a répondu Ben. Tout est médical, tout est génétique. Bien sûr que c'est sensible.

— Désolée, j'ai oublié de mentionner que je m'en fichais.

Elle s'en souciait, mais feindre le désintérêt pour empêcher Ben de parler était à peu près la seule carte qu'Eponi pouvait encore jouer. Pas que ça ait marché.

— Ne t'inquiète pas, je vais quand même tout t'expliquer. Ben a pointé du doigt la navette en cours de chargement. C'est la nôtre.

— La nôtre ?

— Oui. On fait une livraison aujourd'hui. Des clients qui viennent récupérer une commande.

Une commande de quoi ? Un virus qui fait se transformer les gens en ces monstres que Sai a dû combattre ? Qui a fait paniquer ses propres scientifiques dans les toilettes ? Qui achèterait ça ?

Trop de questions, trop peu de réponses, et Eponi soupçonnait que Ben ne donnerait pas ces dernières. Néanmoins, elle l'a suivi jusqu'à la navette, a monté la rampe et est entrée dans les quartiers habitables exigus.

Contrairement au vaisseau de largage, conçu pour le transport d'armures lourdes, cette navette était pensée pour le fret. Un petit espace pour l'équipage, un maximum pour le fret, l'espace habitable du vaisseau condensé en trois pièces remplies de lits de camp, un seul espace de loisirs circulaire avec un fabricant de repas préfabriqué, puis le court couloir menant au poste de pilotage. Pas de fioritures, pas de fantaisie, juste de l'efficacité.

Ben ne s'embêta pas avec une visite guidée et Eponi n'en demanda pas. Elle avait déjà vu ces modèles auparavant, bien que DefenseCorp se passait généralement de vaisseaux pacifiés et mollassons. Pas assez agressifs, pas assez polyvalents dans leurs applications. Si on ne pouvait pas y fixer une douzaine de tourelles, disait DefenseCorp, alors à quoi bon ?

Le cockpit, cependant, était identique à celui du vaisseau de descente. Disposition standard pour deux pilotes, avec des manches de pilotage et des écrans parsemant chaque surface à l'exception du plafond, où des leviers manuels pour chaque système servaient de sauvegarde à leurs équivalents sur écran. La redondance signifiait la survie dans l'espace et quand Ben prit le siège du copilote, faisant signe à Eponi de se glisser dans le siège principal, elle se demanda s'il avait vraiment l'intention de l'assister. S'il avait réellement l'intention de laisser Eponi piloter.

— Qu'est-ce qu'on fait ici ? dit Eponi. Pourquoi suis-je dans ce siège ?

— Parce que, et voici la vérité Eponi, Ben secoua la tête si largement que toute sincérité s'envola. Il ne reste plus assez de pilotes ici. On en a perdu un paquet. Soit ils prennent un de ces vaisseaux et s'enfuient, soit, eh bien, des accidents.

— Quel genre d'accidents ?

— Ceux qu'on n'aura pas, Ben hocha la tête vers la fenêtre avant, où une autre cargaison se dirigeait vers la soute arrière de la navette. On a beaucoup appris sur le transport de ces trucs, en s'assurant qu'ils ne se libèrent pas dans le vide. Tout est totalement sûr maintenant.

— Tu essaies de me rassurer ou de te rassurer toi-même ?

Ben rit, ce qui n'eut aucun effet sur Eponi. Pas que ça importait ce que Ben disait. L'homme semblait vraiment avoir l'intention de lui demander de piloter une navette, ce qui signifiait qu'Eponi aurait les commandes d'un vaisseau. Un moyen de quitter cette planète, de s'en éloigner pour toujours.

Elle avait abandonné Sever. Sauvé Sai et l'avait livré. Pour ce qu'elle en savait, Aurora et les autres étaient peut-être déjà morts. Cette base grouillait de gardes Helix. Aurora, Gregor et une recrue ? Pas de bonnes chances.

— Voilà donc l'histoire, dit Ben. On va monter, rencontrer un partenaire et livrer les conteneurs. Si tu te débrouilles bien sur ce coup-là, devine quoi, on te fera un peu plus confiance. Je sais que ça semble désespéré, vu que tu travaillais pour l'ennemi il y a un jour, mais bon, on est tous désespérés ici.

— Ça semble toujours dingue.

Ben sourit, puis se décala un peu, sortit sa chemise avec sa main, soulevant l'ourlet juste assez pour montrer la poignée saillante d'un micro laser.

— Eponi, on vit une époque folle. Tu vas faire ce que je te dis, ou je vais te tirer dessus et réessayer un autre jour, dit

Ben. Ils vont finir de charger, on aura le feu vert, et ensuite tu vas faire une super livraison. Tout en douceur.

Eponi leva les yeux au ciel, un geste qui, pour une fois, sembla déstabiliser Ben.

— Si tu savais combien de fois on m'a collé des flingues sous le nez, répliqua Eponi. Tu veux que je pilote ce vaisseau, d'accord. Tu veux livrer ta maladie à quelqu'un, cool. Peu importe. Je ne suis pas là pour jouer les héros. Je suis là pour le fric. Je suis là pour vivre. Alors range ton laser et finissons-en.

10

SECRETS INAVOUABLES

Au moment où Kashmal terminait ses présentations au cours du deuxième verre, au moment où il finissait d'expliquer quels désastres étaient à l'œuvre sur Dynas, Rovo commençait à avoir l'impression qu'ils étaient entrés dans une blague ; que se passe-t-il quand deux soldats et un ingénieur généticien entrent dans un bar ?

Une crise interstellaire.

Bon, la chute avait besoin d'être travaillée. Rovo y réfléchissait tandis que Kashmal les menait du bar à son appartement, situé dans un grand immeuble à deux pâtés de maisons, avec une légère oscillation dans sa démarche. Bien que Rovo ne puisse pas le deviner à cause des constantes nuances ocre dans le ciel et de l'humidité de la ville, l'horloge de son ordinateur de poignet lui indiquait que l'après-midi était déjà bien entamé.

Bien que DefenseCorp n'ait pas donné de calendrier précis à l'Escouade Sever pour cette mission — facile à faire quand Sever devait trouver son propre moyen de quitter la planète — les chances de réussite tendaient à diminuer plus le temps passait. Surtout depuis que l'ennemi savait que Sever avait réussi à entrer dans la ville.

Cependant, l'astuce de Gregor avait fait son effet. Le Bug tenait Rovo informé des activités de police de la ville, ainsi que des différents messages envoyés par des forces plus secrètes, et aucun n'avait de bonnes pistes sur les positions de Sever. Il semblait y avoir suffisamment d'autres problèmes dans la ville, comme une grande manifestation à l'entrée principale de la tour. Des yeux étaient aux aguets, mais au milieu de la foule en combinaison étanche, Sever passait inaperçu.

L'immeuble de Kashmal manquait du raffinement auquel Rovo aurait pu s'attendre de la part de quelqu'un impliqué dans la conception de la prochaine version de l'humanité. Des briques noires s'élevaient sur dix étages avant de se terminer par un auvent métallique qui faisait ruisseler l'humidité le long des côtés en une fine cascade continue. Kashmal, sa valise dans une main et une carte d'identité semblable à celle que Rovo avait volée — et qu'il avait toujours dans la poche de sa combinaison — dans l'autre, les fit entrer d'un bip.

— Ne faites pas comme si vous n'étiez pas impressionnés, dit Kashmal alors qu'ils entraient dans un hall rempli de boîtes aux lettres, de carrelage vert crasseux, et rien d'autre.

— Ce ne sera pas un problème, répondit Aurora.

Un ascenseur suintant emmena le trio au huitième étage, et Kashmal les conduisit à son appartement, situé dans un angle. Rovo n'avait aucune idée si un appartement d'angle signifiait quoi que ce soit sur Dynas.

Cependant, en ouvrant la porte de son appartement, Kashmal prouva qu'il ne pouvait pas se permettre un assainissement de base. Des restes de nourriture d'origines inconnues et multiples se firent connaître dans une vague asphyxiante qui fit reculer Rovo dans le couloir pour prendre une dernière bouffée d'air humide avant de descendre dans la brutale étuve de Kashmal.

— Ah, la nuit dernière, dit Kashmal en errant dans son propre appartement, repoussant des déchets au hasard dans une poubelle qu'il avait ramassée à côté de la porte. Les choses n'allaient pas très bien, et tout se décompose si vite sur cette foutue planète.

— Les choses n'allaient pas très bien ? dit Rovo, prenant conscience de la situation désespérée de quelqu'un qui avait depuis longtemps renoncé aux choses sanitaires de la vie. Que s'est-il passé ?

Au-delà des emballages éparpillés et des restes de nourriture, l'appartement s'illumina progressivement à la lumière du jour lorsqu'Aurora, contournant Kashmal, commença à remonter les stores épais et à entrouvrir les fenêtres. Un mauvais coup pour la discrétion, mais nécessaire pour la survie.

Un salon, une cuisine, un court couloir menant à une salle de bain et, selon Kashmal, deux chambres composaient l'agencement. Rien n'avait été accroché aux murs, à l'exception de taches de couleurs étranges ici et là. Rovo en toucha une, son doigt en ressortit humide, et il fronça les sourcils. La moisissure, sur une planète comme Dynas, semblait inévitable, mais cela ne voulait pas dire que Rovo devait l'apprécier.

Tandis qu'Aurora commençait à interroger Kashmal, elle fit un signe à Rovo derrière le dos de Kashmal, un simple geste de deux doigts pointés vers le sol. Fais un tour, disait Aurora, et fais-le discrètement. Un seul doigt aurait signifié à Rovo d'enfoncer les portes et de se préparer au combat.

Depuis la cuisine, un triste spectacle avec un petit réfrigérateur et deux machines de préparation alimentaire sur un comptoir gris encrassé, Rovo se dirigea vers le couloir. Il jeta un coup d'œil dans la salle de bain, qui semblait utilisable. Rovo examina longuement l'armoire au-dessus du lavabo de la salle de bain, se demandant combien de pilules il pourrait y trouver. Cependant, sa réticence à toucher quoi que ce soit dans ce foutu appartement sale le fit garder les mains le long du corps.

Vers le fond, le couloir se terminait par deux portes. L'une ouverte sur ce qui ressemblait à la chambre en désordre de Kashmal. Au moins cette fenêtre avait ses stores levés, donnant un peu de lumière au lit recouvert d'un drap. La porte de l'autre pièce était fermée, avec une poignée à l'ancienne et une serrure à combinaison physique faisant face à Rovo.

Combien de temps s'était-il écoulé depuis que Rovo avait vu une serrure comme celle-là ? Tout le monde utilisait maintenant des serrures électroniques, la légère diminution de la sécurité étant compensée par la commodité d'avoir toujours la « bonne » clé dans sa poche, dans son ordinateur, prête à l'emploi.

Rovo jeta un coup d'œil dans le couloir, ne vit personne venir vérifier ce qu'il faisait, puis tendit la main et toucha la poignée de la porte. Il essaya de la tourner, très légèrement, et le mouvement s'arrêta net. Verrouillée, donc. Rovo essaya de tourner la poignée dans l'autre sens, juste pour être sûr.

Bloquée de ce côté aussi.

Attends.

Rovo tourna la poignée dans sa plage de verrouillage. Il sentit à nouveau le tremblement. Cette fois, quand il tourna la poignée vers la gauche, le tremblement commença immédiatement. Pas frénétique, mais comme si quelqu'un, quelque chose disait bonjour. Communiquant à travers le métal.

Rovo recula, lâcha la poignée. Fixa la porte du regard. Il aurait pu parler, demander s'il y avait quelque chose là-dedans, mais cela aurait enfreint les règles d'Aurora sur la discrétion. La curiosité pouvait mener Rovo très loin, mais aller à l'encontre de son commandant lors d'une mission qui avait déjà tellement déraillé dépassait les limites pour le bleu, alors il se retourna et retourna dans le salon.

— Donc, si je comprends bien, disait Aurora lorsque Rovo revint. Tu veux aller travailler, même si nous sommes là pour te sauver ?

— Je ne vois pas de sauvetage ici, dit Kashmal en s'appuyant contre son comptoir tandis qu'Aurora était restée debout. Je vois deux mercenaires en combinaisons de plongée, sans armes ni vaisseaux. J'ai ce dont j'ai besoin dans cette valise, mais vous n'avez pas votre part prête. En attendant que ça arrive, je dois garder les apparences. Du travail à faire.

— Et nous sommes censés faire quoi, alors ?

— Votre boulot, peut-être ? répondit Kashmal. Je paie DefenseCorp pour un sauvetage, pas pour une chance de faire du baby-sitting. On vient juste de déjeuner. Je serai de retour ici ce soir. Vous récupérez votre vaisseau, vous me retrouvez ici ou vous m'envoyez un message.

Aurora leva les yeux au ciel en direction de Rovo tandis que Kashmal s'affairait à remettre son propre poncho. Rovo lui montra trois doigts, indiquant une fouille réussie qui avait trouvé quelque chose d'intéressant. Quatre aurait signifié crucial pour la mission, cinq ; dangereux.

— Kashmal, dit Aurora, en gardant les yeux sur Rovo. Où travailles-tu ?

— À la tour d'Helix, répondit Kashmal en enfilant ses

bottes. C'est là que va quiconque travaille sur la partie génétique. Comme ça, ils peuvent nous garder à l'œil.

— Alors je viens avec toi.

— Oh, c'est ça ton super plan ? rit Kashmal. Marcher droit vers l'ennemi et entrer comme dans un moulin ? Ils te tueront, et ensuite ils me tortureront.

— Ça n'arrivera pas, répliqua Aurora. On s'en sortira. Je n'entrerai pas avec toi, tu m'amèneras juste assez près pour que je gère le reste.

— Et ton ami ici ? Il va nous rejoindre dans notre destruction mutuelle ?

— Je reste, dit Rovo, devinant le jeu d'Aurora. Tu as dit que ton matériel était dans cette valise ? Alors ça a du sens de le protéger.

Kashmal, pour la première fois, semblait incertain. Aucune répartie ne lui vint aux lèvres, et à la place, il lança un regard nerveux vers Aurora, comme s'il espérait que la commandante désavouerait son camarade et garderait le trio ensemble. Quand Aurora hocha la tête, Kashmal fronça durement les sourcils.

— Tu es sûre que c'est la meilleure option ? finit par dire Kashmal. Mon appartement est très sûr. Personne ne le soupçonne.

— Parce qu'il est trop dégoûtant pour qu'on se donne la peine de le fouiller ? dit Rovo.

— Peut-être ! dit Kashmal. Mais essaie de garder un endroit propre sur Dynas. Ce monde entier n'est que pourriture.

Ne voyant aucun des deux Sever céder, Kashmal se dégonfla, capitula, et après quelques bafouillages sur le fait de ne pas fouiller dans ses affaires, le VIP conduisit Aurora hors de l'appartement.

Rovo compta jusqu'à cinquante, attendit que Kashmal

ne revienne en trombe prétextant avoir oublié quelque chose, mais l'homme ne réapparut jamais. Aurora non plus. Rovo, la recrue, était complètement seul sur un monde hostile, dans une ville hostile, avec un appartement, franchement, hostile tout autour de lui.

— Il est temps de découvrir à quel point c'est hostile, marmonna Rovo.

D'abord, il prit la valise de Kashmal et, doucement, glissa l'objet en métal argenté — à peu près la seule chose propre dans l'espace — sous l'unique canapé de l'appartement. Pas la meilleure cachette, mais elle serait à l'abri des regards superficiels.

Rovo fouilla ensuite dans les tiroirs de la cuisine de Kashmal. Les Sever avaient réussi à emporter leurs petites armes de leur armure, mais Rovo ne voulait pas émettre un flash laser révélateur s'il pouvait l'éviter. Les couteaux de Kashmal, assez aiguisés vu leur manque d'utilisation, seraient préférables. Il en prit un plus grand, puis retourna à la porte verrouillée.

— Il y a quelqu'un ? essaya Rovo. Il y a quelqu'un là-dedans ?

Silence. Ce qui pouvait signifier n'importe quoi. Quelqu'un incapable de parler, un tressaillement imaginaire, quelqu'un qui ne comprenait pas le Commun — aussi difficile que cette pensée soit à concevoir.

— Secouez la poignée si vous pouvez m'entendre.

Toujours rien.

Il allait devoir essayer la manière forte. Rovo retourna dans la cuisine, fouilla jusqu'à ce qu'il trouve le petit kit d'outils si nécessaire dans n'importe quelle maison. Tournevis et autres, ces choses qui étaient si omniprésentes à travers une galaxie qui avait évolué de tant d'autres façons. Certaines technologies ne se démodaient jamais.

Rovo retourna à la porte, s'accroupit devant la poignée, et sortit un tournevis plat et un marteau. Ni la poignée ni la serrure n'avaient l'air solides, et Rovo se fichait complètement que l'appartement de Kashmal reste en bon état. L'homme allait bientôt partir de toute façon.

La recrue de Sever plaça le bord du tournevis plat contre le trou de la serrure, le poussa aussi loin que possible, puis prit le marteau et commença à frapper, enfonçant le tournevis un peu plus à chaque coup. Pas très subtil, mais en termes de bruit, des coups de marteau rythmés devaient être moins suspects que défoncer une porte à coups de pied ou brûler des trous avec un laser.

Une fois que le tournevis se fut frayé un chemin, s'enfonçant à travers les rainures de la clé, Rovo s'appuya sur l'outil, le força à tourner, et libéra la serrure du chambranle. Rovo plaqua sa main droite contre la porte en fibre lâche, la maintenant fermée jusqu'à ce qu'il lâche le tournevis, jusqu'à ce qu'il recule et sorte le couteau, le pointant vers l'ouverture, prêt à poignarder ce qui se trouvait de l'autre côté.

— Je vais ouvrir la porte dans cinq secondes, dit Rovo. Éloignez-vous-en, et ne bougez pas. Si vous avez des mains, levez-les.

Il compta jusqu'à trois, à voix haute, puis ouvrit la porte d'un coup.

Debout là, au milieu d'un énorme tas de vêtements sales, avec quelques livres miteux à ses pieds, se tenait une petite fille aux cheveux noirs, les yeux grands ouverts et effrayés sous une unique lumière blanche douce.

11

FAILLE DE SÉCURITÉ

Si *tu donnes une mission à un mercenaire*, disait l'adage, une expression courante parmi les membres de DefenseCorp qui pouvaient conclure la phrase pour correspondre à la tâche insensée qui leur était actuellement confiée. Comme, disons, essayer de faire sortir un VIP d'une planète alors que ce VIP voulait pointer et travailler un autre quart.

Non pas qu'Aurora ait un bon moyen de faire sortir Kashmal de Dynas pour le moment, mais le fait qu'il effectue des heures de rotation dans un laboratoire Helix ne les aiderait pas à trouver une solution.

À moins que Kashmal ne puisse la faire entrer dans cette tour menaçante.

Le bâtiment laid, tout en arêtes inclinées et sections hérissées, comme s'il avait été conçu par un méchant de conte de fées moderne, dominait l'horizon de la ville, peu importe où Aurora et les autres allaient. Une ombre menaçante, toujours tapie derrière le toit le plus proche.

Des aéroglisseurs et de plus grands vaisseaux bourdonnaient autour de la tour en essaims rapides tandis que

Kashmal et Aurora descendaient une rue principale à bord d'un tramway aérien, avec la tour trônant au centre. Le toit du tramway, un dispositif en verre tacheté d'humidité, offrait néanmoins une vue dégagée sur les sombres affaires de Dynas. Le trajet donnait un aperçu clair des groupes qui se traînaient dans la rue, pataugeant pour aller déjeuner et retourner vers leurs bureaux, leurs maisons ou, peut-être, des bars. Comme n'importe quelle autre ville, sauf que-

— Misérable, n'est-ce pas ? dit Kashmal, assis à côté d'elle près de l'avant du tramway. Cet endroit tout entier ? Juste affreux d'une minute à l'autre.

— J'ai vu de meilleures planètes, répondit Aurora, balayant du regard l'intérieur du tramway alors qu'il accueillait de nouveaux passagers. Gregor avait fait du bon travail pour semer leurs poursuivants, mais les missions Sever vous apprenaient vite qu'on ne pouvait jamais être trop prudent. J'en ai vu de pires.

— Pires ? Comme quoi ?

— Fantares. Pendant la première colonisation. Des gens sans options qui se faisaient des maisons à partir de roches bombardées. Aurora et Sever avaient assuré la garde pendant cette période, bien que la plupart des migrants de Fantares aient eu de plus gros soucis que de se battre. Tu as des maisons ici. De l'électricité. Bon sang, des tramways aériens.

— Oh oui, quand l'humanité navigue parmi les étoiles, de telles merveilles technologiques comme les tramways aériens devraient être appréciées.

Aurora appréciait *vraiment* le tramway aérien. Après avoir passé la matinée à arpenter la ville et la veille dans un combat acharné contre des soldats et d'étranges mutants, s'asseoir et regarder les pâtés de maisons défiler était plutôt agréable. Kashmal, cependant, continuait d'énumérer ses plaintes, comme s'il inscrivait Dynas à un concours de la planète la plus décrépite de la galaxie, avec Aurora comme juge.

Apprendre à faire abstraction des divagations de diverses cibles de mission, d'officiers supérieurs et subalternes, et de foules était une compétence qu'Aurora avait développée avec une intensité rigoureuse. Elle se concentra sur le tramway, sur les trottoirs et le ciel, tout pour effacer les commentaires incessants de Kashmal. Elle s'en fichait.

Complètement.

Parce qu'à la fin de tout ça, Aurora serait soit morte, soit envoyée à la prochaine mission, avec une autre personne qui se plaindrait et paniquerait à sauver ou à abattre jusqu'à ce qu'elle ait enfin amassé assez d'argent pour ne plus jamais avoir besoin d'écouter ces conneries.

— Mais tu vois, ils ne peuvent pas nous donner ces commodités parce qu'ils ne veulent pas que ces vaisseaux viennent ici, dit Kashmal alors que le tramway ralentissait à l'arrêt final annoncé et qu'Aurora se remettait à l'écoute. Le secret ne sert à rien si les gens qui gardent ces secrets décident que ça n'en vaut pas la peine.

— Ou s'ils décident de vendre ces secrets pour de l'argent ?

— Exactement. Maintenant lève-toi, allons-y. Kashmal poussa Aurora hors de son siège, dans l'allée, coupant la route aux autres qui se dirigeaient vers la sortie.

Aurora préférait partir en dernier, pour aider à éliminer les poursuivants potentiels et tenir compte de tout le monde dans le tramway, mais une fois que Kashmal l'avait mise dans le flux, il n'y avait plus moyen de s'arrêter et elle descendit d'un pas lourd dans une foule se dirigeant vers la tour. Kashmal la suivit, puis la dépassa, sentant sa propre haleine, comme s'il réalisait que passer la première moitié de sa journée à traîner dans un bar n'était pas la meilleure décision.

— Kashmal, dit Aurora, rattrapant le VIP alors qu'ils se faufilaient parmi les marcheurs. Ne me pousse plus jamais ou je m'assurerai que tu passes le reste de cette mission inconscient.

Kashmal rit. — Je t'en prie. Plus vite je pourrai quitter cet endroit, physiquement ou mentalement, mieux ce sera.

La foule de retour du déjeuner se congestionnait en entrant dans une vaste cour, d'au moins plusieurs pâtés de maisons de large, à la base de la tour. Les gens entraient et sortaient de plusieurs rues, passant devant des statues corrodées affichant des logos Helix, avec des bases en pierre gravées de noms qu'Aurora ne reconnaissait pas. Les fondateurs de l'entreprise ? Des employés ? Des victimes ? Qui savait, qui s'en souciait.

Bien plus intéressants, de loin, étaient les chants qui résonnaient à mesure qu'ils s'approchaient de la tour. La foule qui allait et venait s'engouffrait dans une entrée enchaînée, et de chaque côté, des dizaines d'autres personnes se tenaient derrière ces chaînes, portant des pancartes et criant... des choses ?

Plutôt que de dire la vérité au pouvoir, il semblait que le mouvement de protestation de Dynas s'inspirait de Kashmal, ou peut-être l'inverse. Les pancartes réclamaient une nourriture plus moderne, des liens vers les réseaux de divertissement galactiques, de meilleurs soins médicaux. Plusieurs suggéraient des conspirations autour de personnes disparues, et Aurora ne pouvait s'empêcher de se demander si certaines d'entre elles étaient devenues les jouets mutés par le virus de Felix.

— Un ramassis, dit Kashmal alors que la file d'attente s'ordonnait en deux colonnes strictes. Des gens qui ne comprennent pas le travail effectué ici, piégés par leur conjoint ou les circonstances. Sans espoir.

Aurora resta silencieuse. Elle observait. Devant, il semblait qu'ils allaient atteindre un point de contrôle où son absence de badge d'entreprise passerait d'un inconvénient mineur à un problème critique.

— Comment vas-tu entrer ? demanda Kashmal alors que la file avançait. Tu ne peux pas tous les menacer.

— Je pourrais, mais je ne le ferai pas. Garde ta balise allumée. Quand nous appellerons, ce sera le moment de partir.

Aurora s'arrêta de marcher, se tournant sur le côté pour laisser les autres travailleurs la dépasser. Kashmal eut le bon sens de continuer sans se retourner. Cela n'aurait pas fait bonne impression si Aurora avait commencé une bagarre à côté de la personne qu'elle était censée protéger.

À présent, l'Escouade Sever avait perdu son nom d'escouade. Chaque membre était livré à lui-même, et bien que voir les aéroglisseurs se diriger tous vers les étages supérieurs de la tour donnait à Aurora l'espoir qu'Eponi et Sai étaient à l'intérieur, elle n'avait aucune idée de leur emplacement. Gregor, lui non plus, ne s'était pas présenté chez Kashmal ni n'avait essayé de les contacter via la ligne sécurisée de Sever. Il était peut-être mort, prisonnier ou, comme Felix, quelque chose de pire.

Rovo, au moins, avait un endroit sûr. Aurora n'aurait pas à s'inquiéter pour la recrue pendant une minute ou deux. Dans le meilleur des cas, Aurora descendrait en piqué dans une navette — avec Eponi aux commandes — et ils récupéreraient Rovo et la mallette de Kashmal sur le toit de son immeuble, fileraient vers l'espace et ne remettraient plus jamais les pieds sur Dynas.

Après avoir laissé à Kashmal vingt pas d'avance, Aurora

rejoignit le flot. En s'approchant des portes de contrôle — de grandes arches grises qui scannaient les métaux et bien d'autres choses — Aurora compta quatre gardes de sécurité. Tous humains, avec le regard vitreux qui vient d'une trop grande dépendance à la technologie pour faire leur travail à leur place.

Aurora n'était pas non plus la seule à avoir des problèmes d'identité en ce moment. Un autre homme avait déjà quitté la file et semblait supplier l'un des agents de sécurité, tous vêtus d'épais uniformes noirs avec cette double hélice blanche sur la poitrine, sans succès.

— Vous savez combien de temps ça va me prendre pour rentrer chez moi ? disait l'homme. Autant que je prenne ma journée !

— Ça me va, répondit le garde d'un ton monocorde qui s'accordait avec ses larges épaules.

— Ah oui ? Vraiment, ça vous va ? Ça vous va que, quand je ne ferai pas mon travail, vous n'aurez plus d'emploi parce que tout cet endroit va s'effondrer ?

— Ce n'est pas mon problème.

Aurora dut accorder quelques points au garde de sécurité pour cette réponse. Cette attitude de je-m'en-foutisme absolu. Ce qui rendait plus difficile ce qui allait suivre. Légèrement.

S'approchant derrière l'homme qui se plaignait, alors qu'il levait les bras pour une autre démonstration exagérée de fureur pompeuse, Aurora le poussa droit sur le garde. Le mouvement ascendant de l'homme frappa le visage du garde, et Aurora passa à côté, tendit son pied gauche et faucha la cheville du garde qui reculait, les envoyant tous les deux, lui et l'homme protestant et trébuchant, s'écraser au sol.

Alors que tous les regards convergeaient vers ce

désordre, Aurora se fraya un chemin à travers les arches, qui virèrent immédiatement au rouge et diffusèrent une alarme forte et stridente. Tous ceux qui se trouvaient près d'Aurora se retournèrent, tandis que le garde à terre injuriait l'homme, et personne n'eut une vue nette de la chef de Sever qui s'éloignait rapidement.

Pour le moment, Aurora avait réussi à entrer dans la tour. N'importe quelle force de sécurité compétente repasserait les secondes autour du déclenchement de l'alarme et la repérerait, ce qui signifiait que la vitesse était maintenant primordiale. Le seul problème était : où aller ?

Au-delà de l'entrée de la tour, quatre banques d'ascenseurs attiraient le personnel autorisé, et Aurora en choisit une au hasard. Sans destination précise, n'importe-où-sauf-ici était prioritaire. Quand elle s'approcha des ascenseurs, Aurora suivit simplement un homme portant un poncho qui entrait dans l'une des cabines, alors qu'il sélectionnait un étage en scannant son badge d'entreprise et en énonçant le numéro.

— Pareil, dit Aurora, quand il la regarda.

Les portes de l'ascenseur se fermèrent, les enfermant à l'intérieur.

— Pareil ? répondit l'homme. Je ne vous reconnais pas.

L'ascenseur bougea, descendant rapidement.

— Je suis nouvelle ici.

Un compteur d'étages, en chiffres rouges vifs au-dessus de la porte, passa dans les négatifs.

— Nouvelle ? Quel est votre code d'identification ?

Aurora frappa l'homme une fois dans l'estomac pour le faire se plier en deux, une seconde fois au crâne pour l'assommer. Elle lui arracha son badge d'identification alors que l'ascenseur s'arrêtait à l'étage choisi. Les portes s'ouvrirent tandis qu'Aurora poussait le corps inerte sur le côté, faisant de son mieux pour le garder hors de vue immédiate, prête à se battre contre quiconque se trouverait de l'autre côté des portes.

Sauf que le couloir était vide, l'ascenseur s'ouvrant sur un hall d'angle recouvert de carrelage bleu-noir. Aurora fit un pas prudent dehors, regardant de chaque côté. Elle pouvait voir des sections vitrées qui interrompaient le carrelage de temps en temps, et quelqu'un, quelque part, hurla.

Derrière elle, l'ascenseur se referma et s'éloigna, emportant l'homme inconscient avec lui.

12

MÉTHODE SCIENTIFIQUE

Sai a retrouvé sa mère en remontant les escaliers. Trois étages au-dessus de leur appartement, meurtrie et piétinée dans les marches, mais toujours en vie. Il l'a jetée sur son épaule alors que la tour continuait de trembler, que les alarmes continuaient de retentir, et l'a ramenée à leur appartement. Il l'a allongée sur le lit dont aucun d'eux n'avait pensé qu'il servirait encore une minute et a commencé une nouvelle vie.

Avec le katana et, par la suite, d'autres armes qu'il a prises aux pillards qui pensaient que Sai et son épée seraient des proies faciles, le fils est devenu comme tous ceux qui restaient encore sur sa planète natale : un réfugié pillard. Il a forcé l'entrée des appartements de ses voisins, des anciens domiciles de ses amis, et a pris toutes les provisions qu'il pouvait trouver. Il a transformé l'appartement familial en sanctuaire, en forteresse.

Et il a attendu que sa mère guérisse pendant que les bâtiments brûlaient dehors. Après quelques jours, Defense-Corp a commencé sa purge, et la compagnie a rempli les cieux de vaisseaux différents des navettes d'évacuation.

C'étaient des engins lourdement armés, déversant des soldats qui éliminaient sans pitié tous ceux qui refusaient de se rendre.

Un peu plus d'une semaine plus tard, les soldats ont atteint l'étage de Sai. Ils avaient grimpé la tour — le toit n'était plus qu'une ruine instable — et ils ne se sont pas donné la peine de frapper quand ils sont arrivés à la porte de Sai. Battre des pillards, des gens affamés et désespérés, c'était une chose. Affronter des professionnels armés et blindés... Sai aurait essayé, mais sa mère a dit non. Elle l'a supplié de ne pas le faire.

— Après tout ce que tu as fait, ne laisse pas tes amis te tuer, a dit sa mère depuis le lit.

— Ce ne sont pas mes amis.

Il se tenait au pied du lit, tenant le katana d'une main et un pistolet bancal de l'autre, sa batterie à peine assez chargée pour tirer un coup.

— Tu dois en faire tes amis, Sai, ou nous sommes perdus, a dit sa mère. Tu ne peux pas te battre contre tout le monde.

Si Sai avait un point faible, c'était sa mère. Ce qu'elle demandait, Sai le ferait. Il pourrait argumenter, hésiter, mais il le ferait, et pour une seule raison : elle l'avait mis au monde, et cela lui donnait tous les droits de lui donner des ordres.

Sai a accueilli les mercenaires, lorsqu'ils ont défoncé la porte, à genoux, le katana posé à côté de lui sur le sol, les mains jointes et les yeux baissés. Quand les soldats ont demandé son nom, il l'a donné, a dit que sa mère était blessée dans la pièce d'à côté. Le chef, bourru et invisible derrière son armure bleu-gris marquée par les explosions, a demandé à Sai s'il vivait ici.

Sai a répondu que c'était sa maison, mais que ce ne l'était plus.

Des combattants ne sont pas venus défoncer la porte de l'ascenseur pour entrer dans la salle d'expérimentation d'Anaskya. Sai s'est appuyé, poursuivant ses souvenirs, sur le podium, une seconde souche virale se propageant dans son corps. Là où la première lui avait donné une sensation de chaleur, comme si une fièvre agressive s'était emparée de lui, celle-ci se mêlait à sa sœur aînée pour déchirer Sai.

Sai n'avait jamais eu conscience de ses propres cellules, ces petits éléments constitutifs qui faisaient fonctionner son corps. Maintenant, il pouvait sentir chacune d'entre elles alors qu'elles s'agitaient avec le virus, qu'elles couraient et se battaient et perdaient et gagnaient, des zones s'enflammant le long de son corps et se déplaçant alors que l'infection cherchait à s'implanter.

Autour de lui, Sai pouvait voir d'autres personnes traverser la même expérience. Des gens plus âgés, plus jeunes que lui, attachés à leurs propres podiums, leur nombre augmentant à chaque fois que le Capitaine Happy amenait une nouvelle victime à ajouter aux sujets d'Anaskya.

Le docteur guidait le nouveau sujet vers sa place, tout comme elle l'avait fait avec Sai, attachait ses poignets et commençait les injections. Au début, Sai pouvait à peine suivre ce qui se passait autour de lui ; le premier virus avait tellement déformé son corps. Les nouvelles injections, cependant, réveillaient Sai même si elles le détruisaient. Comme une bombe dont la mèche brûle, Sai était alerte, Sai était prêt, et Sai pensait qu'il allait mourir.

Apparemment, il n'était pas le seul.

La salle de test comportait quatre rangées, chacune avec cinq podiums. Environ la moitié avait maintenant des patients que Sai pouvait voir, avec au moins deux personnes dans chaque rangée. Anaskya gardait les choses espacées, et elle avait placé Sai près du centre. En tournant la tête alors que les tubes attachés à ses doigts, injectant dans ses bras, pulsaient des fluides allant du transparent au jaune et au vert, Sai vit que la plupart le dépassaient ; soit en perdant soit en « gagnant » la bataille contre l'infection avant lui.

Leurs expressions étaient claires : tordues de douleur, ou détendues de cette manière engourdie que Sai avait vue chez trop d'ennemis avant qu'ils ne succombent à leurs blessures. Quelques-uns tremblaient, soit de froid soit de la connaissance de ce qui allait arriver. D'autres pleuraient, un criait. Aucune musique ne jouait, à part le doux bourdonnement constant de la ventilation.

Pourquoi Sai était-il venu sur cette planète déjà ? Comment s'était-il retrouvé dans cet endroit ? Cette réponse se trouvait dans une partie de lui que Sai était en train de sceller rapidement, les souvenirs, les pensées et les objectifs mis de côté alors que les virus dévoraient son être. Au lieu de cela, il s'accrochait à sa famille, ses enfants et sa femme et sa mère et essayait, essayait, essayait d'oublier cette horrible pièce et le fait qu'il allait mourir ici.

La réalité a fait venir les larmes, des gouttes remplissant ses yeux qui ont grandi pour la première fois depuis une éternité et ont coulé sur ses joues, éclaboussant le podium.

Quel soldat pleurait ainsi au milieu d'une mission ?

Celui qui pensait aux anniversaires qu'il manquerait, aux histoires qu'il ne pourrait ni raconter ni entendre.

Arrête ça.

Il n'emmènerait pas sa femme sur les plages gelées pour regarder l'eau salée lécher les cristaux de glace.

Non. Ne fais pas ça.

À l'époque où Sai travaillait pour DefenseCorp sur sa

planète natale, ils se réveillaient tous les cinq — mère, épouse, fille, fils et lui-même — pour aller saluer l'étoile de l'aube lorsque sa forme d'un blanc éclatant s'élevait dans le ciel méridional.

Le craquement déchirant ramena Sai de ses larmes, de ses souvenirs, et il baissa les yeux pour constater qu'il avait brisé le podium. Il l'avait déchiré en deux et jeté de côté, ses mains toujours accrochées aux tubes qui délivraient la solution virale.

Sai regarda sa main gauche, ces cordons qui pendaient, et tira. Il ressentit une douleur et vit des jets de sang lorsque les fils s'arrachèrent de sa main, de son avant-bras. La solution se répandait maintenant sur le sol.

— Sai, arrête ! cria Anaskya de l'autre côté de la pièce, où elle aidait une autre victime à s'installer dans son emplacement.

Au lieu de cela, Sai libéra brusquement sa main droite. Alors qu'auparavant il était chancelant, à peine capable de garder conscience, Sai ressentait maintenant une clarté exponentielle. Tout brillait de façon hyper-réelle ; il pouvait entendre la respiration de son voisin, sentir la sueur de plusieurs jours émanant de leurs corps et du sien. Sai pouvait sentir la vibration de l'ascenseur du Capitaine Happy qui descendait une fois de plus vers l'étage.

Et, dans tout cela, Sai sentait ses chances s'échapper.

Personne dans cette pièce n'était venu de son plein gré, Sai pouvait en être certain. Des sujets involontaires pouvaient devenir des alliés, et Sai en avait besoin rapidement avant qu'Anaskya ne parvienne à faire venir la sécurité qu'elle avait à sa disposition. Alors Sai se dirigea vers la personne la plus proche de lui, une femme âgée en forme, et la libéra d'un coup sec.

Elle cligna des yeux vers lui, ne comprenant pas ce qui se passait. La raison de partir.

— Sauvez-les, dit Sai, les mots sortant de façon éraillée et confuse, avant de se tourner vers le suivant.

Anaskya cria à nouveau contre Sai, plus proche cette fois. Pas assez proche pour empêcher Sai d'arracher les cordons d'un autre homme. Pas assez proche pour empêcher Sai de tituber vers une autre rangée, trébuchant maintenant alors que l'ascenseur s'ouvrait et que le Capitaine Happy entrait dans la pièce. Il devait libérer autant de personnes que possible.

Certains n'aidaient pas, certains tombaient simplement, vomissaient ou s'asseyaient par terre. Mais quelques-uns répondirent aux tentatives de sauvetage urgentes de Sai, à leur soudaine liberté sanglante alors que Sai les arrachait de leurs podiums.

Après deux rangées, Sai se dirigea vers l'avant, la seule rangée complètement remplie. Il se jeta sur sa première cible, une jeune femme qui semblait quelque peu lucide, mais une force beaucoup plus importante le poussa sur le côté dans un podium inoccupé. L'objet en verre se brisa lorsque Sai le traversa, s'étalant sur le sol avec qui sait combien d'entailles déchirant ses vêtements de prisonnier.

— Je croyais qu'on avait parlé des règles ? dit le Capitaine Happy en s'approchant pour se tenir au-dessus de Sai. Tu n'es pas très gentil. Tu ne devrais pas gâcher les expériences du docteur.

— Désolé, marmonna Sai, avant d'asséner un coup de pied à la cheville du Capitaine Happy.

La chose était plus dure que de la roche, mais Sai parvint à mettre assez de force dans son coup pour faire reculer le Capitaine Happy d'un pas. Sai profita de l'espace pour s'éloigner en rampant, ses mains s'enfonçant dans des morceaux de verre au passage, avant de se relever à temps pour voir le Capitaine Happy prêt à frapper.

Le coup ne porta pas. Avant que le Capitaine Happy ne puisse frapper, la femme âgée que Sai avait libérée plus tôt se jeta sur le dos de l'homme, le griffant de ses mains blessées. Le Capitaine Happy grogna, se retourna et la repoussa, exposant ses genoux à un autre coup de pied rapide de Sai.

Lorsqu'on se bat contre des personnes beaucoup plus grandes que soi, la première tâche est de les ramener à son niveau.

Les genoux du Capitaine Happy cédèrent avec des craquements satisfaisants et, dans un cri aigu, le tourmenteur de Sai s'effondra au sol. Sai aurait terminé le travail, mais avant qu'il ne puisse le faire, la femme âgée et plusieurs autres se jetèrent sur l'homme, déchirant, arrachant et mordant avec un abandon frénétique et désespéré.

Sai recula tandis que l'homme jovial se débattait, submergé. D'autres sujets libérèrent les expériences restantes dans la pièce. Anaskya avait disparu, et des lumières rouges brillant au-dessus des portes restantes, y compris l'ascenseur, indiquaient l'évidence.

Le Capitaine Happy avait été sacrifié, et le reste d'entre eux était piégé. Sai regarda autour de lui, comme ceux qui ne s'étaient pas joints à la frénésie vengeresse, et se demanda combien de temps ils avaient avant que le virus ne les réclame tous, jusqu'à ce qu'ils deviennent fous et se dévorent les uns les autres ou meurent simplement, seuls, sur le sol jonché de verre.

13

MOTIVATIONS

Un avant-poste non loin de la Cité Noire, relié par une ligne de tramway désormais inactive. Il avait été fermé, et Helix avait déclaré à DefenseCorp et aux autres parties curieuses sur Dynas qu'il n'y avait rien là-bas. Juste une installation obsolète fermée pour des raisons d'économie.

— Et puis, hier encore, on a vu un tas de navettes se diriger par là, dit Lani.

Ils étaient de retour dans le hall et n'étaient plus seuls. Lani avait fait attendre Gregor jusqu'à ce que les deux autres agents reviennent de leurs activités de midi, et maintenant le quatuor se tenait au milieu de toutes ces caisses remplies d'équipement de service actif.

— Vous ne pourriez pas recevoir une nouvelle mission si rapidement, dit Gregor.

Les temps de transmission galactique, limités par la vitesse de la lumière et les liens quantiques, pouvaient prendre une éternité. DefenseCorp s'était divisée en de nombreux groupes régionaux pour cette raison. Le côté gauche de la galaxie pourrait ne pas être au courant d'un désastre sur la droite pendant des années.

— Nos directives sont larges, répondit Lani. Garder Helix dans les limites, à tout prix. Tout le monde sait que ce qu'ils font ici est risqué, et tout le monde comprend pourquoi nous devons les tenir en laisse.

— Je ne pense pas que vous réussissiez, répliqua Gregor. Ces navettes ont été envoyées pour nous.

— Seulement pour vous ?

— Peut-être. Gregor jeta un coup d'œil aux deux autres agents, tous deux plus âgés, qui enfilaient une armure légère et rassemblaient des fusils. Sont-ils habilités ?

— Autant que moi.

— Et dans quelle mesure ?

Lani secoua la tête, — Gregor, je ne sais pas si tu comprends, mais tu es sur ma planète maintenant. Soit tu me dis ce que tu sais, soit je te garde enfermé jusqu'à ce que tu le fasses, et quelle que soit la mission pour laquelle tu es venu ici, elle s'évaporera sans toi.

Il y avait une chance que Gregor puisse se battre pour sortir d'ici. Lani se tenait à portée de son coup de poing, et les deux autres étaient en train d'attacher leurs vêtements et leurs armes. Ils seraient lents à réagir, surpris. Gregor pourrait les abattre, puis partir.

— Que feriez-vous, dit Gregor, si vous trouviez quelque chose, comme vous dites, hors limites ?

— Le détruire, répondit Lani. Rien n'a le droit de vivre sur cette planète sans notre approbation, peu importe à quel point Helix veut croire le contraire.

Une déclaration confiante pour un si petit groupe, mais Lani ne cilla pas lorsque Gregor soutint son regard et chercha un mensonge. La plupart des gens, lorsqu'ils étaient confrontés au regard fixe de Gregor, fléchissaient sous la pression, commençaient à bafouiller ou à se recroqueviller. Lani ne fit ni l'un ni l'autre, et Gregor dut lui accorder un peu de respect.

— C'est ce que je voulais entendre, dit Gregor. Nous avons atterri près de cette base après que Helix nous a attaqués à notre arrivée. L'installation est compromise. Une créature se faisant appeler Felix s'est développée à partir d'une expérience et a infesté l'endroit.

— Vous avez atterri près de là ? Alors comment êtes-vous arrivés jusqu'à cette ville ?

— Le tramway.

Lani secoua la tête, — Bien sûr qu'ils l'ont laissé actif. Helix a des œillères, Gregor. Tout ce qui est accessoire à leur objectif leur échappe. Ils n'ont d'attention que pour l'attraction principale, et maintenant ils sont en train de tout gâcher aussi.

Gregor ne pouvait pas contester cela.

— Vous devriez aller détruire cette base, alors, dit Gregor, et me laisser retourner à ma mission.

— Non, répliqua Lani. Tu as dit que tu ne savais même pas où était ton escouade. Tu ne vas pas les trouver en errant aveuglément dans cette ville, alors pourquoi ne pas nous aider ?

— Non.

— Mauvaise réponse. J'ai dit que c'était ma planète, ce qui signifie que ce sont mes règles, ce qui signifie que tu viens avec nous.

"Venir avec nous" signifiait se rendre sur le toit du bâtiment, où une navette de DefenseCorp était amarrée et prête. Les quatre montèrent une courte échelle métallique et arrivèrent sur le pont, Gregor aidant à transporter d'autres caisses contenant des armes que Lani pensait utiles pour le moment venu de purifier la base.

Sayers, l'un des autres agents, dont la caractéristique la plus marquante était une cicatrice traversant son front révélée par l'absence totale de cheveux sur son crâne chauve, prit les commandes du cockpit. Wicks, l'autre, se rendit à la proue pour s'occuper du canon avant de la navette tandis que Lani et Gregor se retrouvèrent assis au centre. Deux autres canons latéraux complétaient l'armement de la navette, une configuration agressive compte tenu de la mission.

Pendant que Sayers réchauffait les moteurs de la navette, ces turbines électriques faisant tourner leur bourdonnement techno, Lani tenta d'expliquer à Gregor le rôle qu'il jouerait : celui de guide, conduisant les trois autres à ce Felix afin qu'ils puissent administrer une punition létale et, ainsi, empêcher cette expérience de devenir incontrôlable.

— Vous voulez que je guide, répondit Gregor. D'accord. Je peux guider. Mais j'aurai besoin de mon marteau.

— Ton marteau ? dit Lani.

— Mon marteau, et mon armure. Les deux sont à la station de tramway. Vous m'y emmènerez, et ensuite nous pourrons partir chasser.

Lani lança à Gregor le regard perplexe qu'il recevait chaque fois qu'il parlait de son marteau, parce que tout le monde pensait inévitablement qu'il parlait d'un petit objet destiné à enfoncer des clous, plutôt que d'un écraseur fait pour les crânes. Aussi inévitablement, après avoir vu le marteau de Gregor, ils ne le remettaient plus jamais en question.

Le skiff s'éleva dans l'après-midi jaune, la brume de Dynas immuable et toujours humide. Le pont de ce skiff était équipé de crampons, permettant aux bottes de chacun d'avoir une certaine adhérence tandis que l'engin prenait de la vitesse, s'élevant au-dessus de la ville et s'orientant vers l'ouest, en direction de la station de tram fermée et d'un rendez-vous avec le virus.

Au-dessus et autour d'eux, la Cité Noire s'animait. Plus de skiffs et de navettes se précipitaient vers la tour que Gregor n'en avait remarqué le matin, et les rues en dessous de leur skiff glissant semblaient plus remplies, comme si la population de la ville avait enfin secoué une longue nuit et décidé qu'une promenade, aussi morne soit-elle, était nécessaire. Ponchos, combinaisons étanches et mélanges des deux offraient un spectacle terne, comme des insectes gris-noir et spongieux pataugeant dans les flaques.

— C'est vraiment la pire planète, dit Lani. Elle et Gregor se penchaient sur le côté gauche du skiff, observant. Si les projets n'étaient pas si intéressants, je serais partie depuis longtemps.

— Te laisseraient-ils partir ?

— Pas sûr, je n'ai jamais demandé, répondit Lani. Jusqu'à maintenant.

— Que veux-tu dire ?

— Si ce que tu dis est vrai, et que cet avant-poste est vraiment un refuge illégal que Helix protège, alors toute cette affaire est compromise. Lani fit un signe de tête vers la ville en contrebas. Nous sommes ici pour protéger ces gens, et tous ceux qui ne sont pas sur cette planète, des scientifiques renégats qui prolifèrent une sorte d'arme biologique au-delà de ce dans quoi nous investissons. Si c'est ce qui se passe, alors Helix a violé notre contrat, et ils doivent être effacés.

— Détruire Felix n'arrêtera pas les expériences.

— Non, mais nous pouvons, espérons-le, les ralentir, dit Lani. Ensuite, quand tu partiras, tu pourras m'emmener avec toi et nous impliquerons les hauts gradés. Nous raserons cet endroit. Et nous nous en sortirons.

— Donc tu ferais ça pour toi-même.

— Putain oui, pour moi-même, dit Lani alors que le skiff approchait de la station de tram, Sayers manœuvrant l'appareil vers le bas pour un atterrissage en douceur. Pour Sayers et Wicks aussi. Nous sommes ici depuis des années, Gregor, et la mission nous a retenus jusque-là, mais nous sommes prêts à en finir. Le problème, c'est que DefenseCorp n'approuvera pas une évacuation tant que la mission ne sera pas terminée, ou que la mission n'aura pas échoué.

Pourquoi fallait-il que tout le monde ait ses propres motivations ? N'était-ce pas suffisant de simplement marcher dans les rangs ennemis et de les briser ? Casser quelques adversaires ? Gregor n'avait pas rejoint l'Escouade Sever pour s'impliquer dans les problèmes personnels des gens ; si tu acceptais une mission, tu la menais à bien et tu trouvais du plaisir là où tu le pouvais.

— Je peux voir que tu n'es pas fan. Lani rit. Devine quoi, ça n'a pas d'importance.

— Vraiment ? répondit Gregor. Tu as besoin de moi pour vous montrer le chemin.

— Et tu as besoin de nous pour vivre, dit Lani. Comme tout le reste dans cette galaxie, ce que nous avons est un accord. Nous en profitons tous les deux.

Sayers atterrit sur la station de tram fermée et Gregor les conduisit à l'extérieur. Lani fit sauter le verrou de la porte d'accès au toit et ils descendirent dans la station silencieuse et sombre, vers le tram silencieux et sombre, où trois combinaisons de l'Escouade Sever reposaient, sombres et silencieuses.

— Regarde ça, dit Lani. Tu n'as pas mentionné les extras.

— Elles ne sont pas à vous.

— Je ne vois pas pourquoi on ne pourrait pas les

emprunter, répliqua Lani. Celle-ci semble être à ma taille. Wicks, tu peux rentrer dans la bleue ?

— Mmhmm, marmonna Wicks, jouant avec la combinaison de Rovo.

— Elles ne fonctionneront pas sans les codes, ni leur ADN, dit Gregor, commençant à enfiler sa propre armure. Laissez-les.

Lani pencha la tête, et Sayers, debout derrière elle, dégaina son propre pistolet. Le pointa sur Gregor.

— Alors tu vas nous donner les codes, dit Lani. Maintenant. Parce que nous avons du nettoyage à faire, et ensuite une planète à quitter.

EN HAUT, TOUJOURS PLUS HAUT

Les manettes de contrôle du kart — deux leviers légèrement courbés comme des C griffonnés — étaient fermes dans les mains d'Eponi. Sensibles, elles frémissaient tandis que les batteries du kart activaient ses propulseurs et faisaient bondir l'engin à un mètre au-dessus du sol lisse et fini. Autour d'Eponi, la bulle de verre du cockpit se referma et son oreillette grésilla alors qu'elle établissait la connexion avec l'un des pilotes les plus célèbres de la galaxie.

— Bon, euh, fit la voix avec un bref crachotement. Eponi ? Oui, Eponi. Tu m'entends bien ?

Il avait déjà oublié son nom. Ça faisait mal, mais Eponi laissa le vrombissement du kart emporter cette pensée. C'était elle qui tenait les manettes, elle qui allait piloter ce tour. C'était tout ce qui comptait.

— Je vous entends, répondit Eponi.

Le circuit s'étendait devant elle, ses lumières bleues scintillantes se détachant sous le ciel rouge de Seleno, son sable rouge, ses montagnes rouges. Le revêtement noir et brillant entre les lumières bleues allait serpenter, s'élever et plonger à travers le terrain, mettant à l'épreuve la capacité du pilote à rester dans les limites. À rester en vie, par moments.

— On dirait que tu as déjà piloté ce genre d'engin quelques fois, non ?

Le concours exigeait une certaine expérience pour choisir ce prix en particulier, et oui, Eponi avait cette expérience. Ces nuits sur l'ancien circuit, après les heures d'ouverture. Mais ça ? Un tour officiel, en plein jour et autorisé ? Jamais.

— Je sais piloter, dit Eponi, puis elle parcourut les écrans d'information des yeux pour la dixième fois en autant de secondes.

Le kart était prêt. Vert et paré au départ.

— Voilà ce qu'on va faire, dit la voix à l'autre bout, actuellement classée numéro trois sur les tableaux de classement galactiques, avec l'enthousiasme d'un lendemain de cuite. Commence doucement, prends ton temps et profite de la balade. Reste en dessous de cent, et je te dirai quand freiner et tourner. Ça devrait être sympa.

En dessous de cent ? Même les circuits de kart les plus basiques poussaient à trois cents kilomètres heure. Eponi savait qu'il y avait beaucoup de gens qui cherchaient à recruter le prochain nouveau pilote sur le circuit aujourd'-hui. Ils ne la regardaient probablement pas — les essais offi-ciels viendraient plus tard, avec des gens qui avaient gravi les échelons plutôt que fait un choix chanceux avec leur dernier pari de course.

Ils ne la regardaient probablement pas, mais Eponi allait quand même attirer leur attention.

Un petit drone, une petite boule avec une seule lumière rouge vive, vola et flotta devant le kart d'Eponi. Comme elle était la seule pilote sur la piste, le drone se centra juste devant son visage, s'assurant qu'elle ne puisse pas manquer le moment où sa lumière passerait au vert. Et si elle le ratait, le kart lui-même vibrerait, lui indiquant par plusieurs sens qu'il était temps de *partir*.

Eponi expira longuement, lentement. Elle devait garder ses nerfs sous contrôle sur la piste, garder sa prise souple et flexible, ses yeux rivés sur l'avant. Tenir la panique à distance. Les pilotes qui s'écrasaient étaient ceux qui passaient trop de temps à penser au danger qu'ils avaient déjà dépassé.

— D'accord, c'est parti, dit la voix de l'autre côté, déjà ennuyée. Tout en douceur.

Eponi enfonça l'accélérateur et se retrouva plaquée contre son siège alors que le kart bondit en avant, le couple instantané de l'électricité propulsant le kart sans friction le long de la piste. Eponi réussit à maintenir sa prise même si l'élan tirait ses doigts en arrière. La voix hurla quelque chose dans son oreillette, mais ça n'avait pas d'importance. Ça ne s'enregistrait même pas.

Elle volait. Les virages se fondirent tandis qu'Eponi se laissait aller à l'instinct, à toutes ces simulations qu'elle avait pratiquées pendant les heures creuses, quand personne ne se souciait de ce qu'elle faisait. Ces longues journées à naviguer entre les étoiles numériques d'un circuit à l'autre portaient maintenant leurs fruits ; Eponi n'avait jamais couru sur ce circuit en réalité, mais elle l'avait fait un million de fois dans un monde virtuel.

À un moment durant le premier tour, la voix dans son oreille s'était tue. À un moment durant le deuxième, quelqu'un d'autre était intervenu, ne disant rien de plus que de continuer, qu'ils chronométraient, et qu'ils lui diraient quand s'arrêter.

— Il est temps d'y aller, dit Ben alors que le tableau de

bord de la navette bipa pour signaler que la soute avait été fermée. On a ce dont on a besoin.

Il avait rangé l'arme, au moins. Apparemment, il avait décidé qu'Eponi n'allait pas tenter un coup mortel dans ce cockpit exigu avec des ennemis tout autour à l'extérieur.

— Où allons-nous, exactement ? demanda Eponi.

— En haut, toujours plus haut, répondit Ben, puis il jeta un coup d'œil à l'ordinateur à son poignet. On est dans les temps pour le rendez-vous. Ils nous sortiront d'ici.

— Ils ?

Combien de gens voulaient quitter cette planète, et combien n'avaient pas les moyens de le faire ? Tout le briefing de mission de Sever se résumait à extraire quelqu'un d'un endroit qui ne semblait pas si hostile, pourtant elle avait l'impression grandissante que Dynas n'était pas un endroit où quiconque voulait se trouver.

— C'est mon problème, dit Ben. Contente-toi de nous faire décoller. Une fois qu'on sera sortis de l'atmosphère, on se mettra en orbite et on fera notre rendez-vous.

Eponi songea à demander à Ben s'il avait déjà volé auparavant. Des expressions comme « se mettre en orbite » n'aidaient pas quand on planifiait une navigation astrale couvrant des millions de kilomètres à des vitesses vertigineuses. Tout rendez-vous dans l'espace nécessitait un timing précis, de la planification, de la communication.

Mais après tout, ce n'était pas son problème. Ben qui lui tirerait dessus si elle ne suivait pas le plan, ça, c'en était un.

Eponi amorça les réacteurs de la navette, activa le haut-parleur extérieur et émit l'avertissement standard indiquant que cette navette allait décoller sous peu et que si vous ne vouliez pas être carbonisé, vous feriez mieux de vous tenir à l'écart.

Les mots firent leur effet, et bientôt la navette d'Eponi

eut assez d'espace pour planer à un mètre du sol, pivoter et se diriger vers la sortie du hangar. Le ciel jaune et morose de Dynas s'étendait au-delà, déversant son humidité sur l'ouverture du hangar. Le nano-réseau de la ville faisait son travail et une lumière claire venait d'en haut. Pas un mauvais vecteur de sortie.

— Tu as les autorisations ? demanda Eponi à Ben. Ou on fait juste confiance au fait que personne ne va nous tirer un laser aux fesses ?

Ben lui lança un regard bizarre. — Les autorisations ? Qu'est-ce que tu veux dire ?

La main d'Eponi flotta au-dessus de la manette des gaz tandis qu'elle riait : — Tu es sérieux ?

L'ingénieur en chef rougit, un moment profondément satisfaisant pour Eponi. — Je... ne comprends pas. Nous avons chargé la cargaison. La navette est prête à décoller, non ? Que devons-nous faire de plus ?

Deux choix. Eponi pouvait retarder la navette, la poser ici même et expliquer le problème à Ben. Lui faire comprendre qu'envoyer des vaisseaux spatiaux dans les airs sans prévenir les bonnes personnes avait tendance à déclencher les défenses. Ben pourrait peut-être remplir les formulaires, régler toute cette affaire, et Eponi serait toujours en otage.

Un otage que Ben n'aurait aucune raison de garder en vie une fois qu'ils auraient atteint leur point de rendez-vous.

Le deuxième choix, alors. Eponi poussa la manette des gaz de la navette vers l'avant, activant les réacteurs beaucoup trop fort pour une sortie de hangar. Le vaisseau jaillit, brûlant et renversant les gens, la cargaison, les drones et tout ce qui se trouvait autour. Si Ben ne s'était pas fait d'ennemis avant, c'était certainement le cas maintenant.

— Qu'est-ce que c'est que ce bordel ? cria Ben alors que la navette s'arrachait de la tour, s'élançant vers le ciel.

— Si nous ne sommes pas censés être ici, il faut partir vite, dit Eponi, ajustant leur trajectoire et envoyant de l'énergie aux systèmes de défense rudimentaires de la navette.

Pas d'armes, juste une légère armure et des systèmes d'évitement destinés à maintenir la navette en vie assez longtemps pour atteindre une protection. La configuration la plus inutile imaginable, mais c'était ce qu'ils avaient.

— Je ne voulais pas attirer l'attention, dit Ben, la voix tendue maintenant, en colère.

— Alors tu n'aurais pas dû me choisir comme pilote.

Comme prévu, la navette reçut un appel entrant de la tour. Ben tendit la main pour répondre, mais Eponi le devança, coupant l'appel avant qu'il ne commence.

— Pas encore, dit Eponi. Une fois qu'ils réaliseront que c'est toi et pas moi derrière tout ça, ta couverture sera grillée.

— Ma couverture ?

— Bien sûr, dit Eponi. Pour l'instant, tout ce qu'ils savent, c'est que tu es monté à bord avec un pilote ennemi connu. J'aurais pu te prendre en otage. Tout ça pourrait être mon plan. Quand ils rappelleront, c'est ce que tu diras.

Des lumières s'allumèrent sur le tableau de bord de la navette, l'une après l'autre, alors que les systèmes de défense de la tour et, probablement, une poursuite, concentraient leur attention sur la navette. Prêts à effacer le vaisseau de l'existence.

L'appel arriva à nouveau.

— Réponds, dit Eponi. Convaincs-les de ne pas tirer, ou nous sommes morts tous les deux.

Ben avait l'air d'être au bord d'une crise de panique. La sueur couvrait son visage, sa respiration allait et venait dans des halètements frénétiques, et l'homme tournait dans le cockpit comme s'il s'attendait à trouver un trou par lequel il pourrait sauter et revenir à une époque où tout cela n'était jamais arrivé.

— Appuie sur ce foutu bouton, répéta Eponi, puis elle fit prendre à la navette une montée plus raide.

Tout droit vers ce ciel jaune, et au-delà, les étoiles. S'ils vivaient assez longtemps pour y arriver.

— Ici Ben, Ben Taigo, dit Ben après avoir frappé le bouton, déglutissant plusieurs fois au cours de la phrase. S'il vous plaît, ne tirez pas. S'il vous plaît.

— Ce n'est pas un départ programmé, dit une voix rigide à l'autre bout. Tout vol non autorisé doit être interrompu, à moins que vous ne puissiez me convaincre du contraire ?

Eponi lança un regard noir à Ben. Lui rappeler qui était le méchant ici. Pas lui, mais elle. Le pilote qui prenait la navette en otage.

— Eponi. Je l'ai fait monter à bord, euh, dit Ben, les yeux écarquillés vers Eponi.

— Il voulait que je vérifie la navette, que je confirme qu'elle semblait prête à voler en échange d'un dessert supplémentaire, dit Eponi, une déclaration ridicule. Il a regardé ailleurs, et maintenant la navette est à moi. Alors négocions.

L'autre ligne resta silencieuse. Eponi appuya sur le bouton de sourdine de leur côté, regarda Ben alors que le ciel jaune devant eux commençait à s'assombrir. L'espace approchait.

— Tu as déjà fait quelque chose comme ça avant ? dit Eponi. Parce que, franchement, tu es un criminel terrible.

— Je... non.

Eponi trouvait un peu triste la rapidité avec laquelle la bravade de Ben s'était éteinte. Certaines personnes n'étaient tout simplement pas faites pour une vie au-delà des limites.

— Navette, Eponi, reprit l'officier de vol Helix. L'engin dans lequel vous vous trouvez n'a pas de capacités interstellaires. Si vous revenez à la tour, nous ne tirerons pas sur vous. Aucune vie n'a besoin d'être perdue. Cela peut être oublié.

Eponi fronça les sourcils. Oublié ? Ils devaient vraiment vouloir la garder en vie pour offrir quelque chose comme ça. Qu'est-ce qu'Eponi avait qui intéressait tant Helix ?

— Désolée, je vais tenter ma chance, dit Eponi. Dynas est, littéralement, le pire endroit. Je ne reviendrai que si je ne peux pas emmener cet engin ailleurs.

— Alors prenez votre temps, Eponi pouvait entendre le ricanement dans la voix. Quand vous réaliserez la futilité de tout cela, nous serons là.

L'appel se termina, les lumières de cible aussi, et la navette s'éleva plus haut, en avant. Ben avait l'air sur le point de s'évanouir. Eponi, exaltée par l'adrénaline, souriait alors que les étoiles apparaissaient.

PATERNITÉ

Ah merde.

Rovo menait une guerre émotionnelle et factuelle. La première le conduirait inévitablement à la colère, à un étrange désespoir qu'un enfant puisse être traité ainsi, même sur une planète aussi humide et sans valeur que Dynas. La seconde, la seconde serait ce à quoi l'Escouade Sever s'attendrait. Une analyse rationnelle ; décortiquer la situation et donner un sens à ce qu'il voyait.

Elle renifla.

Rovo s'empêcha de tendre la main, de se retourner pour aller chercher un mouchoir dans la salle de bain à offrir à la petite fille. Il dut s'en empêcher à cause de ce qu'il avait vu dans cet avant-poste il n'y a pas si longtemps. Felix, la maladie.

Kashmal avait sûrement une raison d'enfermer cette enfant dans la pièce, une raison de ne pas l'avoir mentionnée.

Des faits. Il fallait s'en tenir aux faits.

— Tu peux me comprendre ? demanda Rovo à la fillette, qui n'avait pas tenté de franchir le seuil de la porte.

Elle semblait avoir environ six ou sept ans, mise à part la saleté et la robe en lambeaux — Une robe ? Un pyjama ? Rovo ne connaissait rien aux vêtements d'enfants — quelque part dans l'âge où elle devrait être capable de le comprendre, tout en étant hésitante à quitter son espace sécurisé, aussi dégoûtant soit-il.

En regardant au-delà de la fillette, Rovo constata que sa chambre était vraiment un désastre. Des draps froissés — pas de matelas en vue — et un oreiller moisi, un seau dans un coin avec un rouleau de papier dont Rovo pouvait, avec une grimace qui lui retournait l'estomac, deviner l'usage. Les murs étaient couverts de griffures sur toute leur longueur, des motifs et des formes aléatoires s'arrêtant un peu plus haut que la taille de la fillette. Rovo ne pouvait pas dire si elles avaient été faites avec un outil ou avec les doigts de la petite fille.

— Oui, dit la fillette, ou plutôt croassa-t-elle.

D'une manière ou d'une autre, sur cette catastrophe humide de planète, la fillette avait soif. Rovo s'accroupit, se mettant au niveau des yeux de la fillette, et l'examina de plus près. Ses cheveux bruns, emmêlés et longs, tombaient en dessous de sa taille et presque jusqu'à ses genoux. De la saleté maculait ses joues, mais ses yeux verts étaient brillants et elle ne semblait pas malnutrie. Kashmal devait faire le strict minimum pour la maintenir en vie, et même de simples barres protéinées passées par une fente étaient tellement bourrées de nutriments fortifiés de nos jours que la fillette s'en était probablement mieux sortie que Kashmal lui-même ne l'aurait espéré.

Tout cela ne signifiait pas que Rovo n'allait pas asséner un bon coup de poing dans la mâchoire de Kashmal la prochaine fois qu'il verrait ce rat. Laisser une gamine, malade ou non, non désirée ou non, enfermée dans une pièce comme celle-ci ne méritait rien de moins.

Rovo avait des sœurs. Plus jeunes. Avant de s'être lancé dans l'espace par nécessité financière, il avait surveillé leurs relations, leur santé comme un requin, cherchant et détruisant toute menace potentielle. Il avait été bon à ça, aussi. Peut-être trop bon : elles avaient été heureuses de voir Rovo accepter un boulot sur une station orbitale et se débarrasser d'elles.

— Qu'est-ce que tu fais ici ? demanda Rovo.

— Je suis censée rester cachée, répondit la fillette. Toujours.

— Pourquoi ?

— Parce que je suis malade.

Voilà. Rovo ferma les yeux un long moment. Il avait ouvert la porte, et bien qu'il ne l'ait pas touchée, l'air dans lequel la fillette avait vécu pendant des semaines — Des mois ? Des années ? — s'était répandu sur sa tête exposée, sa bouche, son nez et les poumons de Rovo. Tout virus aéroporté l'aurait déjà atteint.

Mais peut-être qu'elle n'avait qu'un rhume, une grippe ordinaire ?

— Malade de quoi ? dit Rovo. Quelque chose de très grave ?

La fillette hocha la tête, renifla à nouveau. Elle baissa les yeux vers le sol et ses mains qui jouaient avec ses cheveux. Le visage de Rovo se crispa. C'était nul. Ce n'était pas le plan. Les mercenaires badass étaient censés foncer, détruire puis se téléporter en héros victorieux. Ils n'étaient pas censés trouver des gamins comme ça.

— Tu sais comment ça se propage ? dit Rovo. Ta maladie ? Tu peux me la transmettre par la respiration ? Ou tu dois me toucher ?

La fillette leva les yeux vers lui, confuse.

— C'est à l'intérieur. Elle tapota ses bras. Sa poitrine. Il dit que ça fait partie de moi, et qu'on doit attendre et voir ce qui se passe.

— Qui dit ça ? Kashmal ?

La fillette hocha à nouveau la tête. Un petit hochement mignon, où son menton allait jusqu'à sa poitrine avant de remonter.

Néanmoins, la réponse de la fillette n'aidait pas beaucoup Rovo à décider si l'aider le tuerait ou non. Lui et la fillette se regardèrent pendant quelques secondes tandis qu'il élaborait une tactique différente.

— Comment Kashmal te nourrit-il ? demanda Rovo. Ou vide-t-il... ça ? Rovo pointa le seau du doigt. Il entre ici ?

— Parfois.

— Il porte quelque chose ? Comme un masque ?

— Un quoi ?

Hmm.

— Il ressemble à moi ? Rovo pointa son visage, puis la petite fille. Comme toi ? Il ne porte rien ?

— Il ne me ressemble pas, répondit la fillette, puis elle fit un pas en avant. Rovo recula instinctivement. Tu as peur de moi ?

Rovo secoua la tête.

— Pas de toi. Peut-être de ce qu'il y a à l'intérieur de toi.

La fillette n'avait pas encore atteint la porte. Si Rovo bougeait maintenant, il pourrait probablement la lui claquer au visage. L'enfermer à nouveau. Ou... il pourrait supposer que le virus n'était pas aéroporté. La porte n'était pas, exactement, hermétique. Et si la fillette devait le toucher pour transmettre la maladie, alors Rovo pourrait la laisser sortir. Pourrait lui donner de la nourriture, et simplement garder ses mains loin d'elle.

— Tu as un nom ?

— Oui, dit la fillette.

— Tu peux me le dire ?

— Kashmal dit que je ne dois pas.

— Eh bien, Kashmal m'a dit que tu pouvais, poursuivit Rovo dans son esprit. En fait, pendant qu'il est absent aujourd'hui, je suis censé te surveiller, et pour cela, j'ai besoin de connaître ton nom ?

La fillette ne réagit pas pendant un instant, puis sourit lentement de cette façon timide qu'ont les enfants quand ils sont vraiment heureux et vraiment inquiets parce que ce qu'ils sont sur le point de dire ou de faire compte tellement pour eux.

— Kaia, dit la fillette. C'est mon nom. Celui que ma mère m'a donné.

— C'est un très beau nom, dit Rovo. Il voulait lui poser des questions sur sa mère, mais étant donné l'endroit où elle se trouvait, d'où elle venait, Rovo sentait que ses parents n'étaient plus dans le tableau depuis longtemps. As-tu faim, Kaia ?

Un nouveau hochement de tête.

— Alors, pourquoi ne viendrais-tu pas avec moi pour que nous te trouvions quelque chose à manger ?

— Mais je ne suis pas censée quitter ma chambre ?

— Kashmal a dit que je devais te surveiller, tu te souviens ? Ce qui signifie que je peux établir de nouvelles règles, et je dis que tu peux sortir, d'accord ?

Il s'avéra que laisser Kaia sortir de sa chambre pour aller dans la cuisine de l'appartement revenait à libérer une bête affamée. Rovo se démena pour trouver de la nourriture chez Kashmal qui n'avait pas l'air pourrie ou potentiellement mortelle, mais après avoir fouillé quelques placards, Rovo trouva des soupes en conserve qui suffirent à rassasier Kaia pour le moment.

À partir de là, Rovo continua à jouer le rôle de père improvisé, fermant la chambre de Kaia, aidant la fillette à utiliser la douche crachotante et brûlante de Kashmal, puis l'enveloppant dans les couvertures les plus propres qu'il put trouver. Après tout cela, Kaia commença à ressembler à un véritable être humain. Suffisamment pour que Rovo l'installe sur le canapé, lui dise de ne pas bouger et qu'il reviendrait avec de nouveaux vêtements pour elle.

Non que Rovo eût la moindre idée d'où trouver des vêtements, ou comment obtenir de l'argent pour les acheter dans cette ville. Comparé à la mission de plus en plus perdue de Sever, cela semblait toutefois un défi qu'il pouvait relever.

— Qu'est-ce que c'est ? demanda Kaia depuis son fort de couvertures sur le canapé tandis que Rovo s'équipait pour partir, ramassant et plaçant ses armes dans sa combinaison.

— C'est pour me protéger, dit Rovo. Tu n'as pas besoin de t'en inquiéter. Personne ne va te faire de mal.

Kaia accepta cela sans trop d'interrogations, en partie parce que Rovo avait laissé son ordinateur de poignet sur le canapé, réglé sur une chaîne locale pour enfants. Des formes insipides babillaient à propos de chiffres ou de lettres ou quelque chose comme ça, et Kaia semblait hypnotisée.

— Ne bouge pas de ce canapé, d'accord, sauf si tu as besoin d'aller aux toilettes, dit Rovo, estimant que c'était assez sûr. Et si quelqu'un frappe, ne réponds pas à moins qu'il ne dise que c'est moi.

Kaia fit son hochement de tête caractéristique après tout cela, et bien que Rovo ne pût être sûr que l'enfant l'avait même entendu, ou avait prêté attention du tout, il sortit quand même. Trois pas dans le couloir et il s'arrêta, fit demi-tour et frappa à la porte.

Il attendit. Aucun bruit.

— Kaia, dit Rovo, sans vraiment crier mais assez fort pour être entendu à travers la porte.

— C'est moi ! répondit la fillette. Tu es déjà de retour ?

— Non, je te testais juste, dit Rovo. Tu as réussi !

Un rire vint de l'intérieur, et Rovo ne chercha pas à réprimer un sourire. Ok, le jeu recommence tout de suite. Personne sauf moi.

Kaia gloussa à nouveau, probablement à cause de l'ordinateur.

Lorsque Rovo arriva dans les rues, il avait identifié deux grandes failles dans son plan : premièrement, il avait laissé son ordinateur à Kaia, ce qui signifiait qu'il n'avait aucun moyen de consulter une carte pour savoir où il se trouvait et où pouvaient se trouver les magasins. Et deuxièmement, il avait réalisé que l'appartement, avec sa nourriture moisie, ses nombreux couverts et plus encore, représentait un énorme piège mortel pour un enfant laissé à lui-même.

Il avait aussi laissé la mallette là-haut, estimant que les preuves de Kashmal ne l'aideraient pas à garder un profil bas.

Alors qu'une pluie fraîche tombait autour — non plus seulement humide, Dynas avait décidé d'ajouter de l'eau réelle au mélange — Rovo essaya de décider s'il était plus logique de faire demi-tour et d'attendre, ou simplement de faire le travail rapidement.

Kaia aurait besoin de vêtements si elle devait quitter la planète. Si Aurora et Kashmal revenaient en ayant besoin d'une évacuation rapide, Rovo pariait qu'elle ne risquerait aucun retard pour Kaia. Il devait le faire maintenant ou jamais.

Alors Rovo tendit le bras et tapota l'épaule de la personne suivante qui passait. L'homme, enveloppé dans un épais poncho sombre, s'écarta brusquement de Rovo, se retournant avec un air effrayé, la bouche ouverte.

— Que voulez-vous ? demanda l'homme, l'air de s'attendre à ce que Rovo l'attaque directement.

— J'essaie juste de trouver le magasin de vêtements le plus proche, tenta Rovo. Je suis nouveau ici.

— Nouveau ici ? L'homme semblait confus. Je ne pensais pas qu'ils laissaient entrer qui que ce soit d'autre ?

— Je suppose que je suis spécial, dit Rovo. Le magasin de vêtements, où ?

— Oh, euh, allez deux pâtés de maisons dans cette direction. Ils ont un peu de tout, l'homme plissa les yeux. Vous travaillez à la tour ?

— Merci ! dit Rovo, dépassant l'homme et se dirigeant le long du trottoir.

Ne jamais poursuivre une conversation au-delà de son point utile. Particulièrement quand on essaie de rester sous couverture.

Heureusement, Dynas et son atmosphère terrible n'encouragèrent pas l'homme à poursuivre sa question, et des éclaboussures décroissantes indiquèrent qu'il avait abandonné toute poursuite.

Rovo trouva le petit magasin exactement là où l'homme avait dit qu'il serait, et contrairement à certaines des planètes plus métropolitaines, ou même aux magasins d'équipement du *Nautilus*, cette boutique s'affichait sous la sombre réalité que ses clients n'avaient tout simplement pas d'autre choix.

Des lettres blanches audacieuses et abîmées sur fond noir annonçaient le magasin *Le Métier à Tisser*, bien que tout à l'intérieur semblât, à l'œil inexpérimenté de Rovo, être synthétique. Les plastiques abondaient, conçus pour repousser l'eau omniprésente, et bien que le rayon enfants ne fût pas grand — Rovo frissonna à l'idée de quiconque voyant Dynas comme l'endroit idéal pour élever une famille — il y avait quelques tenues de style combinaison qui conviendraient à Kaia.

Maintenant, comment les payer ?

Le Métier à Tisser n'était pas bondé, mais les quelques personnes qui flânaient dans les rayons rendaient un vol réussi risqué. Rovo pourrait prendre la tenue et courir, voir si quelqu'un se souciait assez pour le poursuivre. Ou demander de la générosité ? Il souleva une combinaison rouge pour enfant du portant, se tourna vers la caisse et sentit le bout d'un pistolet s'enfoncer dans son dos.

— Je ne pensais pas que les mercenaires achèteraient des vêtements, murmura une voix chaude derrière lui. Cela dit, j'suppose que cette fille a besoin de quelque chose à porter.

SEVER ET LA SCIENTIFIQUE

C'était la prison la plus étrange qu'Aurora ait jamais vue. Non seulement les murs et les couloirs arboraient une combinaison de bleu et de noir plus lumineux et plus propre que les corridors visqueux et crasseux qu'elle avait vus sur d'autres mondes, meilleurs, mais il ne semblait pas y avoir beaucoup de prisonniers ici. Aurora passa devant une cellule vide après l'autre, toutes ces jolies vitres ne montrant que des lits défaits et des espaces vides.

Du moins jusqu'à ce qu'elle atteigne la cinquième cellule, le long du mur droit d'un niveau qu'Aurora avait compris formait un grand carré. Les cellules étaient disposées à l'intérieur et à l'extérieur, et pas directement en face les unes des autres. Cela, au moins, avait un sens : empêcher les captifs de communiquer, de former un quelconque plan. Les évasions étaient plus difficiles en solo.

Cependant, en regardant celui-ci, ce pauvre type coincé dans la cinquième cellule, Aurora n'imaginait pas que l'évasion puisse lui traverser l'esprit. L'homme était à quatre pattes, les genoux au sol et les mains plantées, vomissant dans une grille au centre de la cellule. La maladie jouait un rôle évident, évident parce qu'Aurora pouvait voir les taches décolorées sur la peau de l'homme. Il ne portait rien d'autre que des sous-vêtements sommaires, ses cheveux mi-longs plaqués sur ses épaules en sueur, se crispant à chaque respiration haletante.

Après avoir vu Felix, après avoir été témoin des mutations déjà infligées à son peuple par ceux qui dirigeaient cette planète maudite, une personne « normalement » malade, aussi grave soit-elle, laissait Aurora indifférente. Ni effrayée, ni dégoûtée, juste... détachée. Peut-être était-ce ce qui arrivait avec une vie comme celle-ci ; l'exposition à tant d'horreurs supprimait l'empathie.

Ça, et la cellule de verre hermétique signifiait qu'Aurora n'attraperait probablement pas ce qui tourmentait l'homme. Felix avait indiqué que son virus nécessitait une sorte de transfusion sanguine, une injection pour se propager, et il ne fallait pas beaucoup d'imagination pour voir que ce qui avait affligé Felix venait d'ici même.

Aurora modifia la mission dans son esprit, ajoutant un objectif facultatif : si elle pouvait détruire cet endroit en partant, ou au moins le paralyser, elle le ferait.

— Qui êtes-vous ? demanda une voix venant du bout du couloir, celle d'une femme portant une blouse de laboratoire froissée et tachée, et tenant sous le bras une grande mallette argentée, qui ressemblait beaucoup à celle de Kashmal.

— Meilleure question, dit Aurora, se positionnant face à la femme au centre du couloir, bien que plusieurs mètres les séparaient. Qui êtes-vous, et que faites-vous ici ?

La femme plissa le visage, comme si elle ne comprenait pas tout à fait un interrogatoire dans ce qui était manifestement son propre palais. Elle semblait tellement à l'aise avec la prison, avec ce qui se passait autour d'eux, qu'Aurora n'avait pas besoin de réponse pour savoir que cette femme dirigeait, ou du moins aidait, ces prisonniers à souffrir.

— Je ne réponds pas aux intrus, répliqua la femme. Si vous vouliez bien vous mettre à l'intérieur ? Elle tapota une cellule à sa droite, une vide, bien que les draps éparpillés et le sol taché à l'intérieur suggéraient qu'elle ne l'était que depuis peu. Un badge d'identification dans la manche de la femme provoqua l'ouverture de la porte de la cellule. Je serai en mesure de vous aider bientôt.

— Je ne crois pas, répondit Aurora. Mais, à bien y réfléchir, peut-être pouvez-vous m'aider à la place.

Aurora fit un petit pas vers la femme, qui répondit par un recul égal.

— J'ai deux amis qui sont venus ici, dans cette tour, hier, dit Aurora, injectant cette menace d'acier que tout capitaine compétent apprenait à employer. Je n'ai pas eu de nouvelles d'eux, et je me demande si vous pourriez savoir ce qui s'est passé ?

— Des gens viennent dans cette tour tout le temps, répondit la femme, gardant son attention fixée sur Aurora, maintenant une prise ferme sur cette mallette. Je ne les rencontre pas tous. Et, malheureusement, certains disparaissent.

— Disparaissent ? dit Aurora, continuant d'avancer alors que la femme continuait de reculer. Dans ces cellules, peut-être ?

Maintenant la femme sourit, — Oh, non. J'aide ceux-ci. Je sais toujours où ils sont. Son sourire disparut aussi vite qu'il était venu. Bien que parfois ils n'apprécient pas mon travail.

— Étonnant.

La diplomatie semblant hors de question et la patience d'Aurora s'amenuisant, elle commença un autre pas lent, puis s'élança dans un sprint. Sans armure, Aurora bougeait plus vite qu'elle ne s'y attendait — quelle libération de se battre sans des kilos et des kilos vous pesant dessus — et sa cible semblait tout aussi surprise, se retournant pour courir et trébuchant sur ses propres bottes pour tomber sur la poitrine, la mallette glissant au loin sur le sol lisse.

Aurora avait sa propre botte sur le dos de la femme avant qu'un autre souffle ne passe, et sa main sur le cou de la femme une fraction de seconde plus tard, tordant la bouche de la femme pour qu'elle puisse parler, respirer.

Pour le moment.

— Dites-moi encore, dit Aurora. J'avais deux amis. Ils sont venus dans cette tour. Savez-vous où ils sont ?

La femme toussa. Essaya de dire quelque chose, puis toussa à nouveau. Aurora relâcha un peu, retira sa main du cou de la femme. Tout le monde ne répondait pas bien à un interrogatoire agressif, et Aurora pouvait être patiente ; la femme n'était pas vraiment une combattante.

— Vous êtes l'une d'entre eux, n'est-ce pas ? dit la femme entre deux autres toux. Ces soldats qui sont venus à Dynas ?

— Bien sûr, l'une d'entre eux, dit Aurora. Maintenant répondez à la question, ou je commence à casser des choses.

— Alors oui, oui je sais où l'un de vos amis est allé, dit la femme, assez intelligente pour ne pas se débattre sous le pied d'Aurora. Il est en bas avec les autres, essayant de survivre au cadeau que je lui ai fait.

Oh, merde. Sai n'avait pas vu Felix à l'avant-poste, il ne savait peut-être pas ce qui se passerait avec ce virus, en supposant que la femme injectait toujours la même chose à ses prisonniers. Ce qui signifiait qu'Aurora devait trouver un remède pour son ami.

Les gants de velours allaient tomber.

Aurora retira son pied de la femme, l'attrapa par le col et la remit debout. Elle pointa la mallette du doigt. — Dis-moi qu'il y a un remède pour ce que tu fais là-dedans ?

— Un remède ? dit la femme, puis elle secoua la tête. Il n'y a pas de remède, parce que ce n'est pas une maladie. Je les rends meilleurs, des humains plus complets.

La femme n'avait plus l'air effrayée, et cela inquiétait Aurora. Elle avait déjà rencontré des scientifiques arrogants, des gens tellement absorbés par leur propre travail qu'ils négligeaient de réaliser les menaces autour d'eux. Cela rendait leur travail dangereux, mais donnait une chance à Aurora : les égocentriques aimaient parler de leurs projets, et la scientifique pourrait révéler une option si Aurora la faisait parler.

Cet espoir s'évanouit lorsque des cris retentirent derrière elle, du côté des ascenseurs. Aurora fit volte-face, gardant la femme entre elle et la demi-douzaine de soldats Helix, portant cette armure corporelle intégrale qu'elle avait vue à l'avant-poste, qui s'avançaient rapidement vers elles, armes levées.

— Lâchez-la et nous ne tirerons pas ! dit le soldat en tête, identifié comme tel, supposait Aurora, par le liseré doré autour de son écusson à double hélice. Vous êtes en infériorité numérique !

— Je peux voir ça, dit Aurora, puis elle chuchota à la femme : Dis-leur de rester en arrière ou je te briserai le cou avant qu'ils ne puissent tirer.

— Me briser le cou ne sauvera pas votre ami, répondit la

femme. Quelle que soit votre raison d'être ici, je doute que ce soit pour me tuer et ensuite mourir dans ce couloir.

Pas faux. La femme marquait un point. Aurora recula, entraînant la scientifique avec elle. Les soldats avançaient, gardant la même distance, répétant leurs exigences sans tirer un coup de feu.

— Ramasse ta mallette, dit Aurora alors qu'elles passaient à côté de l'objet. La femme s'exécuta, s'accroupissant avec Aurora pour ramasser le conteneur argenté au sol. Et continue d'avancer.

Après que la scientifique eut ramassé la mallette, le soldat en tête décida apparemment que cette négociation ambulante ne menait nulle part. Il leva la main, et les trois soldats à l'arrière firent demi-tour et commencèrent à courir dans l'autre sens.

— Cet étage forme un carré, n'est-ce pas ? dit Aurora, poursuivant sa retraite.

— Vous êtes si intelligente. Êtes-vous sûre de ne pas vouloir une injection pour vous-même ? répondit la femme. Cela vous aiderait, j'en suis certaine.

— Garde tes aiguilles pour toi.

Aurora estima qu'il faudrait une minute, peut-être deux, pour que les soldats en course se retrouvent derrière elle. Son otage ne pouvait pas couvrir les deux côtés à la fois, ce qui rendait un tir dans le dos le résultat le plus probable qui l'attendait.

Pas bon.

Au coin du couloir, Aurora profita du virage pour reculer plus vite. Un autre ascenseur se trouvait non loin de ce côté, à l'opposé du grand hall où Aurora était arrivée. Celui-ci, contrairement au design d'entreprise standard des autres, était entouré d'autocollants d'avertissement et de lumières rouges. Un ascenseur important, dangereux, et peut-être une échappatoire.

— Déverrouille l'ascenseur, dit Aurora à la femme, la tirant vers la porte.

— Bien sûr, répondit la femme. Bien que vous pourriez ne pas aimer ce que vous trouverez en bas.

La femme obéit à l'ordre d'Aurora, frappant son poignet contre la porte de l'ascenseur et faisant passer les lumières rouges au vert. Aurora frappa le bouton d'appel alors que les soldats tournaient aux coins des deux côtés, lui criant de se rendre.

Les portes ne s'ouvrirent pas. L'ascenseur n'était pas prêt.

Aurora était à court de temps.

Aurora poussa la femme, leva les mains. Le soldat en tête attrapa l'otage d'Aurora tandis que les deux autres se dirigeaient vers Aurora elle-même, lui prenant les mains et les attachant avec des menottes électriques en métal, prêtes à engourdir les nerfs d'Aurora si elle faisait le moindre geste agressif.

— Restez à terre et taisez-vous, lui dit l'un des soldats. Et peut-être que nous ne vous tuerons pas.

La femme se dégagea de l'aide du soldat en tête, se retourna vers Aurora avec ce sourire malicieux qu'elle portait si bien. — Je suis désolée que votre plan n'ait pas tout à fait fonctionné, mais ne vous inquiétez pas. Nous avons toujours de la place pour d'autres sujets comme vous. Ces gentilshommes vont vous conduire à une cellule, et je vous verrai dans quelques heures.

— J'ai hâte, dit Aurora alors que les gardes qui la menottaient la soulevaient et la plaquaient contre le mur du couloir.

Tout compte fait, Aurora n'avait jamais été arrêtée

auparavant. Ceci, malgré toutes les invasions hostiles qu'elle avait menées, des missions qui enfreignaient les lois locales avec une folle témérité. Habituellement, ses ennemis visaient simplement le tir mortel. Moins dangereux comme ça. Un soldat de DefenseCorp mort ne reviendrait pas vous hanter.

Et lorsque l'ascenseur qu'Aurora avait appelé ouvrit ses portes, Aurora vit sa chance de faire exactement cela.

17

SECOUSSES DE LA RÉALITÉ

Sai n'avait jamais été un leader, un directeur, un gestionnaire d'hommes. Il préférait ses explosifs, son épée et le travail pratique qui allait avec. Pourtant, fiévreux et furieux, dans une grande salle remplie de sujets de test ressentant la même chose, quelqu'un devait prendre les choses en main. Quelqu'un devait guider la peste dans la bonne direction.

Anaskya était partie vers l'ascenseur. Elle avait disparu tandis que son grand compagnon rencontrait une fin atroce sous les ongles acérés, les dents mordantes et les mâchoires baveuses d'humains à peine reconnaissables.

Debout à côté de la porte de l'ascenseur, vacillant dans sa vision trouble, se tenaient le fils et la fille de Sai. Sourires aux lèvres, sautillant et pointant vers la porte. Pas réel, ça ne pouvait pas être réel, mais bon sang qu'ils y ressemblaient. Au même âge que lorsque Sai les avait vus pour la dernière fois, il y a des années et des années. Des rubans à la menthe poivrée dans les cheveux de sa fille comme il le faisait les jours de fête.

Si ses enfants voulaient qu'il prenne l'ascenseur, si son

esprit fiévreux et infecté voyait cela comme le bon chemin, alors Sai le prendrait.

Alors que les derniers morceaux du Capitaine Happy étaient arrachés, le soldat de l'Escouade Sever tituba vers l'ascenseur et frappa le bouton d'appel. Il plaqua l'identifiant de l'homme, arraché de la chemise en lambeaux de la victime, contre le scanner de l'ascenseur et vit l'acceptation verte, la priorité l'emportant sur tous les autres appelants.

— Par ici, cria Sai au groupe, un appel humide et toussotant qui correspondait bien à l'état de Sai. Si vous voulez une chance d'avoir un remède, il faut qu'on la rattrape.

Sai ne pouvait pas dire à quel point les autres douze victimes ou plus comprenaient, mais la plupart suivirent l'appel. Elles laissèrent tomber leurs morceaux de chair et se dirigèrent vers Sai.

L'homme qui avait tout déclenché, dont le virus semblait plus avancé que celui de tous les autres, menait l'équipe chancelante dans une course chaloupée, comme si du liquide remplissait son corps et glissait d'un côté à l'autre à chaque pas. Les yeux rouges de l'homme pleuraient un pus jaunâtre, tandis que sa peau continuait par ailleurs un changement rapide vers un bleu plus foncé, comme un énorme bleu qui s'étendait. Quand il s'approcha, alors que les portes de l'ascenseur s'ouvraient, il reconnut Sai avec une bouche ouverte et un grognement rauque.

— Ensemble, répondit Sai, ne sachant quoi dire d'autre.

Le soldat de DefenseCorp tendit la main avant de pouvoir s'en empêcher et la posa sur l'épaule de l'autre homme malade. Il resserra sa prise pendant une seconde, comme il l'aurait fait avec Gregor ou Eponi. Il ne connaissait cette épave humaine que depuis quelques minutes, mais un but commun forge des liens communs.

Ils entrèrent dans l'ascenseur et les autres s'y engouffrèrent derrière eux. Sai ne savait pas vraiment s'ils dépassaient une limite de poids, si le fait de mettre autant d'infectés à proximité les uns des autres leur ferait du bien ou du mal. Il savait que sa vision flottante, une brûlure constante dans ses bras et ses jambes, et une hallucination occasionnelle de quelques secondes le ramenant chez lui auprès de sa famille signifiaient que Sai faisait un voyage désespéré vers nulle part.

L'ascenseur n'avait qu'un seul autre bouton. Pour cela, au moins, Sai pouvait remercier Anaskya. Son désir d'efficacité directe donnait à Sai un choix de moins à faire, une décision de moins à méditer. Il frappa le bouton, regarda les portes se fermer et écouta la respiration lourde et humide autour de lui.

D'après leur apparence, le mélange hétéroclite d'infectés de Sai venait de tous les échelons de la société de Dynas. Certains portaient des combinaisons de plongée, déchirées et tachées, suggérant une vie dans les rues de la ville. Des victimes plus faciles, peut-être, à capturer. D'autres, comme l'homme condamné à côté de Sai, portaient des vêtements arborant le logo de la double hélice. Des employés sacrifiés sur l'autel de l'entreprise.

Par choix ou par force ?

Sai supposait le premier, grâce au second. Un bonus offert ou un voyage hors de ce monde, et quand la réalité de ce choix s'était manifestée, un pistolet pointé dans le dos pour empêcher les gens de revenir sur leurs idées initiales.

Le court trajet en ascenseur et l'état de décomposition de l'homme ne laissèrent pas le temps à Sai de confirmer son idée.

Quand les portes de l'ascenseur s'ouvrirent, Sai essaya de comprendre ce qu'il voyait. Juste en face de lui, le visage pressé contre le mur et portant une de ces combinaisons de plongée bon marché, se trouvait sa capitaine. Deux soldats s'occupaient d'elle, tandis qu'une demi-douzaine d'autres flânaient à proximité, tous regardant vers l'ascenseur, leurs visages masqués sans doute confus face à la masse de malades qui en sortait.

Sai ne donna aucun ordre, ne sortit pas en premier pour exiger que chaque garde soit transformé en pâture pour l'appétit meurtrier de ses monstres. Les monstres le firent eux-mêmes.

L'homme ruiné mena la charge, repérant ces uniformes noirs à double hélice dans ses yeux et se précipitant hors de l'ascenseur avec un rugissement fou et toussotant. Sai se plaqua contre le fond de l'ascenseur tandis que les autres suivaient, se déversant dans le couloir et plongeant vers leurs victimes choisies avec un abandon aux yeux larmoyants.

— Sai ! appela Aurora au-dessus des cris, et Sai quitta enfin l'ascenseur pour trouver sa commandante au sol, repoussant du pied une femme malade qui tentait mollement d'attraper sa cheville.

— Laisse-la tranquille, dit Sai, tendant la main à travers le flou pour repousser à la fois le coup de pied d'Aurora et la tentative d'agripper de la femme infectée. Ceux avec les uniformes, ce sont eux l'ennemi. Ce sont eux qui vous ont fait ça.

La femme regarda Sai, un visage usé commençant à montrer les mêmes taches bleu foncé que l'homme guerrier, et elle commença à dire quelque chose, quand sa tête explosa simplement, prit feu et fondit alors qu'un des gardes déchargeait son arme sur elle. Il visa ensuite Sai, quand celui-ci sentit soudain une pression sur sa cheville gauche.

Sai heurta le sol alors que le tir du garde traversait l'espace où il se trouvait une seconde auparavant. Aurora, à sa gauche, ramenait sa jambe après avoir fait trébucher Sai, se recroquevilla, et plongea tête la première vers le garde, ses cheveux emmêlés et en sueur menant une charge qui frappa l'homme au ventre et le renversa.

Le plafond du couloir de la prison se dressait au-dessus de lui tandis que Sai gisait sur le dos, la chute ayant heurté sa poitrine avec force et chassé l'air de ses poumons affaiblis. Il vit Aurora foncer tête baissée, les mains menottées dans le dos, et sut qu'il devait se lever, qu'il devait faire quelque chose.

Entre deux clignements d'yeux, sa mère se tenait là, lui souriant, l'air exactement comme elle l'avait été sur le toit de la tour ce terrible jour. Elle se pencha en avant, tendant ses deux mains vers celles de Sai, et il les prit, sentit sa mère le tirer vers le haut, et—

— Sai ! Un coup de main par ici ! cria Aurora et sa mère disparut, remplacée un mètre plus loin par la silhouette en lutte de sa capitaine qui tentait de maintenir au sol la main armée du garde.

Ah oui. C'est ce qu'il faisait. Se battre.

Sai se jeta en avant et tomba sur le garde, manquant Aurora et enfonçant son coude dans le visage du garde avec suffisamment de force pour l'assommer.

Les victimes contaminées tenaient bon dans le couloir, plaquant, mordant et déchirant les gardes en armure. Plusieurs des compagnons de fortune de Sai avaient été pulvérisés par des tirs laser, mais l'effet de surprise et la sauvagerie avaient mis à terre tous les gardes sauf deux, qui furent plaqués quelques instants plus tard par la horde restante.

— Sai, tu veux bien me débarrasser de ces menottes, et ensuite m'expliquer ce qui se passe bordel ? dit Aurora, couvrant les cris paniqués du repas des infectés.

Ouvrir les menottes signifiait récupérer un badge sur leur garde à terre, ce qui n'aurait pas dû être si difficile, sauf que les doigts de Sai commençaient à lui sembler gros comme des saucisses, et ses enfants n'arrêtaient pas d'apparaître à la périphérie, rendant difficile sa concentration.

— Sai, concentre-toi, dit Aurora après qu'il eut maladroitement tenté d'ouvrir la poche du badge sur la poitrine du garde. Qu'est-ce qui ne va pas chez toi ? Chez eux ?

— Je, Sai ferma les yeux. Essaya de tout faire disparaître juste pour une seconde. Se réinitialiser. Ils nous ont injecté quelque chose. C'est ce qu'ils font ici, dans la tour, je pense. Le but de tout cet endroit.

Sai devait continuer à parler, devait continuer à déverser les mots parce que s'il s'arrêtait, si sa bouche se fermait, Sai avait soudain le sentiment qu'il ne pourrait peut-être plus l'ouvrir. Sa fièvre devait monter en flèche, ce virus envoyant sa chaleur monter et descendre dans tout son corps.

— Ils vont nous transformer en autre chose, continua Sai, aspirant l'air comme il pouvait, et réussissant à sortir le badge d'identification du garde. Aurora lui tourna le dos, présenta les menottes, et une tape moite déverrouilla les entraves de métal bleu. Anaskya n'arrêtait pas de dire que ça nous aiderait à devenir meilleurs, mais je ne pense pas qu'elle sache ce qu'elle fait.

Aurora se retourna, aida Sai à se relever, garda ses mains sur ses épaules. Son visage semblait clair, solide, réel. Mais bien sûr qu'il l'était. Aurora n'était pas comme les enfants de Sai, sa mère. Pas une hallucination.

— Réelle ? dit Sai après qu'Aurora eut posé une question qu'il n'avait pas saisie. Tu es réelle, n'est-ce pas ?

— Je vais bientôt l'être beaucoup moins si tu n'éloignes

pas tes amis, répliqua Aurora, faisant pivoter Sai pour faire face aux survivants, qui s'étaient rassemblés autour d'eux, l'air aussi désemparés, aussi ruinés que Sai se sentait.

— Ils ne sont pas, Sai regarda autour de lui, les visages qui le fixaient allaient de à peine cohérents à bouillonnants de rage, mais tous partageaient un trait singulier que Sai avait déjà vu. Ce ne sont pas mes amis.

— Tu devrais peut-être reconsidérer ça avant qu'ils ne nous mangent.

— Nous sommes infectés, dit l'un des autres, une femme robuste portant les restes ensanglantés d'un uniforme à double hélice. C'est tout. C'est tout ce qu'il y a. Mais nous ne sommes pas fous, juste, juste en colère. Et malades.

Une maladie qui avait désespérément besoin d'un remède. Un remède que, Sai le soupçonnait, Anaskya aurait. S'il en existait un.

— Nous devons la poursuivre, dit Sai. Anaskya. C'est notre seule option.

— Tu parles d'une scientifique ? La chef de ce groupe ? dit Aurora. Parce qu'elle était là il y a une minute.

Dès qu'Aurora eut fini ses mots, le groupe d'infectés se dispersa et commença à parcourir les couloirs, appelant le nom d'Anaskya et obtenant des réponses des prisonniers encore coincés dans leurs cellules. Aurora et Sai les regardèrent bouger, et Sai les aurait suivis si Aurora ne l'avait pas retenu fermement.

— Sai, j'ai besoin de savoir. Que t'arrive-t-il ? Es-tu compromis ?

Sai énuméra les symptômes. Dit qu'il pensait pouvoir tenir debout, bouger. Que toute action soutenue serait désastreuse.

— Et Eponi ? demanda Aurora. Sais-tu où elle est ?

— Elle m'a dénoncé. Elle m'a sauvé la vie et tué en même temps.

— Elle est donc ici, dans la tour ?

— Peut-être ? Sai essaya de secouer la tête, mais Aurora passa outre son commentaire.

Elle expliqua, avec cette façon qu'avait Aurora de faire un briefing de mission fulgurant, l'histoire de Kashmal et de la mallette, l'objectif et le plan pour s'assurer un vol en navette une fois que l'Escouade Sever aurait été réunie. Sai saisissait un mot sur cinq, et même ceux-là, il les laissait filer.

Parce que, en vérité, il serait bientôt mort, ou quelque chose de si différent que le Sai qui avait fait tout ce chemin pourrait aussi bien avoir disparu.

18

LA FIN DE L'INFECTÉ

Faire partie de l'Escouade Sever signifiait que les menaces avaient une façon de vous trouver, que ce soit directement comme avec l'arme de Lani pointée sur son visage, ou indirectement, comme lorsque Wicks avait tenté de craquer le code de l'armure de Rovo et avait failli déclencher sa fonction d'autodestruction anti-sabotage. L'armure avait commencé un décompte rapide, et Lani, sagement, avait laissé Gregor la bousculer pour entrer une chaîne de douze chiffres sur le clavier de l'armure, juste à côté de la couture le long du côté gauche.

Mourir dans l'explosion de l'armure de sa propre équipe n'aurait pas été la mort la plus stupide que Gregor ait vue durant son temps chez DefenseCorp, mais ça s'en serait rapproché. Rien, cependant, ne dépasserait le jour où il avait vu un prisonnier en fuite s'éjecter accidentellement dans le vide glacial de l'espace quelques secondes avant d'atteindre l'atmosphère. Le parachute n'avait pas été d'une grande utilité pour le pauvre homme.

— Merci, offrit Wicks, se tenant bien à l'écart de Gregor. J'avais oublié qu'elles faisaient ça.

Les agents. Gregor avait d'abord été ravi de voir Lani, pensant qu'elle pourrait peut-être l'aider à retrouver le reste de Sever, peut-être l'assister pour obtenir un vaisseau pour quitter la planète. Au lieu de cela, Lani avait rappelé à Gregor pourquoi il aimait éviter les membres du service clandestin de DefenseCorp.

D'une part, ils gardaient trop de secrets. Lani pouvait dire tout ce qu'elle voulait sur la destruction de Felix et le maintien d'Helix dans certaines limites, mais DefenseCorp aurait pu faire la même chose avec des inspections périodiques, une frégate en attente au-dessus prête à faire fondre tout matériel répréhensible. Implanter des agents dans la ville signifiait que DefenseCorp avait d'autres idées, ou voulait garantir un certain investissement dans toute cette entreprise.

Mais Gregor s'en souciait-il ?

Vous prenez un mineur de comètes sans le sou, vous lui donnez une chance en tant qu'homme de main musclé qui devient une forme de combat d'élite, vous obtenez une certaine loyauté. Aurora pourrait interroger ces agents. Sai pourrait remettre en question leurs véritables motivations.

Gregor avait récupéré son marteau, et ils l'emmenaient dans un endroit où il pourrait l'utiliser. Pour l'instant, c'était suffisant.

— Je vous donne les codes, dit Gregor. Vous me rendez l'armure quand nous retrouverons mon escouade.

— Bien sûr, répondit Lani. On ne va pas aller bien loin si on se promène dans cette ville avec ça.

— Si vous essayez de la garder, je vous tuerai. Defense-Corp ou pas.

Lani rit. — D'accord. Ce que tu veux.

Les enjeux étant clairs, Gregor fournit les codes et, avec Lani et Wicks enfilant les combinaisons d'Aurora et de

Rovo, le quatuor retourna sur le toit de la station, sauta sur leur aéroglisseur et fila loin de la ville.

L'épais brouillard jaune et humide enveloppa l'aéroglisseur dès qu'il quitta le nano-réseau, obstruant les évents de Gregor et forçant un nettoyage manuel. Il montra à Lani et Wicks comment faire, en faisant circuler l'air de l'armure tout en retenant sa respiration pour pousser cet air, et la poussière jaune, hors des évents. Un vrai plaisir, mais, dans le processus, Gregor réalisa à quel point ces agents en savaient peu sur le véritable combat.

— Non, je n'ai jamais eu affaire à une armure comme celle-ci, dit Wicks après que Gregor lui eut expliqué le nettoyage des évents. Je préfère les méthodes subtiles, personnellement. Mais si on va affronter quelque chose de dangereux, on ne peut pas être trop prudent.

— Alors si vous voulez vivre, laissez-moi vous apprendre quelques trucs, répondit Gregor.

— Et moi qui pensais que tu ne te souciais pas de nous, dit Lani, sans doute avec un sourire narquois derrière sa visière.

— Mes amis voudront récupérer leur armure, dit Gregor. Je n'ai pas envie de la porter jusqu'à la maison.

L'exploration des diverses fonctions de l'armure DefenseCorp occupa le reste du trajet en aéroglisseur, jusqu'à ce que l'avant-poste conquis de Felix surgisse de la brume ocre comme une hallucination terne. Depuis que Gregor y était passé la veille, pas grand-chose n'avait changé à l'avant-poste.

En fait, rien n'avait changé.

— Comment se fait-il que cet endroit ne grouille pas de soldats ? demanda Gregor dans le vide. Il s'attendait à moitié à ce que cette expédition se termine avant même qu'ils ne touchent le sol, car toute force digne de ce nom aurait dû envoyer des renforts, voire des renforts écrasants. On ne laisse pas les ennemis gagner sur son propre terrain.

— Si, quand le prix de la victoire est trop élevé, dit Lani. Qui sait combien de durs à cuire qu'ils emploient savent réellement ce qu'ils protègent ?

Gregor supposa qu'il se révolterait aussi s'il découvrait que ses amis faisaient l'objet d'expériences, transformés en monstres ambulants.

Sayers guida l'aéroglisseur sur le toit, se porta volontaire pour le surveiller pendant que les trois autres sautaient et descendaient par un ascenseur à l'extérieur de l'avant-poste. Gregor réalisa que c'était probablement ainsi que Sai et Eponi s'étaient échappés.

Comment allaient ces deux-là ? Et Aurora et Rovo ? Gregor se sentait plutôt en sécurité avec ce groupe, mais le reste de son escouade était-il toujours en vie ?

Il serra son marteau plus fort, le tenant prêt alors qu'ils approchaient d'une entrée latérale, forcée. La grosse arme, prête à transmuter la force cinétique en ses frappes, faisait sentir Gregor plus en sécurité. Comme à la maison, mais destructrice.

— Avant d'entrer, dit Lani alors qu'ils se rassemblaient près de la porte, avec Gregor prêt à mener. Y a-t-il autre chose que nous devrions savoir sur Felix ? Avec quoi il se bat ?

— Ne vous approchez pas, dit Gregor. Utilisez le feu. Et ne l'écoutez pas.

Wicks et Lani semblèrent acquiescer, alors Gregor retourna au cauchemar monstrueux qu'il aurait préféré oublier, fracassant la fine porte avec son marteau et entrant.

Ce couloir, cependant, était nouveau. Des marques de laser gravaient les murs, ainsi que la ligne argentée occasion-nelle d'une épée - le katana de Sai, sans doute. Gregor voyait tout cela grâce à la lumière de son casque, car l'alimentation de la base avait apparemment échoué. Pas si surprenant, étant donné la lutte qui s'y était déroulée.

— C'était un gros combat, dit Lani. Combien étiez-vous ? Une armée ?

— Cinq, répondit Gregor.

Sur la gauche, ils passèrent devant les baraquements, les lits encore pourvus de draps et d'effets personnels d'au moins quelques soldats. Des soldats soit morts, soit, à présent, dans un état pire encore.

Gregor n'avait pas le plan de la base en tête, alors il suivit les entailles de katana et les traces de tirs laser. Cela les ramènerait, en théorie, au centre du conflit, où ils trouveraient Felix. Ou bien Felix les trouverait.

— Vous n'avez pas apporté de pelles, par hasard ? lança Wicks alors qu'ils tournaient à un angle et se retrouvaient face à un mur de décombres là où le couloir s'était apparemment effondré. Je ne creuse pas avec mes mains.

— On contourne, dit Gregor en les guidant dans une pièce sur la gauche — un bureau ? Un local de fournitures ? — puis il prépara son marteau. Reculez.

Il fallut trois coups tonitruants pour percer un trou dans le mur menant à la pièce suivante, un espace plus vaste ressemblant à un centre de commandement. Des écrans morts tapissaient les murs et les bureaux. Plus important encore, une porte au fond menait à un autre couloir qui...

— Je détestais cet ascenseur, dit Gregor.

— Est-il aussi maculé de sang que cet endroit ? demanda Lani, observant le centre de la base, où les vestiges à moitié effacés, mais encore poisseux, du passage initial de l'Escouade Sever dans ces couloirs subsistaient.

— Felix nous attendait en bas, dit Gregor. Ici, des gardes

ont tenté de nous tendre une embuscade. Ni les uns ni les autres n'ont réussi. C'était agaçant.

Il préférait de loin un combat direct. Pas ce travail sournois dans des espaces exigus. Sans mutants génétiques non plus.

— En parlant de ça, dit Lani. Tu as dit que Felix avait tendance à savoir ce qui se passait ici. Où est notre ami ?

— Je n'ai rien vu d'inhabituel, ajouta Wicks. Aussi amusante que soit cette armure, je vais être contrarié si tu nous as fait venir jusqu'ici pour rien.

Rien, cependant, semblait être le mot d'ordre. La base était silencieuse, vide, sans le moindre bruit. Même les rats et autres vermines ne se manifestaient pas. Comme si, après les combats de Sever, toute la base avait décidé de se taire.

Ce vide aurait dû être angoissant, mais étant donné ce qui s'était passé ici il n'y a pas si longtemps, Gregor trouvait cela paisible. Comme la visite d'un tombeau.

Gregor emmena Lani et Wicks vers la centrale électrique, puis à gauche et à travers d'autres bureaux, jusqu'à l'endroit où ils avaient secouru Rovo. Là où, la dernière fois que Gregor l'avait vu, l'ensemble des mutations de Felix s'était agité en un énorme amas biologique, attendant du sang neuf à ajouter.

Sauf qu'ici, dans la cage d'ascenseur vide qui avait servi de cuve cellulaire à Felix, Gregor ne vit rien. Seulement, tout au fond, un reste de boue noire.

— Tu vas descendre là-dedans ? demanda Wicks alors que Gregor s'approchait de l'unique échelle du puits. Pourquoi ?

—Parce que si Felix est parti, je veux le savoir.

Gregor descendit rapidement, le marteau accroché dans son dos et les mains sur les montants extérieurs de l'échelle, lui permettant de glisser sur plusieurs étages jusqu'au rez-de-chaussée.

Ses bottes blindées atterrirent dans un éclaboussement visqueux, dispersant de la matière organique autour de lui. Gregor s'accroupit et toucha la substance gris-noir de sa main. La masse frémit au contact de ses doigts gantés. Toujours vivante, donc, bien qu'elle ne semblât pas l'aspirer comme elle l'avait fait avec Rovo la veille.

— Alors ? cria Lani d'en haut. Tu as trouvé quelque chose ?

— Pas encore, répondit Gregor en se relevant.

Aurora avait dit qu'elle tuerait Felix elle-même ou ferait en sorte que DefenseCorp le brûle depuis l'orbite. Maintenant, il semblait qu'elle n'aurait peut-être besoin de faire ni l'un ni l'autre.

Derrière lui, Gregor entendit le son lent et grinçant d'une porte électrique qu'on ouvrait manuellement. Le Sever se retourna lentement, dégainant son marteau au-dessus de sa tête dans le même mouvement.

Là, debout, une masse voûtée bien plus grise et friable que dans les souvenirs de Gregor, se tenait la raison pour laquelle Lani l'avait ramené ici.

— Bonjour, Felix, dit Gregor.

— Tu es venu tenir compagnie à un homme mourant ? répondit Felix. Comme c'est gentil de ta part.

19

PRESQUE LIBRE

Atteindre l'apesanteur était un moment élastique. La gravité de Dynas s'évanouissait en un instant, mais le corps d'Eponi y réagissait par des sensations oscillantes, chaque organe, vaisseau sanguin et nerf s'adaptant à leur soudain détachement. La première fois qu'Eponi avait ressenti cette sensation, elle avait vomi partout.

Chaque fois depuis, elle avait succombé au sourire maniaque qui définissait le pilotage dans l'espace. Merveille après merveille après merveille.

— Je déteste ça, dit Ben à côté d'elle, serrant son arme contre lui et paraissant plus vert que jamais.

Certaines personnes ne comprendraient jamais, ne pourraient jamais comprendre ce que signifiait se libérer des liens d'une planète. D'autres, comme elle ? Eponi n'était pas étrangère à l'idée que grandir captive de petits boulots et coincée sur un monde arriéré la rendait sensible à l'obtention de la liberté, aussi imaginaire que cette liberté puisse être en réalité.

Elle avait quitté Dynas, certes, mais Ben la tenait

toujours en otage. Bien que maintenant, dans l'espace sans autre pilote, elle le tenait en otage aussi.

— Tu t'y habitueras ou pas, dit Eponi.

— Je n'appartiens pas à l'espace, secoua la tête Ben. C'est pour ça que j'ai accepté le boulot chez Helix en premier lieu. Si tout se passait bien, je pouvais y rester pour toujours.

— Puis tu es parti.

— Puis je suis parti, dit Ben. Passer une journée sur Dynas, c'est déjà trop long.

Devant eux, l'espace s'éclaircit tandis que des étoiles et des planètes par milliards apparaissaient dans le noir. L'étoile mère de Dynas se trouvait derrière eux, sa lumière faisant peu pour effacer la distance alors qu'Eponi inclinait la navette pour placer Dynas entre l'étoile et le vaisseau. Une petite éclipse artificielle.

Inutile, sauf si vous vouliez organiser un point de rendez-vous relatif.

Pendant leur ascension, Ben avait mentionné qu'il n'avait pas de coordonnées. Juste un nom, une date et une promesse. Arriver dans l'ombre de Dynas et attendre, et Ben trouverait son acheteur, et son évasion.

— Comment as-tu même pris contact avec ces gens ? demanda Eponi en envoyant la navette s'aligner sur l'orbite de Dynas, puis en la tournant pour garder la vue vers l'extérieur. Moins elle voyait cette planète humide, mieux c'était. Des lasers pointés vers le ciel ?

— Dynas n'est pas déconnectée de la galaxie, dit Ben. Helix a besoin de nourriture, d'acheteurs pour leurs produits. C'est juste très contrôlé. Il se trouve que je suis l'une des personnes qui s'occupe du contrôle.

— Et ces gens qu'on va rencontrer, ils vont nous prendre nous et ce que tu as là-derrière ?

— C'est l'idée.

— Pourquoi ne te tireraient-ils pas simplement dessus et prendraient le tout gratuitement ?

Ben sourit de cette manière présomptueuse qu'ont les gens trop confiants. — Les caisses sont verrouillées. Je suis le seul à savoir comment les ouvrir.

Eponi rit. Sever avait rencontré d'innombrables menaces de ce genre. Des connards arrogants prétendant qu'on ne pouvait pas les tuer parce qu'une arme, un trésor, un code secret dépendait de leur vie. Il s'avérait qu'on pouvait tout ouvrir avec suffisamment de compétences, de patience et, si nécessaire, d'explosifs.

— Tu ne me prends pas au sérieux, dit Ben.

— Absolument pas, répondit Eponi. Tu vas soit finir mort, ou, eh bien, mort.

— Tu sais, tout le monde dans la galaxie ne fait pas des marchés de vie ou de mort, répliqua Ben. Parfois, les gens s'en sortent sans tuer.

Eponi pouvait admettre que sa carrière avait terni sa perspective.

En tant que pilote de kart courant autour de la frange de la galaxie, Eponi avait été exposée à de nombreux accords et compromis, ces genres de choses qui se passaient en dehors des lumières vives, des foules et des caméras qui faisaient des gens des stars. Elle restait assise là pendant que les managers, les propriétaires, les équipes et les agents bradaient sa vie, son temps pour des profits. Et elle suivait le mouvement. C'était ainsi que fonctionnait la galaxie, l'industrie et la vie. Que Ben ait trouvé quelque chose de similaire sur Dynas en vendant des cellules pour une corporation folle ne la surprenait pas.

Ce qui la surprenait ?

Que Ben ne pensait pas que quelqu'un profiterait de lui.

La navette émit un avertissement, une petite lumière rouge indiquant qu'un autre vaisseau était entré dans l'espace relativement proche. Eponi avait orienté la navette vers l'extérieur, prévoyant au moins de capter, avec le radar avant, tout ce qui viendrait de l'extérieur du système. Ce contact, cependant, venait de derrière. Le vaisseau avait dû sauter autour de Dynas, contournant la planète pour approcher sans être vu.

Étaient-ils paranoïaques ? Peut-être. Stratégiques ? Certainement.

— On dirait que tes amis sont là, dit Eponi.

— Nos amis, répliqua Ben. Ne les énerve pas.

— Quoi, tu penses que je pourrais ?

— Oui.

La navette qu'ils avaient volée sur Dynas n'avait pas le radar sophistiqué auquel Eponi était habituée. Defense-Corp s'assurait que leurs vaisseaux soient prêts à scanner, voir et fondre sur toute menace potentielle. Cette navette n'indiquait que la position. Eponi ne pouvait pas dire si le vaisseau qui approchait était grand, petit ou mortel. Pas qu'ils aient des armes pour riposter de toute façon. Plutôt que d'essayer des manœuvres d'évasion, tout pilotage, Eponi laissa la navette en suspens et se pencha en arrière dans son siège. Attendant les ravisseurs.

— Est-ce qu'ils m'attendent ? dit Eponi. Ou vais-je être un inconvénient, plus facile à jeter dans le vide ?

— Ce ne sont pas des meurtriers, dit Ben. C'est juste une entreprise, comme celle pour laquelle tu travailles. Comme celle pour laquelle je travaillais. Tout ce qu'ils veulent, c'est du profit et quelque chose à vendre.

— Tu devrais vraiment te lancer dans une nouvelle

carrière de conférencier motivateur, répliqua Eponi. Tu me fais me sentir tellement chaleureuse et douce.

Avant que Ben ne puisse répondre par autre chose qu'un roulement des yeux, la navette trembla. Le vaisseau approchant effectua son amarrage initial, s'accrochant à l'écoutille sur le côté de leur navette. Un autre bip et un voyant clignotant indiquèrent un sas étanche sécurisé, prêt à transférer la contrebande de Ben, et Ben lui-même.

Personnellement, Eponi détestait ces lentes promenades interstellaires. Où seule une membrane vous séparait d'une mort rapide. La galaxie regorgeait d'histoires de transferts qui avaient mal tourné : il y avait les accidents comme un mauvais verrouillage, un capteur indiquant une connexion étanche alors qu'en réalité une fissure microscopique signifiait que tout l'oxygène s'échappait. Ou peut-être que tout semblait bon, le transfert se passait bien, et quelqu'un pensait que c'était fini. Appuyez sur un bouton une minute trop tôt et pouf, tout un équipage disparu.

Mieux valait attendre le feu vert, alors Eponi patientait pendant que Ben allait vérifier. Elle resta dans le cockpit où elle pouvait, si nécessaire, fermer les portes et s'enfermer dans ce minuscule compartiment. Se donner juste assez d'air pour retourner dans l'atmosphère si quelque chose tournait catastrophiquement mal. Si les acheteurs de Ben s'avéraient moins intéressés par Ben et son otage.

La confiance n'était pas l'un de ses traits dominants.

— Eponi, tu m'entends ? fit la voix de Ben à travers le haut-parleur du cockpit.

— Clair comme du cristal, répondit Eponi. Tu as déjà rencontré tes amis ?

— Ils ont établi la liaison. Je devrais passer de l'autre côté dans une minute. Je vais leur parler et je te dirai ce qui se passe ensuite.

Ce qui donna à Eponi tout le temps de contempler les étoiles, de compter ses respirations. De regarder autour d'elle pour voir s'il restait quelque chose dans le cockpit qui pourrait lui donner un indice, peut-être, sur qui ils allaient rencontrer. Quelle entreprise. Non qu'elle ne finirait pas par le découvrir, mais n'importe quelle bribe d'information pourrait aider.

Comme dit, Eponi ne faisait confiance à personne qu'elle ne connaissait pas. Surtout pas aux entreprises.

La première fois qu'Eponi avait quitté sa maison sur Seleno, l'organisation de courses de karts avait fourni le voyage. Eponi avait pensé qu'elle laissait derrière elle une masse rouge où tant de rêves mouraient ou s'éteignaient, grâce à eux. Eponi avait signé tout ce qu'ils lui avaient demandé. Elle avait accepté leurs exigences, participé à toutes les courses possibles. Et ce n'est que lorsqu'elle avait rencontré les autres coureurs professionnels, ceux qui faisaient ça depuis des années et des années, qu'elle avait découvert à quel point elle s'était mal positionnée. À quel point elle était redevable des décisions arbitraires prises par des personnes bien plus puissantes qu'elle.

Même si elle avait tout le talent.

Ce talent avait poussé Eponi à commencer à faire des demandes, à réclamer plus d'argent, de meilleures ressources. Ce qui fonctionnait très bien tant qu'elle gagnait, tant qu'il n'y avait pas quelqu'un de nouveau qui pouvait obtenir la même chose sans tous les tracas.

Elle s'était crashée une fois de trop. Comme tous les pilotes de kart, mais aussi, à cause de ses exigences, pas tout à fait. Ils avaient décidé que ça ne valait pas la peine de la réparer quand la prochaine recrue volerait sans se plaindre. Et quand vous êtes rejetée de la passion de votre vie à un si jeune âge ?

Vous finissez par piloter des missions de largage pour une entreprise dangereuse, au sein d'une escouade dangereuse.

En parlant de ça, où étaient-ils ? Là-bas sur cette surface. Étaient-ils encore en vie ? Seraient-ils surpris de savoir qu'Eponi s'était échappée, à un sas près d'un saut vers une autre vie ?

Elle posa ses mains sur le panneau de contrôle et se pencha en avant, essayant de trouver une réponse là-dehors. Si elle passait sur l'autre vaisseau, acceptait cette prétendue offre et partait avec Ben, elle serait sortie d'affaire. Probablement étiquetée comme déserteur de DefenseCorp, avec une licence pour la capturer ou la tuer si quelqu'un tombait sur elle. Mais Eponi était du menu fretin, un petit gibier. DefenseCorp ne se soucierait pas d'essayer de l'attraper et la laisserait disparaître dans l'obscurité comme tant d'autres l'avaient fait.

Plus d'armes, plus de missions, plus d'armure, plus de planètes étranges avec des gens encore plus étranges et des virus toujours plus étranges.

Elle pourrait transporter du fret, envoyer des choses d'un bout à l'autre jusqu'à ce qu'elle économise assez pour avoir son propre kart. Pas une mauvaise vie. Pas mauvaise du tout.

— Eponi ? dit Ben, sa voix la faisant sursauter. Tu es toujours réveillée ?

— Je suis là, où es-tu ?

— Sur leur vaisseau, répondit Ben. Ils acceptent l'accord. Ils prennent ce qu'on a apporté. Et moi.

Ben prononça la fin avec un poids lourd, une finalité. Le genre de ton utilisé pour rompre avec quelqu'un, ou une idée, ou un rêve. Ou peut-être juste pour décevoir un ami.

— Toi ? dit Eponi, laissant la glace formée par ses mots

couler dans ses veines, gelant tout choc. Pas de confiance, tu te souviens ? Ça veut dire ce que je pense ?

— Ça veut dire que tu es libre, répondit Ben. Tu n'es plus mon otage.

— Pourquoi ne me prennent-ils pas ?

— Pas de place, dit Ben. Mais en réalité, une fois que je leur ai dit qui nous étions, ils n'ont pas voulu se faire un ennemi de ton employeur. On dirait que DefenseCorp a trop d'influence.

— D'accord.

Que pouvait-elle dire d'autre ?

— Merci, Eponi, dit Ben. Merci de m'avoir sorti de là. Et maintenant tu as ton vaisseau. Tu peux retourner chercher tes amis.

Dans une navette qui ne pouvait pas quitter le système ?

— Bien sûr. Passe une belle vie, Ben.

Eponi coupa la communication. Une seconde plus tard, la navette trembla à nouveau alors que le verrou se détachait. Le joint du sas tomba. Les scanners bipèrent à nouveau, suivant l'autre vaisseau alors qu'il s'élançait vers le bord extérieur du système, où il accélérerait jusqu'à atteindre presque ou dépasser la vitesse de la lumière en route vers un autre monde, une autre vie.

Sa navette ne pouvait l'emmener nulle part.

Non, ce n'était pas vrai. La navette pouvait l'emmener au seul endroit où elle devait aller.

De retour sur ce monde misérable.

20

BAGARRE SOUS LA PLUIE

Il n'y avait que quelques réactions possibles quand on avait un pistolet dans le dos. La première était de se rendre. Lever les mains et espérer que la personne qui vous braquait avait besoin de vous pour quelque chose, sinon vous étiez mort.

Sauf que DefenseCorp interdisait cette option.

Pourquoi ? Parce que DefenseCorp ne payait jamais de rançon, et chaque fois que le kidnappeur s'en rendait compte, eh bien, il avait tendance à emmener ses otages jusqu'à la tombe.

Option deux : Essayer de se battre, donner un coup de coude ou un coup de tête si l'ennemi s'approchait trop et voir ce qui se passait. Voir si vous pouviez lui casser le nez, lui faire lâcher l'arme, peut-être la récupérer et la retourner contre lui. Dans tous les cas, donner tout ce que vous aviez dans cette mêlée sauvage et frénétique pour voir qui s'en sortirait vivant dans un combat à mains nues.

Ou option trois : Discuter. Probabilité de réussite ? Faible. Mais pour Rovo, ancien officier de communication de DefenseCorp et maître de nombreuses langues, peut-être un peu plus élevée.

— Tu baisses cette arme, dit Rovo, en forçant un calme d'acier dans chaque mot, et ensuite tu me laisses me retourner, qu'on parle face à face pour comprendre ce que tu fais, et comment je peux soit t'aider, soit te tuer.

— Ça ne me semble pas être une bonne affaire, répondit le type avec l'arme. Mets-toi à genoux que je puisse te passer ces menottes.

— Essaie encore, répliqua Rovo. Tout en parlant, ses yeux parcouraient le magasin, cherchant quelque chose de plus utile et proche, quelque chose qui pourrait l'aider à s'en sortir vivant. Il ne vit rien, ce qui signifiait que Rovo devait se montrer créatif. Tu sais quoi, je ne suis pas seul. Si tu ne ranges pas cette arme, un de mes amis te mettra une balle dans le crâne.

— Ah ouais ? répondit le type, cachant un rire sous ses mots. Je crois que tu mens.

L'homme changea de ton, parlant dans quelque chose près de son menton, à quelqu'un qui ne s'appelait pas Rovo. Une question envoyée à une sorte de force de soutien qui attendait dans la rue. Et à ce moment-là, Rovo eut la distraction dont il avait besoin.

Le secret de l'option trois ? Si on la joue bien, elle offre une excellente option deux.

Rovo s'accroupit et se retourna, lançant son bras gauche dans un coup de poing au niveau du ventre. S'accroupir avait éloigné l'arme de l'homme de sa visée mortelle, et avait également placé Rovo derrière un portant de vêtements sur sa gauche, les tenues suspendues bloquant la vue depuis la rue pour les renforts de l'homme qui auraient pu s'aligner pour un tir.

Le coup de poing de Rovo heurta un rembourrage dur, une combinaison épaisse, peut-être de qualité professionnelle. Un muscle fin en dessous bougea sous l'impact. Au moment où il tournait la tête, Rovo réalisa qu'il ne regardait pas un tueur expérimenté et coriace, mais un jeune homme, portant un respirateur et tenant l'arme comme s'il ne savait pas quoi en faire.

Frappe Helix manquait-elle de personnel de sécurité ? Escouade Sever, et Felix, en avaient-ils éliminé tant qu'ils recrutaient des réservistes n'importe où ?

Quoi qu'il en soit, le gamin ne semblait pas savoir quoi faire, alors Rovo fit le choix à sa place. Il plaqua carrément le voyou de Helix, le projetant au sol. De sa main gauche, Rovo arracha l'arme et la jeta à travers la pièce.

— Tu restes à terre, tu gardes la vie sauve, dit Rovo, en pressant son visage près de celui de son agresseur potentiel. Tu es complètement dépassé, gamin.

— Je ne suis pas un gamin.

— D'accord. Alors reste à terre, mec.

Le gamin ne le fit pas, essaya de se débattre, alors Rovo lui asséna un coup de coude à la tempe pour l'assommer. Un autre coup d'œil alentour montra que les renforts prenaient leur temps pour entrer, ce qui signifiait que Rovo ne voulait pas perdre de temps à sortir.

Rovo courut. Il n'appellerait pas ça de la lâcheté, juste jouer intelligemment. Alors que les autres clients se pressaient sur les côtés, restant à l'écart, Rovo se remit sur pied et courut vers la porte, attrapant au passage une paire de tenues de filles : de petites chemises de nuit. Parfaites pour n'importe quel autre monde sauf celui-ci.

Le trottoir éclaboussa lorsque Rovo s'y précipita. C'était maintenant que les renforts du gamin auraient dû se manifester, mais personne ne l'attendait. Peut-être que le gamin avait été trop confiant, s'était précipité sans soutien. Les seules personnes sur le trottoir étaient les gens habituels, pataugeant dans leur fin d'après-midi, à la recherche d'un peu d'espoir, n'en trouvant aucun. Quelques-uns regardèrent Rovo passer en courant, éclaboussant l'eau sur son passage. Personne ne semblait réagir. Parce que bien sûr, quand toute votre vie est un désastre morose, même une vraie action ne pénètre pas.

Rovo devait rejoindre Kaia. C'était clair. S'ils l'avaient suivi jusqu'au magasin, alors ils sauraient d'où il venait, et iraient après, eh bien, peut-être pas la fille. La valise ? Dans tous les cas, l'appartement de Kashmal était compromis.

Les combinaisons de plongée n'étaient pas idéales pour courir. Deux pâtés de maisons éclaboussés plus tard, Rovo avait glissé et était tombé plusieurs fois. Chaque pas semblait faire pénétrer la combinaison dans les plis de Rovo et lui rappelait à quel point son armure était bonne autrefois. Mais dans les moments désespérés, on accepte des mesures désespérées et Rovo continuait d'avancer.

Dans le pâté de maisons devant l'appartement de Kashmal, Rovo ne vit rien. Un trottoir vide, pas de véhicules arrêtés avec des embuscades en attente. Un coup d'œil en arrière montra que le gamin du magasin ne le poursuivait pas, ou l'avait perdu.

Et pendant un moment, Rovo reprit son souffle. Il ralentit pour marcher en approchant de la porte de Kashmal avant d'entrer et de se diriger vers l'ascenseur.

En entrant dans la boîte qui allait le monter aux étages, Rovo essaya d'élaborer un plan. Il n'avait qu'une seule arme. Il lui faudrait deux mains pour tenir Kaia et la mallette, et même une fois que Rovo les aurait sécurisées, il ne savait pas vraiment où aller. Sans doute qu'Aurora était allée à la tour, mais Rovo ne pouvait pas s'y rendre.

Amener la valise et Kaia directement à ceux qui les voulaient ? Non.

Gregor, donc. L'homme au marteau était peut-être la seule option de Rovo. Il pourrait essayer de suivre la direction la plus probable de Gregor depuis l'endroit où ils s'étaient séparés, bien que cela ne soit pas très prometteur non plus. Rovo n'était pas un chien de chasse, et même ces talents pourraient ne pas être utiles sur une planète aussi humide que Dynas.

Il ne restait donc que la station de tram. Là où Rovo, Aurora et Gregor avaient abandonné leurs armures. Si Rovo pouvait y retourner, il pourrait au moins enfiler la sienne. Peut-être tenir bon.

Gregor et Aurora essaieraient aussi d'y retourner à un moment donné : aucun d'entre eux ne laisserait son armure s'il avait le choix. Rovo n'avait porté la combinaison que dans le simulateur et lors de cette mission, et déjà elle lui semblait comme une seconde peau.

La station de tram, donc. Rovo s'y rendrait et mourrait ou vivrait assez longtemps pour être secouru.

Les portes de l'ascenseur s'ouvrirent et Rovo partit sur la gauche, vers l'appartement. Il s'arrêta. Personne ne se tenait dans le couloir, mais des bruits se faisaient entendre, des voix fortes donnant des ordres à quelqu'un. Peut-être à Kaia, peut-être entre eux. Rovo se plaqua contre le mur opposé, puis tendit le bras et appuya sur le bouton d'urgence de l'ascenseur, le maintenant à ce niveau. Cela retarderait les renforts, ne serait-ce qu'un peu.

Rovo avança, pas à pas, ses pieds crissant sur le carrelage antidérapant. La seule concession intelligente que cette planète faisait à l'humidité. Rovo tenait son arme levée, prêt. Respirant à peine.

— Ils disent qu'ils l'ont perdu, qu'il vient probablement ici, dit l'une des voix venant de la pièce, sans le moindre stress. Tu surveilles la porte, je finis d'emballer la fille.

Emballer la fille ?

Dans tous les cas, Rovo n'attendit pas qu'ils soient prêts. Il parcourut le dernier mètre en trombe, contourna la porte et tira en même temps, visant à hauteur d'homme, pas d'une fille. Le premier tir toucha une cible, vêtue d'un équipement tactique tout noir. Il brûla un trou en pleine poitrine et l'homme s'effondra tandis que l'autre, qui tenait Kaia à moitié immobilisée dans une sorte de veste, pivota et plaça Kaia entre lui et Rovo.

— Tu veux risquer de la toucher ? dit l'homme, celui-ci plus âgé. Helix avait apparemment encore quelques adultes dans ses rangs. C'est elle que tu veux, non ?

Rovo ne voyait la mallette nulle part. Peut-être qu'ils ne l'avaient pas encore trouvée. Peut-être qu'ils ne savaient même pas qu'elle existait.

— Pas besoin qu'elle soit blessée, dit Rovo. Tu peux la lâcher maintenant.

— Et pourquoi je ferais ça ? répondit l'homme, sa voix calme. Trop calme vu les circonstances. Rovo essaya de balayer la pièce du regard, voir s'il y avait quelqu'un d'autre dans l'appartement. Le temps joue en ma faveur. Le tien est compté. Pose ton arme et, si tu n'as pas tué mon ami là-bas, peut-être que tu survivras à ça.

L'homme avait raison sur un point : Rovo n'avait pas le temps de parler. Il devait tenter sa chance. Son ennemi ne voudrait pas non plus que Kaia soit tuée, cela gâcherait leur prix. Alors Rovo le chargea.

L'homme se figea, s'attendant soit à un tir, soit à une

négociation. Les mains occupées par Kaia, il ne put rien faire pour empêcher Rovo de le frapper au visage avec la crosse de son arme. Rovo attrapa la main gauche de Kaia alors que l'homme tombait, la stabilisa.

Il la fit se retourner avant d'administrer un dernier tir.

— Ça va ? demanda Rovo à Kaia en retirant l'étroite attache dans laquelle les gardes l'avaient emprisonnée.

Elle hocha la tête, ses yeux crispés par quelque chose qui n'était pas tout à fait de la peur. Du stress peut-être ? De l'excitation ? Quoi qu'il en soit, Rovo était impressionné. À cet âge, entouré de quelques cadavres, Rovo pensait qu'il aurait éclaté en sanglots. Hurlant pour appeler ses parents. Mais peut-être que Kaia n'avait pas vraiment de parents vers qui crier.

Kashmal ne comptait certainement pas.

— D'accord, allons-y. On va sortir et courir, dit Rovo. Prête ?

— Je peux courir, dit Kaia.

— Bien sûr que tu peux, Rovo atteignit sous le canapé et en sortit la mallette. Il y a autre chose dont tu as besoin ?

— Que veux-tu dire ?

— Eh bien, je ne pense pas que tu reviendras ici. Peut-être jamais.

Était-il censé dire ça à Kaia ? Difficile à dire. La petite fille n'avait pas l'air de vivre une vie dorée. Les mauvaises nouvelles devaient être monnaie courante pour quelqu'un vivant dans une chambre comme celle-là. Dans un appartement comme celui-ci. Sur une planète comme Dynas.

— Je peux prendre quelque chose ? demanda Kaia.

— Fais vite, répondit Rovo.

La fille fila, retournant vers sa chambre et Rovo traîna les deux corps dans la cuisine, les laissant là derrière le comptoir, juste cachés d'un coup d'œil rapide. Pas vraiment une tactique de haut niveau, mais mieux que de les laisser à découvert, où ils pourraient être vus par la fenêtre. Tout pour lui gagner quelques secondes.

Elle revint, portant une petite peluche. Un petit lion, désespérément déplacé sur ce monde. Jaune tacheté, usé à l'excès. Mais elle serra la peluche comme si elle signifiait tout pour elle, et puisque Rovo lui enlevait tout le reste, il la laissa la garder.

LA SEULE SORTIE DE DYNAS

La révolte des prisonniers sur Cassius Cinq. C'était à cela qu'Aurora pouvait comparer la situation actuelle. À l'époque, l'Escouade Sever, composée d'une équipe différente à l'exception d'Aurora et Gregor, s'était volontairement laissée capturer après leur arrivée. Une fois à l'intérieur, ils avaient œuvré pour inspirer une insurrection totale qui avait ravagé des pans entiers de la ville principale de Cassius Cinq. Les propriétaires de la planète avaient décidé qu'ils pouvaient se passer de prolonger le contrat de DefenseCorp.

DefenseCorp en avait décidé autrement.

Bien sûr, mener une bande de prisonniers mécontents était une chose. S'évader d'un laboratoire high-tech sur une planète misérable avec un groupe d'expériences scientifiques gravement malades en était une autre.

Aurora et Sai, ce dernier luttant pour rester conscient, rassemblèrent tous les infectés qu'ils purent trouver à l'étage de la prison. Cela impliquait de les libérer de leurs cellules, d'utiliser les badges volés aux gardes pour ouvrir les portes vitrées et de convaincre, quand c'était possible, les occupants de se joindre à eux. Certains étaient trop faibles pour se donner la peine de se lever de leurs lits, et Aurora n'avait pas le temps de jouer les médecins, alors elle les laissa sans un regard en arrière.

Une fois rassemblée, la troupe dépenaillée d'une vingtaine de personnes se dirigea vers les ascenseurs qu'Aurora avait utilisés, pour les trouver verrouillés. Le bouton d'appel ne fonctionnait pas, et passer le badge d'un garde ne faisait que renvoyer une erreur indiquant que le grade n'était pas suffisant pour outrepasser le verrouillage.

— Il y a un autre moyen, dit l'une des infectées, une femme portant un uniforme Helix et semblant moins affectée que les autres, alors qu'ils se regroupaient autour des portes de l'ascenseur. Il doit y avoir des sorties de secours, au cas où. Mais elles sont cachées à cet étage, pour des raisons évidentes.

— Eh bien, c'est notre étage maintenant, alors dis-nous, répondit Aurora.

Sai hocha la tête, essayant d'approuver, et serait tombé si Aurora ne l'avait pas rattrapé.

— C'est plus facile si je vous montre, dit la femme avant de les conduire vers un léger renfoncement dans le mur du coin droit au fond, près de l'ascenseur des prisonniers et des restes du combat.

La section en acier gris était découpée juste assez grande pour ressembler à une double porte, bien qu'un coup d'œil rapide n'aurait rien révélé. Pas de poignée, pas de bouton, certainement pas de panneau de sortie ou d'autre indicateur. Aurora n'eut pas à réfléchir longtemps pour deviner pourquoi : en cas de véritable urgence, ceux qui savaient pouvaient décider de sauver les prisonniers ou non.

Dans une situation comme celle-ci, où les prisonniers étaient l'urgence ?

Les laisser ici. Les laisser pourrir.

— Alors, comment l'ouvre-t-on ? demanda Aurora.

— Essaie le badge, dit la femme. Le scanner est sur le côté droit.

Aurora plaqua la carte d'identité contre le mur, se sentant un peu stupide en le faisant. Il était possible que la femme soit en proie à un délire fiévreux, qu'ils perdent simplement du temps. Bien sûr, ils n'avaient pas vraiment d'autres pistes, alors pourquoi pas.

Étant donné l'état de santé qui se détériorait de Sai, et les regards de plus en plus sauvages que les autres infectés s'échangeaient, Aurora estimait qu'il ne faudrait pas longtemps avant que tout le monde ne commence à dévorer ses amis.

Plaquer le badge ne fit rien. Aucun son, aucun signe.

— Tu es sûre que c'est ce coin ? dit Aurora.

— J'en suis sûre, répondit la femme. La plupart des étages de la tour sont agencés comme ça.

— Comme une prison ?

— Non, comme un carré. Ce coin abrite toujours les escaliers, je ne vois pas pourquoi on aurait changé ici. Cet étage n'a pas toujours été utilisé pour ça.

Aurora examina la femme de plus près. Elle était un peu plus âgée, probablement pas une stagiaire. Ses cheveux blancs, sa peau pâle et sa posture légèrement voûtée suggéraient une longue carrière qui s'était terminée dans l'épuisement. Aurora aurait voulu lui demander ce qu'elle faisait ici, pourquoi ils l'avaient choisie pour cette expérience folle, mais il n'y avait pas le temps. Et Aurora n'était pas là pour avoir toute l'histoire.

— Voilà ce qu'on va faire, dit Sai, sa voix si faible qu'Aurora dut répéter chacun de ses mots pour que les autres puissent entendre. On prend toutes les armes. Chacune d'entre elles et on les empile. On en garde une.

La vieille astuce de l'explosion. Enflammer tous ces gaz de laser brûlant d'un coup, faire exploser un trou dans le mur. Pas une mauvaise tactique, bien que l'effet secondaire, se désarmer pour alimenter la bombe de fortune, ne soit pas exactement le meilleur plan.

Sauf que les infectés avaient déjà éliminé un tas de gardes avec leurs poings et leurs dents, peut-être pourraient-ils simplement continuer sur cette lancée. S'échapper par la force physique.

— Vous l'avez entendu, dit Aurora. Prenez les armes, empilez-les. Juste ici.

— Ces portes sont conçues pour arrêter les incendies, protesta la femme alors que certains infectés se mettaient à suivre les ordres de Sai, plaçant les armes pillées les unes sur les autres près de la porte. Tu penses vraiment que ça va l'ouvrir ?

— Les incendies et les explosions sont deux choses différentes, dit Sai, s'appuyant sur Aurora, respirant difficilement. Ce n'est pas la chaleur qui va ouvrir la porte, mais la force.

Aurora et Sai s'éloignèrent dans le couloir pendant que l'empilement continuait, jusqu'à ce que les infectés aient entassé toutes les armes les unes sur les autres. Un pistolet restait, remis à Aurora une fois que la pile fut prête. Elle fit signe à tous les infectés de se tenir derrière elle, à mi-chemin du couloir.

— Pas assez loin, dit Sai. Je ne pense pas, en tout cas. Il pourrait y avoir beaucoup d'éclats. Peut-être pire. Nous devrions être au coin suivant.

— Ce n'est pas assez puissant pour tirer d'aussi loin, dit Aurora en examinant le petit pistolet. Conçu pour le corps à corps, imprécis au-delà d'une douzaine de mètres. Quelqu'un doit s'approcher davantage.

— Alors je le ferai, dit Sai. C'est mon idée, et regarde-moi. Je ne suis pas vraiment vivant de toute façon.

Aurora hésita. Le sacrifice de soi n'était pas vraiment le code des Sever, mais dans une situation impossible, il fallait parfois faire un choix impossible. Mais ils n'étaient pas condamnés ici. Pas encore. Ils pouvaient trouver une solution. Peut-être remplacer une des armes plus grosses par le pistolet, tirer depuis le bout du couloir et plonger derrière le coin ?

— Sai, il y a d'autres options, dit Aurora. On peut essayer quelque chose de différent.

— Non, non, dit Sai, tentant en vain de pointer du doigt alors que son bras tressaillait. Je peux à peine tenir debout. Je ne vais faire que vous retarder. Laisse-moi faire ça, laisse-moi faire quelque chose qui en vaut la peine à la fin.

Mais Aurora ne donna pas le pistolet à Sai. À la place, elle fit signe à quelques-uns des infectés plus sains d'esprit, dont la femme plus âgée, et leur dit de tirer Sai loin du coin. Aurora allait tirer. Elle pourrait tirer et se replier derrière le coin, ou se jeter au sol pour limiter l'exposition.

Aurora n'avait pas de famille. Personne ne l'attendait. Elle appuierait sur la gâchette.

Du moins, c'était ce qu'Aurora avait prévu jusqu'à ce qu'elle sente une main sur son épaule et se retourne pour voir le grand homme, le brutal qui avait mené la charge depuis l'ascenseur.

Il était fort, sans doute un ancien employé des forces de sécurité, mais maintenant des taches rouges et des fissures suintantes défiguraient son visage, des plaques bleues apparaissaient sur son crâne alors que ses cheveux tombaient par touffes. Son simple uniforme de prisonnier portait des déchirures le long d'une brûlure où un laser avait éraflé sa jambe. Rien chez lui n'avait l'air en bonne santé.

— Laisse-moi faire, dit l'homme. Je suis fatigué de cette foutue vie de toute façon.

— Je peux essayer de tirer, dit Aurora.

— Et si tu rates ? répondit l'homme, sa voix faible, sifflante. Ses poumons se désagrégeaient. Tu gaspilles de l'énergie dont nous avons besoin. Dont tu as besoin. Je m'en charge.

Le sacrifice de soi. Un trait rare. Mais il y avait des objectifs à atteindre, et Aurora comprit, vit dans les yeux de l'homme un regard qu'elle avait déjà vu auparavant : il avait fait la paix avec son choix.

— Tu veux que je dise quelque chose à quelqu'un ? dit Aurora. Un message que tu veux transmettre ?

L'homme essaya de rire mais un sifflement sortit à la place, une toux, et il prit le pistolet de la main cédante d'Aurora. — On ne vient pas sur Dynas parce qu'on a quelqu'un à qui parler, parce qu'on a quelque chose à faire. Dynas est une fin, et je suis prêt à ce que ça se termine.

— Alors merci, dit Aurora, et elle se déplaça derrière le coin avec le reste du groupe. La bande de brutes infectées, s'accrochant toutes à la vie alors qu'un virus fou réduisait leurs corps en charpie, recula pour lui laisser de l'espace.

Ils s'accroupirent, les mains sur les oreilles comme Sai l'avait indiqué. L'homme, avec un dernier hochement de tête vers Aurora, poussa un cri sauvage et faible et courut vers le tas d'armes. Un boom assourdissant secoua le sol, suivi du crépitement de l'énergie électrique qui brûlait l'air. Les alarmes, de petites lumières blanches nichées dans les joints du sol, clignotèrent et firent retentir leurs sirènes.

Quand Aurora tourna le coin, une nouvelle porte l'attendait.

La plaque d'acier avait été pulvérisée, des morceaux pendaient et étaient éparpillés dans le couloir presque jusqu'au coin. Des marques de brûlure noires couvraient les murs. De l'homme, il ne restait rien.

— Exactement là où je pensais qu'elle serait, dit la femme.

Aurora voulait se précipiter dans les escaliers, faire bouger tout le groupe, mais elle s'arrêta. L'Escouade Sever avait un objectif ici, et, pour l'instant, c'était de s'en sortir vivant. Ensuite, trouver Kashmal, obtenir un vaisseau, récupérer Rovo et cette mallette et filer vers les étoiles. Avec un peu de chance, ils trouveraient Gregor et Eponi en chemin.

Nulle part dans cette liste il n'était question de sauver un tas d'expériences ratées. Aurora n'était pas censée traîner une vingtaine d'infectés hors de la planète où ils pourraient se répandre dans la galaxie ou faire quelque chose de pire. Les choses seraient, probablement, meilleures si tous ces infectés mouraient ici.

Aurora ne se considérait pas comme insensible, juste concentrée.

— J'ai besoin de savoir, dit Aurora au groupe assemblé dans le couloir couvert d'éclats. J'ai besoin de savoir par quoi vous êtes infectés. Ce que ça va faire à mon ami. Et peut-être à moi.

Ils la regardèrent d'un air vide, quelques-uns faisant des bruits indiquant qu'ils devraient bouger et non parler. Jusqu'à ce que finalement cette même femme, celle qui avait indiqué la sortie de secours, lève la main.

— Aucun de nous ne sait, dit la femme. Je veux dire, nous connaissons l'objectif. Le but de tout ce projet. Mais nous ne savons pas avec quoi Anaskya nous a infectés, ce que ça va faire ou comment ça se transmet d'une personne à l'autre.

— Attendez, dit Aurora. Quel projet ?

Sai, toujours appuyé sur elle, appuya un peu plus, — Aurora, allons-y simplement. Ils ne nous causeront pas de problèmes. Et nous pourrions avoir besoin d'eux.

— Aucun d'entre vous ne va me tuer, n'est-ce pas ? dit Aurora. Vous ne perdrez pas la tête ?

Elle pensait pouvoir probablement gérer quiconque le ferait, mais si tout le groupe décidait de devenir fou furieux, ça pourrait être un problème.

— S'il te plaît, dit la femme. S'il te plaît, aide-nous simplement. Fais-nous sortir d'ici.

DefenseCorp s'opposait aux cadeaux. Toute personne qu'ils aidaient, toute personne qui utilisait des ressources devait être facturée en conséquence. Mais ici ? Peut-être qu'Aurora pouvait laisser passer ça, juste pour cette fois. Leur donner une chance de se sauver eux-mêmes.

Et, si l'un d'entre eux parvenait à quitter la planète, eh bien, ce n'était pas le problème d'Aurora.

— D'accord, soupira Aurora. D'accord. Si vous me suivez, alors vous obéissez à mes ordres. Nous allons essayer de sortir d'ici, et nous allons le faire en montant au sommet. Trouver un vaisseau et décoller de ce caillou humide. Soit vous êtes d'accord avec ça et vous venez avec moi, soit vous pouvez aller votre propre chemin à tout moment. Je m'en fiche. Si vous essayez de m'arrêter, ou de me gêner, je vous tuerai. Sans poser de questions.

Aucune question ne fut posée. Pas de fuyards non plus.

Aurora mena la charge dans les escaliers, qui n'étaient que ça : de longues marches métalliques dans une cage d'escalier grise et terne qui semblait s'étendre à l'infini. Néanmoins, ils montèrent. Le groupe claudiquant derrière elle progressait plus lentement, certains glissant et tombant, d'autres les aidant à se relever. Une vraie bande charitable qui s'unissait. Ça aurait pu être touchant, sauf que la chair, les os et les cheveux en décomposition de tout le monde rendaient la scène dégoûtante et triste.

Deux étages de plus et ils entendirent d'autres bruits. Des bruits qu'Aurora pouvait facilement déchiffrer, car elle les connaissait bien. Des ordres aboyés, la cadence de pas à l'allure professionnelle. Un groupe agressif qui venait vers eux par le haut. Aurora leva une main et arrêta l'ascension au palier suivant.

— On peut redescendre, proposa Sai. On ne peut pas les affronter directement, Aurora. On n'a pas d'armes.

— Je sais, dit Aurora en se tournant vers la porte du palier. Redescendre serait la mauvaise direction. Essayons celle-ci. Ils n'auront pas verrouillé toutes les portes de cette tour.

Aurora plaqua le badge du garde contre le lecteur noir à côté de la porte et cette fois, contrairement à en bas, le badge fonctionna. La porte coulissa, révélant quelque chose de lumineux et rempli de verre. Un espace blanc, mais totalement différent du bloc cellulaire en dessous. De longues tables profitaient de l'espace ouvert, avec divers boîtiers sur chacune d'elles, certains entourés de machines et de moniteurs vrombissants. Un système de ventilation courait au plafond. Pas âme qui vive.

— Venez, dit Aurora. Avant qu'ils nous attrapent.

Ils se précipitèrent dans ce nouvel espace, leur saleté contrastant totalement avec la pureté stérile de l'étage. Le dernier ferma la porte derrière lui et le silence régna. Le son semblait en désaccord avec l'atmosphère ici, la science manifestement à l'œuvre. Aurora pouvait dire que cet endroit était un laboratoire, le lieu où, elle pouvait le deviner, la chose qui infectait son ami avait été créée.

— Alors, qu'est-ce qu'on fait maintenant ? demanda Sai. Ils finiront par nous trouver ici.

— On se dirige vers les ascenseurs, dit Aurora. Espérons qu'ils ne les ont pas verrouillés.

Aurora ne dit pas que, étant donné qu'il n'y avait pas d'autres portes à cet étage, des ascenseurs verrouillés signifieraient qu'ils étaient tous très, très morts.

En traversant le laboratoire et en se dirigeant vers l'autre côté où le bloc d'ascenseurs se faisait connaître par une paire de panneaux lumineux, Aurora jeta un coup d'œil aux divers échantillons. Aux moniteurs et à ce qu'ils affichaient. La plupart étaient du charabia indéchiffrable, le genre de langage scientifique connu uniquement de ceux qui le pratiquent. Mais d'autres avaient des étiquettes, des désignations qui étaient claires et précises.

Les acheteurs. Les financeurs. Ceux qui payaient pour tout ça. Et ces noms, Aurora les reconnaissait. Tout, des compagnies d'exploration, dédiées à trouver le prochain lot de minéraux précieux, aux agences de tourisme qui voulaient un moyen plus facile d'installer des gens sur des planètes lointaines, et oui, un qu'Aurora savait qu'il serait là, savait au fond d'elle-même qu'il devait être impliqué.

Bien sûr que DefenseCorp investirait là-dedans. Bien sûr qu'ils paieraient pour voir s'ils pouvaient transformer leurs mercenaires en une force de combat plus efficace.

Cela ne mettait pas Aurora en colère. Enfreindre la loi Galactique n'était pas une bonne image, mais la loi Galactique pouvait toujours être changée. Non, ce qui l'énervait, ce qui faisait qu'Aurora serrait le poing et grinçait des dents même alors que certains des infectés atteignaient l'ascenseur et criaient qu'il fonctionnait effectivement, c'était que

DefenseCorp savait ce qui se passait ici et avait quand même envoyé l'Escouade Sever. Ils y étaient allés à l'aveugle sans raison.

Eh bien, Aurora pouvait voir maintenant. Et elle allait sortir de ce caillou, bon sang. Elle allait s'en sortir et elle allait faire payer quiconque avait ordonné cette mission. Peu importe ce que ça coûterait.

22

CE QUI SE CACHE AU-DELÀ

Pourquoi les démolitions ? C'est ce qu'ils lui avaient demandé, quand Sai était arrivé à Sever. Aurora et Gregor étaient les seuls présents à ce moment-là. La question était venue lors de sa première mission, son premier vol, quand Sai était encore un vrai bleu, n'ayant joué qu'aux marges dans des unités moins risquées de DefenseCorp.

Mais si tu voulais vraiment le gros pactole, il fallait plonger dans le danger. C'est pourquoi Sai s'était spécialisé dans les explosifs. Il avait fait ses devoirs, examiné le poste le plus mortel de l'escouade et l'avait pris pour lui-même.

Sai pensait qu'il le ferait mieux que quiconque, et il ne voulait pas mourir parce que quelqu'un d'autre avait foiré avec les explosifs.

Après que l'homme infecté eut fait sauter la sortie à travers le tas d'armes, Sai s'était senti justifié tandis qu'Aurora et ses amis infectés montaient les escaliers. Tout cet entraînement avait payé, tout ce temps et ces efforts pour faire exploser un morceau de mur afin de permettre à des épaves malades de s'échapper sans conviction.

Mieux qu'aucune échappatoire du tout. Mieux que d'être parqué et exécuté sur le sol de cette cellule de prison.

Le laboratoire n'avait pas été une surprise. Pas comme il avait clairement stupéfié Aurora : tous ces spécimens, tout ce travail, tout sponsorisé par des acteurs supposément respectables de l'ordre galactique. Bien sûr que quelqu'un devait payer pour tout ça. Helix n'infectait pas les gens par charité. Sai avait vu les étiquettes et senti une suspicion confirmée, la logique derrière l'existence d'une telle ville sur une planète apparemment isolée et inhabitée s'éclaircissait.

Mais alors qu'Aurora s'énervait, Sai se sentit absorbé par cette émotion. Elle jurait à tout va contre les entreprises qu'ils voyaient, et ces mots perçaient le brouillard de l'infection de Sai. Tout était de leur faute. Il ne reverrait pas ses enfants à cause de la négligence immense de ces entreprises, de leur inhumanité.

Il enroula sa main autour du bécher, marqué pour un test le lendemain. Des échantillons pour une souche marquée de chiffres et de lettres que Sai ne comprenait pas, mais il connaissait l'acheteur. L'entreprise tirait profit de l'exploitation minière des comètes, les capturant et les tirant vers d'énormes stations où elles seraient décomposées pour en extraire les métaux. Peut-être voulaient-ils quelqu'un capable de se tenir à la surface d'une comète.

Le katana de Sai avait été forgé à partir d'une comète. Fourni, probablement, par cette même entreprise ou l'un de ses prédécesseurs. Que quelque chose de si lié à sa famille ait investi dans Helix acheva de faire éclater l'ennui qui accompagnait la maladie. Rien ne pouvait-il vraiment être pur ? Tout devait-il être si motivé par un profit aveugle ?

Était-ce la galaxie dans laquelle ses enfants allaient vivre, sans Sai pour les aider ?

— Détruisez tout, dit Sai. Sa voix était faible, alors il toussa, puis répéta l'ordre. Plus fort. — Détruisez tout.

Les autres infectés, qui erraient dans le laboratoire, se dirigeant lentement vers les ascenseurs à l'autre bout, s'arrêtèrent à ces mots.

— Sai, on n'a pas le temps, dit Aurora. On pourra le faire plus tard.

— Non. Il n'y aura peut-être pas de plus tard, pas avec tous ceux qui sont derrière ça, dit Sai. On détruit ça maintenant.

Il balaya le bécher de la table, le fracassant au sol. Ça faisait un bien fou de briser le verre. Mieux que d'arracher l'ID du corps du Capitaine Joyeux en bas, mieux que de plaquer ce garde qui attaquait Aurora. Mais loin d'être aussi satisfaisant que de manier son épée. Sai était peut-être en train de mourir, mais il récupérerait son katana. Après avoir détruit cet endroit.

— Ils vont juste tout reconstruire, dit Aurora alors que d'autres infectés suivaient l'exemple de Sai, renversant des machines, ramassant et lançant des outils, des béchers et des instruments à travers la pièce.

Le lieu silencieux et stérile se remplit des sons de verre brisé, de bips de programmes paniqués alors que les paramètres étaient percés et pulvérisés. Des tables se renversaient, envoyant voler leur contenu. De la matière biologique, des maladies en incubation éclataient et éclaboussaient les murs et les sols, transformant l'espace blanc en taches jaunes et vertes. Sans doute dangereux, sans doute sans importance pour ceux déjà condamnés.

Sai n'était pas sûr du moment où la porte de l'escalier s'était ouverte, quand les forces de Helix étaient entrées. Il était trop perdu dans cette rage aveugle qu'il dirigeait contre ces instruments inutiles et horribles autour d'eux. Les tirs laser percèrent bientôt cette bulle, traversant l'air autour de Sai en rayons lumineux, avant qu'Aurora ne le plaque au sol.

Sa capitaine avait trouvé un masque quelque part, des gants aussi. Sai devina qu'en tant que seule non infectée ici, la protection d'Aurora avait du sens. Mais sur le moment, la couverture la faisait ressembler à quelqu'un d'autre. Sai tenta une faible poussée, un coup. Aurora avait les cheveux d'Anaskya, et avec le masque, c'était suffisant.

— Sai, arrête ça, dit Aurora, repoussant son coup. Va aux ascenseurs. Maintenant.

Elle commença à les tirer le long du sol et Sai aida après un moment, reconnecté avec ses jambes et poussant avec ses bottes sur le carrelage. Ils ne pouvaient pas se lever, trop de lasers remplissaient l'air, la chaleur des rayons déferlant sur Sai alors qu'ils avançaient. Des cris venaient aussi, des hurlements de douleur, de rage et de désespoir. Certains s'arrêtaient aussi vite qu'ils commençaient. Sai vit les autres infectés se faire abattre alors même qu'Aurora le tirait derrière une table, continuant à les tirer vers les ascenseurs tout en plaçant des obstacles entre eux à chaque occasion possible.

Elle savait comment être un soldat, comment utiliser le terrain du champ de bataille et concevoir un chemin vers la victoire même face à des chances écrasantes. Sai, lui, voulait juste tout détruire. En finir d'une manière qui n'impliquait pas une lente décomposition dans une cellule à être piqué et produit, testé et mis à l'épreuve.

— Laisse-moi partir, dit Sai. Laisse-moi mourir en combattant.

— Je ne t'en empêcherai pas, répondit Aurora. Mais ce n'est pas l'endroit. Tu ne vas pas être un martyr, pas pour ces gens.

Quelques infectés atteignirent les gardes, leur sautant dessus alors que les forces de sécurité de Helix se déversaient dans la pièce. Avant, l'équipe de Sai avait l'avantage du nombre. Elle avait l'effet de surprise pour submerger des ennemis mieux armés, mieux protégés. Mais pas ici. Alors qu'Aurora les tirait vers le bloc d'ascenseurs, Sai accroupi derrière un bureau blanc renversé, couvert de verre et suintant une boue verte qui sentait la levure pourrie, vit ses amis momentanés brûler.

Plus de pitié maintenant, plus de tentative de capturer les sujets vivants. L'équipe Helix ne retenait plus ses coups. Ils repoussaient les infectés, les faisaient tomber et leur donnaient le coup de grâce avec leurs lasers, droit au visage, à la poitrine, partout où ils pouvaient jusqu'à ce qu'il ne reste que des carcasses carbonisées. Cela semblait excessif et inutile jusqu'à ce que Sai se souvienne de ce qu'ils étaient. De ce qu'il était.

Stériliser la maladie, la brûler jusqu'à ce qu'elle disparaisse.

Derrière lui, les portes de l'ascenseur sonnèrent. Pas encore coupé.

Devait-il fuir ? Abandonner les derniers infectés qui lançaient des objets vers les gardes, faisant des ruées désordonnées même lorsque ces rayons lumineux trouvaient leur cible ?

— Allons-y Sai. Maintenant, dit Aurora avec l'attitude d'un commandant, forte et déterminée. Exigeant d'être obéie.

Sai s'était lancé dans la démolition pour sauver des vies. La sienne y compris. Et quand on travaillait avec des explosifs, on ne prenait pas la voie réactionnaire. On ne se précipitait pas, et on ne se jetait pas dans l'inévitable par désespoir. Il fallait rester calme, maître de soi, et penser à ce qui nous attendait de l'autre côté.

Le virus ne l'avait pas encore tué et ne le tuerait peut-être pas. Ces lasers, eux, le feraient sûrement, et maintenant ils se tournaient dans sa direction.

Aurora le tira par le dos, et Sai s'enfuit.

23

FELIX REDUX

Gregor n'avait jamais affronté un ennemi deux fois. Cela s'expliquait généralement par deux raisons : soit il les réduisait en bouillie indescriptible avec son marteau géant, soit quelqu'un d'autre de l'Escouade Sever rayait l'ennemi des rangs des vivants. Il existait d'autres options pour éliminer un ennemi de la liste de Gregor, des options qu'il n'aimait pas. Felix tentait d'en prendre une ici, debout, faible et pathétique, sur le point de mourir sans aucun combat.

La dernière fois que Gregor avait vu Felix, le monstre viral menait une horde de mutants à travers la base, dévorant les vivants et les transformant en d'autres expériences sans cervelle et imparfaites. Felix lui-même était couvert de ces excroissances, et avait même toute une cuve de cette substance, ici même dans le puits maintenant vide.

Ce qui avait été un ennemi cauchemardesque s'était dissous en pratiquement rien.

Même le virus semblait avoir quitté Felix. Ses excroissances avaient disparu, sa peau flasque pendait en lambeaux pâles, et ses yeux étaient enfoncés dans son crâne.

— Que s'est-il passé ? demanda Gregor.

Non par sympathie, mais par curiosité. Dans les moments de flânerie dans cette ville humide, et surtout après avoir parlé avec Lani, Gregor avait caressé et apprécié l'idée de revenir vers Felix. De le retrouver et de lui administrer la raclée que le monstre méritait tant. Mais ceci, ce ne serait pas asséner un coup fatal à un ennemi redoutable, mais plutôt écraser une fourmi.

— Le problème avec les virus, avec les expériences, c'est qu'on ne sait jamais où ça va aboutir, répondit Felix en laissant échapper un faible rire. Je pensais avoir atteint la fin du cycle. Que les choses s'étaient stabilisées. Il s'avère que j'avais tort. Il s'avère que Helix n'arrête pas d'échouer. Le virus n'a pas cessé de dévorer.

— Et le reste ? dit Gregor. La chose dans cette pièce ?

Avant que Felix ne puisse répondre, des bruits se firent entendre au-dessus. Apparemment, Lani et Wicks en avaient assez d'attendre et avaient commencé à descendre l'échelle, le claquement de leurs bottes marquant le temps comme un compte à rebours pour la conversation.

— Vous avez amené toute l'escouade avec vous ? dit Felix. Je suppose que je suis honoré. Vous aviez dit que vous reviendriez me détruire. Je n'étais pas sûr que vous le feriez vraiment et pourtant vous voilà, même pas un jour plus tard.

— Ce n'est pas mon escouade, dit Gregor. Mais ils veulent la même chose que moi. Tu es une erreur, Felix. Tu ne devrais pas être en vie.

— Oh, je le sais maintenant, répondit Felix, titubant autour de Gregor d'une démarche chancelante. Je pensais que ce serait peut-être mon moment. Après une vie passée comme un drone dans les mines de bureau, voici la chance de Felix. Injecté avec la dose parfaite, réagissant de la manière parfaite et me voilà parti pour conquérir la galaxie ou quelque chose comme ça.

Gregor leva les yeux. Lani et Wicks se rapprochaient, leurs casques scrutant Felix. Ils lui crièrent quelques questions, mais Gregor les ignora. Il devait décider s'il allait tuer Felix avant que les deux autres n'arrivent en bas, ou attendre et leur donner une chance d'interroger la victime du virus.

— C'est comme ça que la vie fonctionne, n'est-ce pas ? continua Felix. Tous ces événements aléatoires et tout ce que vous faites, c'est espérer que l'un d'entre eux tourne bien pour vous. Quelque chose qui arrive et qui va résoudre tous vos problèmes. C'est ce que Helix m'a offert. Comment dire non à ça ?

Felix faisait les cent pas, sans but. Gregor gardait ses mains sur son marteau. Malgré lui, il attendait, écoutait. L'histoire de Felix n'était pas si différente de la sienne, coincé sur cette comète à miner chaque jour en attendant quelque chose de mieux. Ses parents avaient passé toute leur vie à frapper la roche spatiale et Gregor n'y avait échappé qu'en donnant un coup de poing à cette idée. Tout comme Felix, il avait fait un choix qu'il ne pouvait pas reprendre.

Comme Felix, ce choix le tuerait probablement avant longtemps.

— Ce n'est pas longtemps après votre départ, dit Felix maintenant. Apparemment, le virus a besoin de beaucoup de calories, de nouvelle nourriture à manger. Je ne m'en étais pas rendu compte, mes créations ont commencé à se dévorer elles-mêmes, le virus a commencé à me manger. Je peux encore le sentir, mourant à l'intérieur. Je pense que je suis peut-être plus virus que personne maintenant, et quand il partira, je partirai avec lui.

— On dirait un mauvais film, dit Gregor. Je peux t'écraser le crâne, si tu veux.

— Pas encore, dit Lani, sautant les derniers mètres jusqu'au sol et atterrissant avec un grand bruit. Felix, je suppose ?

Felix essaya de se retourner et tomba. Gregor, déplaçant son marteau dans sa main gauche, attrapa le bras de Felix, empêchant l'homme malade de s'écraser face contre terre.

Pourquoi avait-il rattrapé Felix ? Par pitié ? Gregor n'en était pas sûr.

— Tu n'es pas différent des autres, dit Lani, son casque ne cachant en rien son mépris. Gregor m'avait fait croire que quelque chose de spécial se passait ici. Que Helix avait enfin trouvé une percée. Je suppose que non.

— Une percée ? demanda Gregor tandis que Felix riait en sanglotant. Quelle percée ?

— Je te l'ai dit. Nous sommes ici pour surveiller les progrès. Helix fait quelque chose qui pourrait apporter une immense valeur à la galaxie. Ou, s'ils se plantent, ruiner beaucoup de vies. Felix aurait pu signifier qu'ils étaient proches. Maintenant, cela signifie juste que nous allons rester coincés ici encore plus longtemps.

Wicks atterrit derrière Lani, plus lentement, plus prudemment. Il apprenait encore l'armure. Le fait que Lani se déplaçait assez bien indiquait qu'elle avait une certaine expérience avec l'équipement, peut-être d'un simulateur. Ou peut-être qu'elle avait quitté les rangs plus actifs de DefenseCorp.

— Je pensais qu'on était là pour le détruire, dit Gregor. C'est illégal.

— Ne sois pas borné, dit Lani. Tu dois voir comment tes capacités, tes missions pourraient être améliorées si ton corps s'adaptait à l'environnement de la cible. Réfléchis-y.

En ce moment, DefenseCorp doit fabriquer toutes sortes d'équipements différents pour chaque biome. Au lieu de cela, ils pourraient simplement avoir des troupes spéciales. Injecter un peu de ça et puis vous voilà prêts pour cette planète glacée, ce rocher de lave.

Gregor lâcha Felix, — Je suis bien comme je suis.

— Personne ne te force, dit Lani. Felix, c'est tout ? Il n'y a rien d'autre ici que nous devons voir ?

— Pas à moins que tu n'aimes les cadavres, dit Felix. Le virus voulait plus à manger, alors il a dévoré tout ce qu'il a pu trouver. Ce n'était pas suffisant. Ça ne le sera jamais.

— C'est ce que j'avais besoin de savoir, dit Lani, et elle dégaina son arme et appuya sur la gâchette. Une fois, deux fois, trois fois jusqu'à ce que Felix ne soit plus que cendres.

Gregor recula, regardant l'épave en flammes. Pas une mort de combattant.

— Vous lui faites confiance ? demanda Lani à Gregor. Vous pensez que Felix disait la vérité ?

— Oui, dit Gregor. On ne trouve pas beaucoup de menteurs aux portes de la mort.

— Vous seriez surpris, répliqua Lani en rengainant son arme. Wicks, mettez-vous en route. Faites un tour à ce niveau et assurez-vous qu'on ne rate rien. Si vous trouvez quelque chose, enregistrez-le. Felix n'était peut-être pas ce qu'on voulait, mais s'il a pris le contrôle d'une base, alors il était proche.

— Pourquoi sommes-nous venus ? demanda Gregor. Si vous êtes là, si vous voulez que ça réussisse, alors pourquoi sommes-nous en mission de sauvetage ?

Lani haussa les épaules. — Aucune idée. Remontons en haut. Je pense que vous vous perdez dans les détails avec celle-là. DefenseCorp est une énorme entreprise, beaucoup de rouages. Ils ne communiquent pas tous entre eux.

Ils commencèrent à remonter l'échelle, chaque coup de leurs bottes sur les barreaux métalliques résonnant dans le puits.

— Alors que faisons-nous ? dit Gregor.

— Accomplissez votre mission, je suppose, répondit Lani. Trouvez votre objectif, faites-le sortir de ce monde. Et puis oubliez que cet endroit ait jamais existé.

— Nous ne travaillons pas discrètement, dit Gregor. Nous cassons et nous emportons. Nous brisons des choses. Je connais ma commandante, et je connais la loi galactique. Elle ne laissera pas passer ça.

— Elle devra, dit Lani. Elle n'a pas le grade pour s'y opposer. Les gens qui veulent voir ça réussir sont bien au-dessus de n'importe quel chef d'escouade.

L'autorité. Quelle plaie. Ils croyaient toujours être au-dessus de tout, que grâce à un titre ou une position, ils avaient une excuse pour se soustraire aux lois communes, à la décence commune. Ce que Gregor aimait chez Sever, pourquoi il restait, c'était qu'Aurora se fichait de l'autorité. Elle se souciait de l'argent, de l'accomplissement de la mission.

Et elle se souciait de l'escouade. Gregor suivrait quelqu'un comme ça.

Ils atteignirent le haut de l'échelle, grimpèrent sur le palier. Wicks signala par radio que tout était clair, qu'il y avait du désordre, mais rien de remarquable autrement. Une pièce avait été brûlée, apparemment. Gregor ne mentionna pas que c'était lui, son marteau, son coup.

— Ils auraient dû nous le dire, poursuivit Gregor, frustré en partie parce qu'il n'avait pas balancé son marteau, parce que cette mission semblait si éloignée de la normale de Sever. Il voulait des ennemis à détruire, pas des mystères à résoudre. Deux des nôtres sont déjà portés disparus. C'est une mission hostile, mal planifiée. Vous auriez pu secourir notre homme.

— Vous savez pourquoi il veut partir ? dit Lani. Je suppose qu'il est juste fatigué d'être ici et comme Helix ne laisse sortir personne, peut-être qu'il est devenu désespéré. Mais maintenant je me demande, vu l'équipement que vous avez, il doit soit avoir beaucoup d'argent — et il n'y en a pas beaucoup d'aussi riches ici — soit il a quelque chose qu'il pense pouvoir payer ce que vous faites.

— Je ne sais pas. Gregor sentit cette démangeaison, déplaça une main vers son marteau. Peut-être pourrait-il écraser l'homme qui les avait amenés ici. — Retournons-y.

— Peut-être qu'en arrivant à la ville, on pourra vous aider à retrouver votre escouade. On connaît des gens qui travaillent pour Helix, on pourrait vérifier s'ils ont trouvé vos membres manquants. Peut-être arranger quelque chose, un accord. Ils ne laisseront pas votre gars quitter le monde, mais on pourrait peut-être obtenir la libération du reste de votre escouade ?

— Donc nous échouerions la mission.

— Non, votre mission a changé. DefenseCorp veut qu'Helix finalise le virus, qu'il le fasse fonctionner. Maintenant vous êtes du bon côté.

24

PSYCHOLOGIE STELLAIRE

Eponi avait la navette pour elle seule. Quelques secondes après le départ de Ben, après un dernier clic qui indiquait que son vaisseau de sauvetage s'était détaché et éloigné, Eponi s'était assise dans le cockpit et avait observé sur le radar le vaisseau diminuer puis disparaître. Il devait maintenant accélérer, dépassant la vitesse de la lumière en route vers une autre planète, un autre endroit où la cargaison volée par Ben pourrait être utilisée de manière profitable. Il l'avait probablement déjà oubliée, sa petite otage. Son petit outil. Tout comme Sever, Eponi avait été poussée à l'action et maintenant, sa tâche accomplie, elle avait été mise de côté.

Sauf que Sever n'avait pas vraiment fait ça. Aurora n'avait pas abandonné Eponi. DefenseCorp avait répertorié les compétences d'Eponi comme pilote et pas grand-chose d'autre, mais Aurora lui avait donné une arme, l'avait jetée dans les simulateurs et l'avait fait venir avec une équipe de terrain. Personne, chez Sever, n'avait un rôle unique.

Non pas qu'Eponi aurait eu un problème à être laissée derrière. Pour la plupart de ces missions, Eponi se serait contentée de jouer à des courses imaginaires dans un cockpit sécurisé, comptant les heures jusqu'à ce qu'Aurora et les autres reviennent avec l'objectif et une nouvelle injection d'argent frais.

Eponi supposait qu'elle pouvait maintenant s'adonner à son imagination. Flottant ici-haut, elle pouvait s'évader dans ses rêves pendant qu'elle orbitait autour de Dynas. Personne ne la trouverait.

Elle n'avait jamais été seule dans un vaisseau spatial auparavant. Pas une seule fois. Eponi devait se dire que de telles choses étaient rares, non ? Qui irait dans l'espace tout seul ? Des dysfonctionnements se produisaient. Des coordonnées étaient manquées sans une double vérification. Tout problème médical à des années-lumière de l'aide.

Et pourtant, Eponi était là, seule. Tout comme dans ces courses de kart, sa survie ne dépendait que de ses compétences et de personne d'autre.

Elle se détacha du siège du cockpit. La navette continuerait à tourner et, à moins d'une interférence, d'un micrométéore ou d'un autre vaisseau menant une enquête, Eponi n'avait pas besoin d'être aux commandes. Elle pouvait faire un tour, se complaire dans le vide.

La navette ne protestait pas. Ben n'avait rien verrouillé, bien qu'au-delà du cockpit il n'y ait pas grand-chose à voir. Il avait dit que c'était une navette à courte portée et il avait raison. La soute dominait presque tout l'espace derrière le cockpit, au-delà d'un petit salon où les manutentionnaires pouvaient s'asseoir. Quelques passagers pouvaient passer le temps à regarder quelque chose sur l'écran vidéo ou jouer à un jeu sur le petit plateau et la table qui se trouvaient entre les six petites chaises rembourrées équipées de ceintures gravitationnelles. Il fallait rester attaché pendant l'inévitable entrée, cette traversée cahoteuse de l'atmosphère qui serait très, très mouvementée pour une navette pleinement chargée comme celle-ci.

Au-delà des quartiers des passagers, la soute elle-même se dressait, vide. Spacieuse, en métal gris-jaune terne. Les portes de la soute entourées de peinture jaune plus vive, comme pour avertir les gens qu'au-delà se trouvait une mort certaine. Du moins, quelque chose à quoi prêter attention, bien qu'en ce moment les bandes ressemblaient à un cadre étrange autour d'une image vide. Quelques lignes dentelées sur le sol de la soute laissaient deviner ce que Ben avait emporté avec lui. Des restes, sans doute, de ce qui avait été chargé en bas.

Parce qu'ici, la gravité zéro régnait.

Eponi se propulsa du sol et rebondit sur les murs, prenant un moment pour faire des flips et des rotations sans avoir à esquiver une quelconque attaque entrante. La soute n'avait pas beaucoup d'espace, une ou deux secondes de mouvement et elle heurtait le mur opposé, mais c'était suffisant. Suffisant pour que, pour la première fois depuis le crash du skiff, Eponi sente son cœur s'accélérer un peu, son sang monter même si son corps lui disait qu'il n'y avait aucune résistance ici. Même si son esprit lui disait qu'elle perdait son temps.

Certes. Comme si elle avait des endroits où aller.

De retour dans le cockpit, Eponi confirma ce que Ben avait dit. La navette manquait d'oxygène et de carburant — la navette n'avait pas assez de panneaux d'absorption solaire pour fonctionner indéfiniment — pour emmener Eponi quelque part. Helix gardait probablement cela intentionnel, rendant les évasions majeures impossibles à moins de réussir à trouver des amis. Ou, comme le VIP qui avait appelé Sever pour cette mission en premier lieu, avoir suffisamment d'argent mis de côté pour engager sa propre évacuation.

Il y avait d'autres tactiques. Des choses qu'Eponi pourrait essayer si elle ne voulait pas retourner à la surface.

C'était vraiment la question, ici seule parmi les étoiles, à laquelle Eponi devait répondre pour elle-même. Celle qu'elle évitait constamment.

Retourner en bas n'était pas seulement une question philosophique non plus. Eponi n'avait aucun code technique pour passer l'autorisation d'atterrissage d'Helix. Elle n'avait pas d'armes pour riposter si Helix s'opposait au retour de sa navette volée pilotée par une pilote capturée et hostile. Même si Eponi voulait retourner chez Sever, le faire dans un engin comme celui-ci la ferait probablement tuer.

Non, un meilleur choix serait de faire comme Ben. Trouver un autre vaisseau, entrer en contact avec les passants et dire qu'elle avait trouvé des hors-la-loi. Des monstres. Des gens qui voulaient changer la façon dont les humains vivent et meurent. Cela pourrait être suffisant comme information pour obtenir un ramassage, pour que quelqu'un s'arrête et la tire de cet endroit et de cette vie. Parce que c'était quelque chose qu'elle avait trouvé dans ces moments avec Ben, qu'elle avait vu avec lui. Un changement qu'elle avait longtemps désiré, enfin, peut-être, ici.

Envoyer un signal SOS ne demandait pas beaucoup d'effort. Plus difficile cependant, de diriger l'alerte loin de la surface de la planète. La dernière chose dont Eponi avait besoin était qu'un sauvetage d'Helix vienne la récupérer. Elle espérait une personne au hasard, un vaisseau naviguant à une vitesse suffisamment lente pour capter le message et être suffisamment disposé à venir voir de quoi il s'agissait.

Dans cette galaxie, il fallait du temps pour prendre de la vitesse et lorsque vos batteries se vidaient inévitablement, vous voguiez, absorbant l'énergie solaire pour donner à votre vaisseau une chance de se recharger avant d'accélérer à nouveau. Ralentir demandait aussi de l'énergie, alors convaincre un vaisseau de réduire sa cadence signifiait lui faire parvenir le message au moment opportun : batteries chargées et du temps à revendre.

— Il faut aimer ces probabilités, murmura Eponi pour elle-même.

Elle orienta le réseau de communication de la navette, le pointa loin de Dynas et commença à émettre.

— À tous ceux qui peuvent m'entendre, j'appelle à l'aide. Je suis piégée dans une navette à courte portée au-dessus d'un monde hostile, où des actes illégaux selon la loi galactique sont en cours, fit Eponi en marquant une pause. Elle n'était pas habituée aux grands discours, ces mots venaient lentement. Elle devait réfléchir, qu'est-ce qui pourrait pousser quelqu'un à venir risquer sa vie pour la sauver ? Je sais tout sur ces choses, et entre les bonnes mains, ces connaissances pourraient apporter...

Elle s'arrêta. Coupa l'enregistrement. Apporter quoi ? Du profit ? La gloire ? Eponi n'avait pas de valises pleines de données, pas de cellules capturées ou de preuves matérielles. Ce ne serait que sa parole. Quelle valeur cela avait-il ?

Eponi ne se berçait pas d'illusions, elle ne parlait pas ou ne croyait pas en une quelconque noblesse supérieure. Que stopper Frappe Helix serait un acte qui vaudrait la peine en soi. Elle ne pouvait pas se permettre de penser ainsi, et personne ne viendrait l'aider si elle essayait d'en appeler à un sens de justice cosmique.

Tout ce qu'Eponi avait vraiment à offrir, c'était elle-même, seule et à la dérive. Qui risquerait quoi que ce soit pour ça ?

Elle se pencha en avant, pressa son visage contre la vitre du cockpit, regardant ces étoiles. Elle commençait déjà à sentir la décision dans ses tripes, lui retournant l'estomac. Il n'y avait pas d'échappatoire. Il n'y aurait pas de moyen de sortir, de s'éloigner de DefenseCorp. De cette vie dans laquelle elle était tombée à cause de quelques accidents de kart de trop.

Les seules personnes qui viendraient aider Eponi sans poser de questions, sans récompense, étaient encore sur cette planète pourrie. Elles essayaient toujours de mener à bien la mission, cherchant encore un moyen de quitter ce monde. Ben s'était enfui. Eponi, Eponi ne pouvait pas.

— Tu es tellement bête, dit Eponi. Ils feraient mieux de t'accorder une augmentation pour ça.

Elle se réinstalla dans le siège, mit en marche les moteurs de la navette, traça un itinéraire de retour vers la ville de Frappe Helix, vers la tour et la baie d'atterrissage d'où elle était venue. Elle poussa les propulseurs et commença à partir. Les étoiles filèrent et Dynas occupa toute la vue.

On ne pouvait pas fuir, pas cette vie. Jamais.

25

EXPOSITION EN PLEIN AIR

Quand ils arrivèrent dans la rue, Rovo réalisa qu'il avait commis une terrible erreur. Avec une mallette dans une main et tenant la fillette de l'autre, Rovo lui-même se démarquait des solitaires qui déambulaient sur les trottoirs de la ville noire. Plus encore, Kaia, avec sa robe en lambeaux, ne correspondait pas à la masse des combinaisons étanches. Rovo n'avait pas pris le temps de lui enfiler l'une des tenues qu'il avait récupérées dans leur fuite précipitée de l'appartement assiégé.

Il ferait un excellent parent, un jour.

— Ce n'est pas amusant, dit Kaia, debout dans une flaque d'eau.

Son ton brisa le cœur de Rovo sur-le-champ. Elle ne prononçait pas ces mots comme l'aurait fait un enfant normal, ni comme l'avaient fait les sœurs de Rovo chez eux. Kaia parlait comme quelqu'un qui constatait simplement les misères du monde qui l'entourait sans aucune attente qu'elles soient résolues par un parent, un tuteur ou qui que ce soit d'autre. Pour elle, être trempée était sa réalité. Mieux valait faire avec et continuer.

— Grimpe, dit Rovo. Tu vas faire un tour.

La paternité avait toujours été une illusion lointaine, quelque chose à envisager si tout se passait bien pour lui auparavant. Rovo avait une carrière à considérer, des étoiles à surfer et des aventures folles à vivre et pourtant, cette idée lointaine se concrétisa lorsque Kaia grimpa sur son côté jusqu'au sommet de ses épaules où, d'une main, Rovo la maintenait en équilibre du mieux qu'il pouvait tout en pataugeant vers l'arrêt de tram le plus proche. Une fois qu'ils seraient montés dans un tramway, Kaia pourrait s'asseoir et ils pourraient prétendre être une petite famille et rouler jusqu'à la station de tram où il pourrait récupérer son armure.

Alors il pourrait protéger Kaia. La garder en sécurité jusqu'à ce qu'Aurora et Kashmal les contactent.

Et pourtant, si Kaia avait attiré l'attention sans sa combinaison étanche, elle en attirait encore plus assise en hauteur sur les épaules de Rovo. Partout, des regards leur jetaient des coups d'œil, beaucoup plus qu'en passant. Cela ne dérangeait pas Kaia : toujours trempée, elle riait alors que Rovo manœuvrait autour d'une flaque et éclaboussait en traversant une intersection.

— Tiens-toi bien à ma tête et ne lâche pas, dit Rovo, et Kaia s'exécuta. Ses petites mains exerçaient une pression sur ses oreilles à travers la combinaison étanche. Je suis désolé que tu sois mouillée, mais je te promets que nous serons bientôt au sec.

— Ce n'est pas grave, répondit Kaia. Je n'ai jamais été dehors avant.

Aurora devrait peut-être l'empêcher de tuer Kashmal ou au moins de lui administrer une bonne dose de coups furieux. Jamais été dehors ? Même dans cet endroit sinistre, un enfant devrait avoir la chance de sortir de sa chambre. De respirer l'air moisi et de sentir la brise morte. De comprendre où il vit, et peut-être, peut-être voir un endroit lointain ou un vaisseau descendant du ciel et construire ses premiers rêves.

Si Rovo avait été enfermé dans sa maison, même sur sa planète relativement agréable, il ne savait pas ce qu'il serait devenu.

Probablement rien, probablement personne.

— Qu'est-ce que ça te fait ? demanda Rovo. D'être dehors pour la première fois ?

— Oh, je ne sais pas, dit Kaia. Mais j'aime ça.

Ils continuèrent à avancer lourdement, Rovo scrutant les alentours pour repérer quiconque manifesterait plus qu'un intérêt passager. Quelqu'un qui les suivrait, préparant le pire.

— Tu as l'air intelligente, dit Rovo. Est-ce que Kashmal t'apprend des choses ?

— Il me donne des livres parfois. Mais mon ami le singe, il est si intelligent. C'est lui qui m'a le plus appris.

— Le singe ?

— Sur mon étain, dit Kaia. Il sait tout.

Ah. Ça avait du sens. Kashmal avait simplement pu glisser un jouet d'enfant bon marché, chargé d'innombrables heures de programmes éducatifs et laisser la fillette s'en donner à cœur joie. La vraie question, alors, était de savoir comment Kaia semblait si calme, si posée. Si tout ce à quoi elle avait été exposée était sa propre chambre...

— Tu n'as pas peur ? demanda Rovo. Ce n'est pas étrange pour toi ?

— Le singe dit toujours d'être courageuse, répondit Kaia. Alors je suis courageuse.

— Ce singe a l'air vraiment intelligent, dit Rovo.

Comme ce serait agréable si le simple fait de dire une chose la rendait vraie. Si on voulait du courage, on aurait du courage. Si on voulait de la force, on en aurait aussi. Mais quand Rovo demanda un tramway alors qu'ils approchaient du coin, aucun n'apparut. Aucun en vue non plus.

Mauvais timing.

— On va attendre ici jusqu'à ce qu'un tramway arrive, dit Rovo. D'accord ?

Rester immobile s'avéra être un jeu dangereux. Le mouvement impliquait l'action, mais en occupant leur place au coin du trottoir et en restant immobiles, Rovo sentit une attention plus concentrée. Des gens se demandant qui aurait un enfant dehors par ce temps. Qui aurait un enfant tout court sur ce monde, très probablement.

Rovo continuait de regarder autour de lui, les bâtiments entourant l'arrêt du tramway s'élevaient sur cinq étages, leurs toits pointus laissant couler l'eau vers les gouttières, tentant en vain de limiter les inondations. Au loin, les moteurs des vaisseaux spatiaux rugissaient à travers le ciel tandis que l'eau éclaboussait. Des conversations criées se faisaient entendre entre les bâtiments.

Ici, au milieu de l'après-midi, la ville ne semblait pas aussi menaçante ou misérable, la lumière brumeuse s'infiltrant à travers les gouttes scintillantes pour créer çà et là des arcs-en-ciel.

Rovo ne qualifierait jamais Dynas de belle, mais peut-être n'était-elle pas aussi laide qu'il l'avait d'abord pensé. Peut-être y avait-il ici quelques éléments dignes d'admiration.

— C'est votre fille ? dit une voix de femme derrière lui. Si c'est le cas, vous devriez mieux prendre soin d'elle. Elle va attraper froid ou pire comme ça.

Rovo se retourna, un mouvement lent pour garder Kaia stable sur ses épaules. Une femme curieuse qui semblait avoir à peu près l'âge de Rovo, vêtue d'une combinaison étanche verte et rose qui semblait faire quelque concession à la mode, paraissait être l'instigatrice. Pas de poncho pour elle, juste des bras croisés et du jugement.

— Je fais juste du baby-sitting, répondit Rovo. J'ai oublié la bonne tenue.

— Comment peut-on oublier une combinaison étanche sur cette planète ?

— Peut-être que je n'ai pas pris assez de café. Rovo essaya de se retourner, mais la femme tendit la main et la posa sur son bras.

— Ni toi ni moi ne voulons la voir blessée, dit la femme. Nous avons des gens qui vous surveillent depuis plusieurs fenêtres en ce moment. Nous avons essayé de faire ça gentiment dans le magasin, mais maintenant vous en avez tué deux des nôtres. Les paroles aimables de la femme se dissipèrent dans un ton tranchant. Ce n'est pas sa faute, alors si tu me la remets, je m'assurerai qu'elle s'en sorte indemne. Et la mallette aussi. Au moins, tu ne seras pas responsable de sa mort.

Cela faisait deux embuscades en une heure. Rovo devait s'améliorer, devait comprendre ce qui lui échappait.

Ce que Rovo ne pouvait certainement pas faire, cependant, c'était garder Kaia sur ses épaules. La femme avait raison sur ce risque : Kaia ne méritait rien de ce qui pourrait arriver à Rovo.

De plus, déplacer Kaia correspondait parfaitement à l'option numéro un : gagner du temps et chercher une solution.

— D'accord, dit Rovo. Je ne veux pas qu'elle soit blessée. Pouvez-vous me le promettre ?

— Tu n'es pas en position d'exiger quoi que ce soit, dit la femme. Mais nous ne voulons pas de bain de sang. Pas ici. Elle ira bien.

— Dans ce cas, je vais la faire descendre, dit Rovo. Kaia, allons-y.

— Mais je ne veux pas.

— Tout ira bien, dit la femme, et elle tendit les deux bras vers la fille. Laisse-toi tomber en avant et je te rattraperai.

— Je ne veux pas, je ne t'aime pas.

La femme essaya de sourire, un sourire peu sincère, mince et superficiel. Rovo, pendant ce temps, tentait d'évaluer s'il pouvait atteindre ses armes, s'il pouvait les dégainer et tirer, et quelles fenêtres les assassins pourraient utiliser. Les chances étaient minces que cela fonctionne. Puis un nouveau son lui donna une autre idée, une issue.

— Allez, dit Rovo à la fille, commençant à la déplacer d'un côté de ses épaules. Faisons ce que la gentille dame dit. Nous ne voulons pas que quelqu'un soit blessé.

— Mais je ne veux pas ! Kaia commença à se débattre.

La femme s'avança à nouveau, essayant de forcer les choses en attrapant les bras de Kaia et Rovo la repoussa, — S'il vous plaît, donnez-moi juste une seconde. Je vais la faire descendre.

L'offre fonctionna, ne serait-ce que légèrement. La femme recula et Rovo déplaça Kaia sur une épaule puis dans le creux de son bras tenant la mallette, les jambes de Kaia à califourchon sur le métal argenté. Alors que Rovo la stabilisait, un bruit de glissement et de vrombissement s'éleva lorsqu'un téléphérique glissa en place derrière eux, les portes s'ouvrant avec un craquement humide.

Rovo recula d'un bond, montant rapidement dans le téléphérique et jetant presque Kaia dans l'allée centrale.

Heureusement, les trajets du milieu d'après-midi n'étaient pas aussi bondés que ceux du matin et les passagers surpris leur laissèrent de l'espace alors qu'ils se précipitaient à l'arrière de la cabine.

Rovo espérait et vit son souhait exaucé : aucun sniper caché ne tenta de tirer, le téléphérique offrant apparemment une couverture suffisante, trop de dommages collatéraux potentiels pour ouvrir le feu.

— Attention monsieur, dit le conducteur automatisé. Veuillez monter en toute sécurité.

— Désolé, dit Rovo, se précipitant à l'arrière avec Kaia, se fondant dans la foule. Assieds-toi et garde la tête baissée.

Quand il se retourna vers l'avant, Rovo vit la femme monter dans le téléphérique après eux, une froide fureur dans les yeux. Dans la foule, la femme n'osait pas faire un geste ouvert. Elle gardait les yeux sur Rovo, sa bouche formant une ligne mince alors que le téléphérique se remettait en mouvement. L'engin continua le long des rues humides, Rovo tenant Kaia dans ses bras, recroquevillé sur un siège avec quelqu'un d'autre bloquant les fenêtres de chaque côté.

S'accrochant à l'option numéro un. Gagnant du temps jusqu'à ce que ses ressources s'épuisent.

26

MARCHANDISE CONVOITÉE

L'ascenseur montait de cette façon régulière et rapide que les ascenseurs ont quand ils ne s'arrêtent à aucun étage. Aurora tenait Sai, l'ayant relevé du sol après les avoir traînés dans l'ascenseur, et elle l'observait maintenant alors qu'il vacillait sur ses pieds, marmonnant à propos des autres infectés, disant qu'il aurait dû sauver leurs vies. Aurora regardait les étages défiler sur le compteur à droite de la porte, sortant des négatifs pour monter vers les positifs vertigineux. Son estomac se nouait, ses oreilles commençaient à se boucher alors qu'elle montait, montait et montait encore. Plus intéressant, et même pire, c'est qu'elle n'avait pas entré de numéro. Elle n'en avait pas eu l'occasion.

Quelqu'un avait appelé l'ascenseur.

Mais ce mystère pouvait attendre. Les spéculations ne les mèneraient nulle part, et quoi qu'il y ait derrière ces portes quand elles s'ouvriraient, Aurora y ferait face avec Sai, pas seule. Elle devait le ramener, recentrer son attention sur le présent et retrouver la motivation qui appartenait à chaque membre de Sever. Du moins, à chaque membre qui survivait à sa première mission.

— Tu te souviens quand ils ont trouvé Signet Huit ? dit Aurora, en mettant sa bouche près de l'oreille de Sai et en prononçant les mots de façon claire et directe. Ces civilisations primitives, toujours en guerre les unes contre les autres. Elles se trouvaient juste assises sur un tas de minéraux précieux et de métaux durs. Tu te souviens de celle-là ?

Sai, pour sa part, arrêta de marmonner. Il laissa un seul sanglot bas secouer ses épaules.

— DefenseCorp nous a dit que nos forces n'allaient là-bas que pour arrêter les combats, pour servir d'avant-garde à ce qui serait une introduction au reste de la galaxie. Tu te souviens de toutes ces conneries ? Tous les mensonges qu'ils nous ont fait avaler avant celle-là ? dit Aurora. C'était une équipe différente, l'escouade Sever. Nous avions plus de membres à l'époque. Ils nous ont dit que nous n'aurions pas besoin d'un arsenal complet. Qu'ils seraient trop stupéfaits de nous voir arriver du ciel pour se battre. Nous atteindrions l'objectif sans tirer un seul coup de feu.

Sai écoutait, respirait. Les chiffres grimpaient toujours plus haut.

— Ils nous ont largués, même pas avec des navettes. Des largages météores. Nous nous sommes écrasés directement au sol parce que DefenseCorp pensait que ça ferait une meilleure impression. Des centaines d'entre nous, toutes sortes d'escouades de DefenseCorp s'abattant sur le monde. Le choc et l'effroi, c'était censé tout arranger. Le choc et l'effroi.

— Ça n'a pas marché, souffla Sai plus qu'il ne le dit, et Aurora pouvait voir que ses yeux étaient fermés.

— Non. Ça n'a vraiment pas marché. Tu te souviens comment ils nous ont largués au milieu de ce champ de bataille ? Ces deux grandes armées qui se battaient avec leurs lances et leurs jets de pierres, ces épées faites de verre fondu ?

— Ces épées avaient vraiment l'air cool.

— Ton katana les coupait comme du beurre.

— Je ne l'ai même plus. Mon katana.

Mauvaise direction. Elle devait éviter de parler de l'épée. Peut-être qu'ils la récupéreraient quelque part, d'une manière ou d'une autre. Il fallait garder l'attention de Sai sur l'ancienne mission, pas sur les armes perdues.

— Tu te souviens, nous étions immédiatement encerclés ? Ils ont arrêté de se battre quand nous nous sommes écrasés. Une douzaine d'entre nous, des milliers d'entre eux. Tous avides de combat et maintenant vous avez ces étranges envahisseurs qui arrivent, Aurora secoua la tête, frottant son nez très légèrement contre la nuque de Sai. Pas par romantisme, mais par amour, ce lien profond qui se forme entre deux soldats qui ont dépendu l'un de l'autre pour survivre. Aurora avait besoin de Sai, et Sai avait besoin d'Aurora et ensemble, ils s'en sortiraient. Ferris nous a tous fait former un cercle, et il a commencé à parler, comme s'ils pouvaient le comprendre. Essayant d'expliquer. Et il a été touché en premier.

— Ils étaient brutaux. Sai sembla enfin poser ses propres jambes au sol, redressant les épaules. Nous ne comprenions pas, ils se battaient parce que c'était tout ce en quoi ils croyaient. Se battre et mourir et aller dans votre au-delà parfait. Plus grand était le défi, plus grande était la gloire dans l'au-delà. Nous étions si stupides.

— Non, pas nous. Les gens qui nous ont envoyés, dit Aurora.

— Je suppose que tu as raison. Les gens qui nous ont envoyés. Tout comme ici.

Sever avait été submergé sur Signet Huit. Les parties en guerre avaient conclu une trêve spontanée pour attaquer les envahisseurs, comme cela s'était produit partout ailleurs sur la planète. Sai avait pris la décision, après que la moitié de leur effectif soit tombée simplement à cause de la pression. L'armure de puissance pouvait vous protéger des coups et des pointes, pouvait vous garder en sécurité des pierres volantes, mais elle ne vous aiderait pas à tenir ferme contre cinquante corps écailleux forts et chargeants alors qu'ils vous écrasaient contre la terre et vous étouffaient.

Le bombardement de DefenseCorp est descendu à travers l'atmosphère, ciblé autour d'eux, les lasers et les missiles des vaisseaux au-dessus noircissant les cieux. Sai avait traîné Aurora à l'intérieur de leur largage météore, un engin en forme de larme, quasiment indestructible. Un abri parfait pour attendre la fin du monde.

Après, Sever a appris qu'ils n'étaient pas la seule escouade à avoir pris cette décision. À travers le monde, les autochtones s'étaient montrés peu disposés à négocier. Capables uniquement de guerre homicide et sans fin. Et donc DefenseCorp les a anéantis, et les compagnies minières et d'extraction sont venues réclamer le prix. Aurora ne se souvenait même pas si DefenseCorp avait exprimé un quelconque regret officiel. Aurora savait qu'elle n'en avait pas. Ces monstres avaient essayé de la tuer, avaient tué ses amis. Ils avaient mérité ce qu'ils avaient eu.

Les portes de l'ascenseur s'ouvrirent avec un *clunk* et un lent chuintement. De l'autre côté, arborant un sourire dément, se tenait Kashmal.

— Je vous ai trouvés, dit Kashmal. Juste à temps.

Aurora voulait frapper cet homme, mais il avait appelé l'ascenseur. Les avait emmenés loin.

— Ils nous poursuivent, dit Aurora. Nous devons continuer à bouger.

— Oh non, je ne m'inquiéterais pas, répondit Kashmal. Les choses ont changé maintenant. Vous l'avez, lui.

Il pointa un doigt vers Sai, et Aurora le regarda à nouveau. Son coéquipier semblait toujours fatigué, faible. Respirant difficilement et en sueur. Loin d'être l'exemple d'un spécimen accompli. De quelqu'un digne d'être considéré comme un prix.

— Que voulez-vous dire ? demanda Aurora.

— Je vous expliquerai plus tard, répondit Kashmal. Tout ce que vous devez savoir maintenant, c'est que vos circonstances ont changé. Tu as gagné à la loterie, Sai. Toi et tes gènes.

Kashmal les fit sortir de l'ascenseur, sur un étage animé qui, avec le bruit des moteurs de fusée en démarrage et leurs sifflements aigus, indiqua à Aurora qu'il abritait une baie d'amarrage. Des caisses et des ouvriers les déplaçant encombraient le couloir, et dès qu'ils quittèrent l'ascenseur, plusieurs autres y poussèrent leurs conteneurs et il repartit. Aucune mention du massacre en bas, de l'alerte et du danger.

Kashmal les dirigea le long du couloir. Le large passage avait le sol noir poli commun dans toute la tour, et de temps en temps une porte s'ouvrait sur la baie d'amarrage, présentant un vaisseau différent, une zone différente. Chargement de fret, passagers, carburant, tout le reste. Kashmal les emmena tout au bout, si bien que lorsqu'ils entrèrent enfin dans la baie d'amarrage, ils étaient juste à côté de la large sortie donnant sur la ville. Un aéroglisseur passa au-dessus, transportant ce qui ressemblait à une flottille de gardes.

— Ils cherchent vos amis, dit Kashmal. D'après ce que je comprends, il y en a un en liberté en ce moment. Celui qu'on a laissé dans mon appartement. Ils vont le prendre et l'amener ici. C'est pratique, non ?

— Je ne comprends pas, dit Aurora. Sai, pour sa part, regardait autour de lui, ayant replongé dans le silence et les batailles qui se livraient dans son esprit. Ils essayaient de nous tuer il y a une minute.

— Le médecin a changé d'avis. En fait, Kashmal rit, c'est plutôt drôle vraiment. Elle a passé tout ce temps, tous ces efforts à essayer de trouver un succès et puis sa main a été forcée par un ingénieur de laboratoire quelconque.

— Quoi ?

— Je devrais être triste, parce qu'il a fait ce que j'essayais de faire. Il a réussi à quitter la planète avec des échantillons. Kashmal leva les yeux au plafond. Ben, tu es une telle peste misérable, Kashmal pointa vers un vaisseau plus grand au centre de la baie. Le seul aux alentours qui semblait vraiment capable de voyager dans l'espace. Tu comprends, n'est-ce pas ? Tout ce qui se passe ici ? Tout est financé en secret. Des virus créés pour des gens prêts à payer. Mais si le truc se répand ? Si quelqu'un d'autre réussit à le faire sortir et à le répliquer ? Alors tout ça devient sans valeur. Maintenant qu'il y a des échantillons hors monde, Anaskya doit agir vite pour essayer de tout récupérer avant que les autres entreprises ne coupent les vivres.

Aurora essaya de suivre les affirmations de Kashmal. Être le premier à faire sortir dans la galaxie le virus qui infectait Sai avait une certaine logique, même si son but prévu, modifier la personne et la transformer en quelque chose de différent, plus efficace, allait à l'encontre de la lettre de la loi galactique. Les lois pouvaient être réécrites, pouvaient être changées par ceux qui avaient le pouvoir de le faire. Aurora l'avait vu elle-même à de nombreuses reprises, comme les missions de DefenseCorp s'étaient élargies pour inclure le genre d'anéantissement comme celui des autochtones sur Signet Eight.

Pourquoi ne pas jouer avec la nature ? Et pourquoi ne pas en profiter ?

— Alors pourquoi sommes-nous ici ? dit Aurora.

— Elle ne s'intéresse pas à vous. Elle s'intéresse à lui, dit Kashmal. Allez, nous devons monter dans le vaisseau. Avant qu'Anaskya ne change d'avis.

— Et vous ? Vous avez essayé de faire la même chose que cet autre ingénieur ?

— Et elle m'aurait fait abattre, sauf que j'ai promis que je vous ramènerais, dit Kashmal. Je sais, je sais, vous pourriez être en colère. Mais devinez quoi ? Nous quittons cette planète. Tous les trois. Maintenant. Et ça vaut tout, non ?

Aurora l'aurait étranglé, aurait tiré sur Kashmal pour ce qu'il avait déjà fait, sauf qu'elle devait soutenir Sai. Devait les faire avancer. Parce qu'elle remarqua des gardes partout dans la baie d'amarrage, les observant tous les trois avec les mains sur leurs armes.

Si Aurora essayait de riposter ici, sans aucun doute elle et Sai mourraient, et vite. Alors elle garda la bouche fermée et marcha, vers la navette et sur la rampe d'embarquement. Le vaisseau était plus grand, beaucoup plus grand que la navette que DefenseCorp avait donnée à Sever pour rebondir sur Dynas.

Dès qu'ils montèrent à bord, deux gardes apparurent autour de l'entrée et dirigèrent Aurora et Sai vers l'arrière, loin à l'arrière, à travers l'engin en acier aux bordures dorées. Kashmal disparut, se faufilant vers une autre partie tandis que les deux gardes poussaient et pointaient jusqu'à ce qu'Aurora et Sai aient atteint ce qui ressemblait à la soute, où traînaient des caisses de nourriture et d'autres provisions.

Pas un court voyage alors.

Une autre chose se démarquait dans la soute, longue et fine et poussée dans un coin, salie mais par ailleurs en bon état.

— Sai, devine quoi ? dit Aurora. Ils ont trouvé ton épée.

27

UN AMOUR DES ESPACES CLOS

R ejoins ceux qui te sauvent. C'est ce que Sai avait fait, après que ces soldats de DefenseCorp avaient fait irruption dans son appartement, après qu'ils avaient nettoyé sa planète natale des rebelles et de leur destruction sans fin. Ils avaient rétabli l'ordre d'une main de fer, puis l'avaient rendu aux ploutocrates et aux entreprises qui avaient tout déclenché.

Deux façons de penser s'offraient à ceux qui restaient : soit se battre contre un ordre établi corrompu qui s'était avéré impossible à vaincre, soit partir. Sai et sa mère avaient choisi la seconde option. Elle avait pris leurs économies, leurs investissements et était partie vers un monde moins agité, laissant Sai avec son katana pour rejoindre la vie plus dure, plus rapide et plus violente à laquelle il avait été si brutalement initié sur le toit, dans les escaliers et dans les rues de la ville alors que sa maison brûlait.

Mais des cendres naît souvent quelque chose de meilleur. Et sur cette première station, Sai avait trouvé celle qui deviendrait sa femme. Il avait eu des enfants et s'était construit une belle vie. Jusqu'à ce que la galaxie prouve à nouveau sa sauvagerie et que la planète de sa famille obtienne le contrat DefenseCorp. Sai avait eu le choix : emmener sa famille dans une vie nomade spatiale avec des missions imprévisibles, sautant de monde en monde, ou les laisser derrière lui et apporter ses talents à la division active, mieux rémunérée.

À l'Escouade Sever, et son aventure bien payée.

Et où cela l'avait-il mené ? Dans cette soute à marchandises, remplie de contrebande illégale destinée à être vendue à quiconque en voulait, y compris son propre employeur. Une chose dangereuse qui pourrait remodeler des espèces, et qui en ce moment était occupée à le remodeler lui.

Le virus dans son corps avait trouvé un équilibre, et Sai se sentait maintenant plus fort, presque clair dans son but. Il dérivait encore de temps en temps dans ces hallucinations, alors que Kashmal et Aurora le faisaient traverser la baie et monter dans le vaisseau, Sai était à peine présent. Il avait passé ces précieuses minutes chez lui, à regarder ses enfants apprendre à jouer, sachant et comprenant pourquoi il ne serait pas là quand ils enseigneraient la même chose à leurs propres enfants.

Reviens, Sai. Sois présent, parce que si tu ne l'es pas, on ne sortira pas d'ici.

On ?

La gifle arriva rapide, cinglante. Le sang piquant sa joue fit ouvrir grand les yeux à Sai et respirer rapidement. Aurora leva la main, prête à recommencer, quand Sai leva son propre bras pour bloquer le sien.

— Je suis réveillé, dit Sai. Pour l'instant.

— Tu ferais mieux de l'être pour toujours, répliqua Aurora. Tu sens ça ?

Il le sentait. Une vibration parcourait la navette,

secouant ses pieds, ses genoux et son dos. Sans être dans un siège de crash, le décollage d'un vaisseau spatial serait une aventure. Une expérience qui laisserait des bleus.

— On ferait mieux de se préparer. Sai obéit à ses propres instructions, quittant l'espace ouvert et se calant dans un coin, essayant de positionner ses épaules, ses bras pour pouvoir se tenir droit alors que les vibrations augmentaient. Aurora fit de même, allant du côté opposé pour qu'ils se regardent à travers les caisses qui contenaient, dans leurs formes métalliques argentées, le même virus qui avait ruiné Sai et tant d'autres dans cette tour.

— Donc je pense que la mission est annulée, cria Aurora à travers la soute. Je ne sais pas si tu as remarqué, mais Kashmal s'est associé à l'ennemi.

— Aurora, j'ai arrêté de me soucier de la mission quand elle m'a injecté ce virus.

— Les priorités, Sai.

— Ma vie passe en premier, Aurora. Tu le sais.

Aurora lui adressa un triste sourire, elle savait. Ils le savaient tous. C'était une partie du charme de Sever, où ils accompliraient la mission, certes, mais sans le mépris insensible qui accompagnait si souvent les armées de mercenaires. L'argent revendiquait le plus gros prix, et garder chacun en vie était un joli bonus. Pour Sever, cependant, ces ordres étaient inversés.

Sai aimait penser que c'était parce que Sever s'aimait et se souciait tellement les uns des autres. Dans les couloirs étroits, frénétiques et remplis de feu, on ne pouvait s'empêcher de devenir ami avec le soldat à côté de soi. Prêt à donner sa vie pour l'autre.

Aurora l'avait exprimé différemment, plusieurs missions auparavant. Garder Sever unifié, vivant et continuant de la même manière d'une mission à l'autre, était simplement une stratégie d'investissement judicieuse. Moins de temps d'arrêt, de meilleurs rendements.

— Tu ne sais pas où sont les autres ? dit Sai alors que la vibration changeait, les moteurs du vaisseau montant en puissance et les soulevant du sol de la baie d'amarrage. Gregor ? Eponi ?

— Gregor et Rovo sont quelque part dans la ville, répondit Aurora. Du moins, c'est là que je les ai laissés.

— Tu les as laissés ?

L'estomac de Sai se retourna alors que la navette prenait de la vitesse, sans doute en train de s'élancer hors de la baie d'amarrage et de s'orienter vers les étoiles. Ici, dans cet espace clos, Sai ne pouvait pas dire où il était, ce que faisait le vaisseau. Seuls de légers picotements indiquaient à Sai qu'il volait.

Sai aurait dû ressentir de la nausée, peut-être même vomir, comme la plupart le faisaient pendant l'ascension quand on n'avait aucune vue sur l'extérieur. Mais il se sentait normal, calme. Même sa fièvre était tombée.

— On s'est séparés, disait Aurora. On a dû faire un compromis. Kashmal avait du matériel qu'il voulait faire sortir du monde. Je ne pouvais pas le laisser sans protection. Et Gregor, Gregor a détourné la poursuite.

— Tu as laissé le bleu protéger les biens précieux ?

— Je n'avais pas vraiment le choix. Aurora secoua la tête, étira un peu ses jambes pour affermir sa position alors que la navette commençait à trembler, montant plus haut dans l'atmosphère où ces vents et courants-jets la secoueraient. Qu'étais-je censée faire ? Simplement le laisser là ? Je pensais qu'on retournerait le chercher.

Sai perçut une autre note dans la voix d'Aurora, son ton. Fatiguée, oui, mais aussi un peu triste et frustrée. Ce n'était pas ainsi que la mission aurait dû se dérouler. Sever n'était pas conçu pour se séparer, ils n'étaient pas des agents isolés formés pour accomplir des objectifs seuls. Ils étaient une escouade et censés être une unité. Maintenant, ils étaient éparpillés sur toute cette planète et, bientôt, au-dessus d'elle. Se réuniraient-ils un jour ?

Sai ne savait pas, et honnêtement, à ce moment-là, il avait des préoccupations plus importantes.

Sever ne se réunirait certainement pas si Sai et Aurora étaient emmenés vers une étoile lointaine. Vendus à quelqu'un voulant jouer aux expériences avec des sujets humains.

— Comment allons-nous rentrer ? dit Aurora. Des idées ?

— Prendre le contrôle du vaisseau, dit Sai. Le faire redescendre ?

— Wow. Je n'y aurais jamais pensé. Aurora roula des yeux. La navette trembla encore plus, entrant dans la partie la plus difficile de l'atmosphère. Juste avant cette libération libératrice. — Comment veux-tu prendre le contrôle d'un vaisseau sans armes ?

Sai regarda autour de lui. Le katana était là, c'était bien, bien qu'il ne puisse probablement pas couper à travers les portes ici. Et s'il essayait, Sai ne doutait pas qu'un de ces gardes surgirait et lui tirerait en plein visage. Donc c'était hors de question. Au-delà de cela, il y avait les mallettes argentées, toutes remplies de maladies et de désastres.

Maladies et désastres.

— Quelle est la seule chose qu'un acheteur ne risquerait pas en travaillant avec quelque chose comme ça ? dit Sai, se maintenant calé mais se penchant légèrement en avant pour mieux voir ces mallettes.

— L'infection, suggéra Aurora. Tu ne t'exposes pas à quelque chose que tu ne comprends pas.

— Exactement, dit Sai. Nous avons beaucoup de la maladie ici même.

— Et la seule qui la comprend est à bord, dit Aurora.

Parfois, les plans se déroulaient pièce par pièce, l'étape suivante ne se révélant que lorsqu'ils avaient terminé la précédente. Souvent, les missions fonctionnaient à l'instinct, avec Sever dansant à travers les fusillades et les objectifs, chacun ouvrant la voie au suivant. D'autres fois, comme lorsque Sai était piégé dans une soute sans rien d'autre à faire que contempler sa propre fin, l'élaboration désespérée se manifestait pleinement.

— Nous sommes dans un conteneur scellé, dit Sai. Si tu libères quoi que ce soit ici, ça n'ira nulle part. La navette sera exposée et il n'y aura pas d'échappatoire.

— Tu oublies quelque chose, dit Aurora. Je ne suis pas infectée.

— Eh bien, voici ta chance, dit Sai. Avec Anaskya sur le vaisseau, elle pourrait avoir un remède. Elle devra le sortir si elle est infectée.

Tout d'un coup, les vibrations cessèrent. Sai sentit ses mains et ses pieds dériver légèrement du mur et son estomac fit quelques loopings alors que la gravité disparaissait. Ils étaient dans l'espace maintenant, et le virus n'aurait nulle part où aller sauf à travers les systèmes d'oxygène fermés et recyclés de la navette. Une gigantesque boîte de Petri, remplie de victimes sans méfiance. Sai se compressa, puis donna un coup de pied, se poussant vers son katana. D'un mouvement fluide, Sai dégaina l'épée tandis qu'Aurora regardait depuis le coin.

— Tu es sûr de ça ? dit Aurora. Parce que si je tombe malade et que je meurs, je serai vraiment en colère contre toi.

— Si tu meurs, je te suivrai probablement de près, dit

Sai. De plus, on ne s'est pas engagés dans ce boulot pour jouer la sécurité.

Plutôt que de balancer l'épée en coups de hache contre les valises, Sai passa le tranchant du katana contre les serrures. Il manipula l'épée comme une petite scie tandis que le vaisseau continuait de voler. Le katana était tranchant et, à chaque mouvement, coupait un peu plus profondément.

Quand la première mallette s'ouvrit, Sai vit exactement ce à quoi il s'attendait. De petites fioles, compressées et scellées sous vide. Prêtes à être déversées dans une bouche d'aération pour que tout le vaisseau en profite.

28

LA RAISON

Officiellement, Gregor n'était pas un otage. Il avait simplement été réaffecté de son ancienne division à une nouvelle. Assimilé de l'Escouade Sever à la branche plus secrète de DefenseCorp, celle qui brouillait les frontières entre le légal et l'illégal, qui ne faisait pas la distinction entre les objectifs et l'éthique. Lani s'est assurée que Gregor sente cette frontière tout au long de leur sortie de la base, avec Wicks portant le corps léger et en décomposition de Felix pour une analyse plus approfondie de retour en ville.

Lani avait placé Gregor en tête, et chaque fois qu'il regardait derrière lui, Lani avait toujours son arme à la main, prête à l'utiliser. Gregor avait son marteau et pensait qu'il pourrait probablement réussir à frapper s'il le voulait. Il pourrait probablement la briser, puis s'occuper de Wicks.

Et ensuite, Sayers s'enfuirait avec l'aéroglisseur et laisserait Gregor pourrir ici avec les morts infectés.

DefenseCorp s'en ficherait de toute façon. En supposant que la nouvelle sorte un jour de Dynas. L'organisation était trop vaste, s'étendait sur trop de planètes et prenait trop d'années-lumière pour que les messages passent d'un bout à l'autre pour fonctionner comme un tout cohérent.

Gregor avait vu les effets de la physique sur la communication se manifester dès sa première affectation, lorsque DefenseCorp émettait des réglementations et des règles que les nouvelles recrues et les dirigeants devaient suivre. Les recrues, sans levier de négociation, s'empressaient de suivre la ligne, tandis que les dirigeants locaux ne s'ajustaient pas du tout. Ils embrassaient leurs positions corrompues, envoyaient les recrues qu'ils n'aimaient pas dans des missions dangereuses, et si DefenseCorp signalait un audit, le temps de voyage à travers l'espace donnait aux dirigeants le temps de cacher leurs actions.

En bref, Lani pouvait faire ce qu'elle voulait parce que les conséquences étaient à des années-lumière.

— Gregor, tu as dit que la dernière fois que tu l'as vu, Felix était un monstre, dit Lani dans son dos alors qu'ils marchaient, approchant de la sortie de la base. Tu as dit qu'il avait un essaim infecté à sa disposition, toute une masse de virus prête à se répandre. Nous n'avons rien vu de tout cela.

— Tu l'as entendu, répondit Gregor. Il s'est décomposé.

— Ou tu as menti.

— Pourquoi l'aurais-je fait ?

— Je ne sais pas, dit Lani. Je ne sais pas pourquoi je suis si méfiante, Gregor, sauf que tout n'est que mensonges sur Dynas, tout le monde se poignarde dans le dos.

— Tu crois que ça m'intéresse ?

Ils sortirent par où ils étaient entrés, à travers le trou dans le côté du bâtiment où se trouvait autrefois la porte. De retour par l'ascenseur vers l'aéroglisseur. Lani resta silencieuse, et Gregor ne s'en plaignit pas. Elle essayait de jouer à une sorte de jeu, cherchant un sens plus profond. L'Escouade Sever était venue ici pour une simple extraction, entrer, sortir et s'en aller. Rien de plus profond que ça.

— Qui était la cible ? demanda Lani alors que l'ascenseur montait. Et sais-tu pourquoi ils essaient de partir ?

— J'ai dit qu'ils ne nous avaient rien dit.

— Fais une supposition pour moi.

— Non.

Wicks en rit même, — Je ne pense pas que tu te sois fait un ami, Lani.

— Je n'essaie pas de me faire des amis.

Et pourtant, c'est ce que Gregor avait ressenti dans l'appartement. Des camarades d'armes, des âmes sœurs essayant toutes deux de s'assurer que leurs missions réussissent. Lani avait changé quand elle avait vu le néant que Felix était devenu.

Gregor pensait savoir pourquoi : tout le monde sur Dynas voulait quitter ce monde, et cette chance semblait tourner autour du virus. Si Felix avait été une mutation vivante et en bonne santé, alors peut-être que Lani aurait eu ce qu'elle voulait. Peut-être qu'elle ne serait pas si irritable avec un billet de sortie de Dynas qui l'attendait.

— Qu'aurais-tu fait ? dit Gregor alors que l'ascenseur atteignait le sommet. Si nous l'avions trouvé, infecté ?

— Je l'aurais tué, comme nous l'avons fait, dit Lani, mais il n'y avait pas de conviction derrière ses mots.

— Tu n'aurais pas emmené Felix ? demanda Gregor.

— L'emmener où ? dit Wicks. Dans nos appartements ? Le laisser pourrir là-bas et nous rendre tous malades ?

Gregor garda ses yeux fixés sur Lani, et elle soutint son regard dur et resta silencieuse.

— Il y a beaucoup d'argent dans ce virus, dit Gregor. N'est-ce pas ?

— Monte juste dans l'aéroglisseur, Gregor, dit Lani.

Sayers avait gardé l'engin prêt, et Lani et Wicks s'étaient habitués à leurs armures assistées au point qu'ils n'avaient même pas l'air si maladroits en grimpant à bord de l'engin. Dès qu'ils furent à bord, avec le corps de Felix solidement attaché à la proue, Sayers fit ronronner les moteurs.

Sayers souleva l'aéroglisseur, le tournant vers la ville. Lani et Wicks allèrent faire leur débriefing avec le pilote, laissant Gregor seul, libre d'errer sur le pont tandis que le brouillard jaune recouvrait tout. L'humidité de Dynas pesait sur lui, et tout ce à quoi Gregor pouvait penser était à quel point il voulait désespérément quitter cette planète. À quel point Lani et les autres devaient vouloir la même chose. Suffisamment pour faire à peu près n'importe quoi.

Trop peu d'ennemis à écraser, trop peu à regarder, et ce maudit pollen ou quoi que ce soit n'arrêtait pas d'entrer dans ses conduits d'aération.

Alors que Gregor se dirigeait vers l'arrière du skiff, la base condamnée de Felix disparaissant dans la brume, Gregor sentit un grésillement dans son casque. Une transmission au niveau de l'escouade, sur la fréquence de Sever. D'abord trop parasitée, trop lointaine, mais même de là, Gregor pouvait reconnaître une boucle. Une diffusion répétée mise en place par quelqu'un qui n'avait pas le temps de rester sur la fréquence. Il se déplaça vers l'avant du skiff, se tenant au-dessus du corps de Felix.

— Que se passe-t-il ? dit Lani en se plaçant à côté de lui. J'entends quelque chose.

Bien sûr, les autres armures de combat seraient déjà connectées à la fréquence de Sever. Lani et Wicks l'entendraient aussi, mais ils ne sauraient pas qui c'était. Ils ne pourraient pas reconnaître la voix de Rovo.

— À la station de tram, demande assistance à quiconque. Helix arrive, et ils vont nous avoir. Le niveau supérieur est dégagé, les rues sont marquées. L'armure a disparu. On ne va pas tenir longtemps.

La voix de Rovo parvenait étirée et fatiguée. Il avait besoin d'aide. Gregor n'avait pas besoin d'en savoir plus.

— Nous devons retourner, dit Gregor. Là où nous avons trouvé l'armure de combat. Il va mourir si nous n'y allons pas.

— Qui va mourir ? demanda Lani. Qui fait cet appel ?

— Un de mes coéquipiers.

— On dirait qu'il est en difficulté, dit Wicks. Mais nous ne sommes pas vraiment censés nous rendre visibles. Helix ne sait pas vraiment que nous sommes là. Pas officiellement.

— Wicks a raison. Si ton ami est compromis, nous ne pouvons pas nous en approcher.

Ah oui, voilà pourquoi Gregor détestait tant cette branche. Plus préoccupée par ses propres secrets que par la vie des autres membres de DefenseCorp. Juste une bande de lâches.

— Vous ne m'avez pas entendu, dit Gregor, en tendant la main vers le marteau, ajustant ses bottes pour être prêt à s'élancer. Nous allons l'aider. Maintenant.

29

INTERCEPTION VAILLANTE

Le truc avec les descentes, même sur une planète aussi isolée et clairsemée que Dynas, c'est qu'on ne pouvait pas simplement faire descendre un vaisseau dans l'atmosphère en espérant atterrir au bon endroit. Les planètes tournaient, les vitesses étaient relatives, la traînée atmosphérique, tant de variables.

Les ordinateurs de la navette effectuaient la plupart des calculs, mais beaucoup nécessitaient qu'Eponi en vérifie au moins le résultat final. En théorie, le contrôle du trafic dans la ville devait désigner des couloirs de vol libres, s'assurer que les espaces étaient dégagés pour qu'Eponi, en traversant l'atmosphère à grande vitesse, ne percute pas quelqu'un d'autre montant à travers les nuages.

Mais alors qu'Eponi entrait ces coordonnées que son ordinateur lui crachait, qu'elle dirigeait la navette autour de l'orbite jusqu'à ce que cette grande ville noire tourne dans la bonne position pour son retour, le contrôle du trafic ne disait pas un mot.

— Contrôle Helix, je répète, ici la navette, dit Eponi en jetant un coup d'œil à la plaque signalétique, commodément collée à l'extérieur et sur les consoles de commande, car tout le monde comprenait que les pilotes passaient d'une navette à l'autre comme ça au hasard. Les pions n'avaient pas leurs propres vaisseaux. *Valiant.* Oui, la navette *Valiant* demande un vecteur d'atterrissage pour la tour. Veuillez l'assigner.

Valiant. Quel nom stupide pour une navette comme celle-ci. Transporter du fret entre le sol et l'espace ne méritait pas un tel nom. Quelque chose comme *Caisse* ou *Mule* aurait été plus approprié. Eponi se rassit dans son fauteuil et attendit. Et continua d'attendre. Bientôt, elle devrait vraiment allumer les moteurs pour réorienter la navette ou elle perdrait sa chance. Ridicule.

Mais bon, dans l'espace, elle n'avait pas à s'inquiéter d'être infectée. Pas de maladies dans cette navette. Mieux valait s'ennuyer que mourir.

Il y avait quelques choses qu'elle pouvait faire en attendant dans le cockpit de la navette que Helix réponde. Eponi pouvait scruter les étoiles, mais la navette faisait actuellement face à la planète et, de l'autre côté de l'étoile du système, Dynas ressemblait surtout à une grosse tache noire masquant une partie de l'univers.

Sans vue, Eponi pouvait triturer les commandes, vérifier les niveaux d'oxygène et s'assurer que rien ne semblait anormal. Eponi l'avait déjà fait cinq fois, et les pourcentages n'étaient jamais devenus plus intéressants. Et enfin, Eponi pouvait scanner le radar. Voir quels autres objets étranges pourraient flotter à proximité de la navette et deviner ce qu'ils étaient. Peut-être une vieille station spatiale ? Un satellite ? Un astéroïde dans sa descente progressive vers l'atmosphère de la planète où il se briserait et brûlerait en minuscules morceaux ?

Ou bien on pouvait regarder son radar et repérer un

vaisseau en approche, s'élevant de la ville noire à une vitesse beaucoup trop élevée. Et avec un vecteur instable, comme si la trajectoire prévue avait dévié de façon spectaculaire. Ou que son pilote était ivre.

C'était intéressant. Il n'y avait pas eu beaucoup de vols vers l'espace depuis Helix qu'Eponi avait détectés, bien que les scanners de *Valiant* aient repéré de petits engins bourdonnant partout à la surface de Dynas, transportant sans doute des fournitures et des gens vers divers avant-postes comme celui près duquel Sever avait atterri. Vu le peu de départs, il n'y avait pas beaucoup de concurrence pour le trafic, mais un vol sauvage et frénétique vers l'extérieur pouvait expliquer pourquoi Helix ne répondait pas à ses demandes. Peut-être qu'ils étaient trop occupés à gérer leur propre catastrophe.

— Eh bien, autant voir si je peux aider, dit Eponi.

Aider, peut-être, n'était pas le mot juste. Descendre vers Helix signifiait se remettre dans les chaînes de quelqu'un d'autre, et repousser cela aussi longtemps que possible ? Ça n'avait que du sens.

Elle activa la communication à courte portée, désigna le vaisseau se dirigeant vers le haut et l'extérieur — un vaisseau beaucoup plus grand que le sien — et envoya le message : — Ici *Valiant*, j'appelle *Beaker*. Ces vaisseaux et leurs noms. Vous semblez un peu instable. Besoin d'aide ?

Ses mots traversèrent l'espace, filant vers *Beaker*. Eponi ne pouvait pas encore vraiment voir la navette, elle venait juste de sortir de l'atmosphère et n'était pas dans le champ de vision. Néanmoins, Eponi augmenta la puissance de ses moteurs. Réorienta *Valiant* et commença à se rapprocher de *Beaker*. Eponi pouvait appeler son geste une intuition, elle pouvait l'appeler un pressentiment, ou elle pouvait simplement l'appeler de la curiosité. Ou les trois.

Juste au moment où Eponi se mettait en route, le communicateur de *Valiant* bourdonna, réclamant son attention, alors Eponi appuya sur le bouton. Peut-être que *Beaker* avait décidé de parler.

— Ici le contrôle au sol de Helix, dit la voix à l'autre bout. Vous n'êtes pas une navette approuvée, et ce n'est pas une mission approuvée. Retournez immédiatement à la base. Je vais vous envoyer le vecteur. Et restez loin de l'autre vaisseau.

— Pourquoi ? dit Eponi.

— Parce que vous n'êtes pas autorisée à l'approcher.

— Pouvez-vous me donner plus d'informations que ça ? Il semble endommagé. Nous pouvons aider.

Eponi avait glissé le « nous » dans sa réponse pour paraître moins suspecte qu'un pilote solitaire rebondissant dans la haute atmosphère.

— C'est négatif. Retournez à la base. Maintenant.

Le contrôle au sol coupa la communication. Tiens. Ils n'étaient pas très agréables, et Eponi n'obéissait qu'aux gens qui étaient gentils avec elle. Ou c'est ce qu'elle se disait en cet instant, alors qu'Eponi redirigeait sa navette sur une trajectoire de collision avec *Beaker*.

— J'appelle à nouveau *Beaker*, dit Eponi. J'essaie d'entrer en contact avec vous. Vous semblez toujours un peu instable. Faites-moi savoir si je peux aider.

Beaker était plus que légèrement instable, et il déviait déjà fortement de son orbite, l'écartant complètement de tout plan de vol qui aurait pu le mener hors du système. C'était plutôt comme si quelqu'un essayait de se battre pour le contrôle. Ou avait sérieusement foiré ses calculs. Eponi lança un scan, tentant de voir s'il y avait des transmissions venant de la navette qui auraient pu être sur une autre fréquence. Et elle en capta une. Un signal grand ouvert.

Sa bouche s'ouvrit en grand lorsque les sons de *Beaker* se diffusèrent dans le cockpit d'Eponi.

Des cris, des hurlements. Le bruit sourd d'objets métalliques heurtant d'autres objets durs, des claquements et des bangs. Des jurons et des ordres. Sous tout cela, quelqu'un proche du communicateur ne cessait de tousser. Gémissant. Sans dire un mot, comme s'il avait oublié qu'il avait ouvert la bande. Qu'il diffusait tout cela partout.

Alors Eponi s'accorda au signal, essayant d'envoyer quelque chose en retour. Elle répéta ses mots d'avant même si l'excitation montait. Parce que *Beaker* était assez grand pour gérer un vol interstellaire. Si Eponi pouvait s'amarrer, peut-être attendre que ce qui se passait se résolve et ensuite se faire des amis avec les vainqueurs, elle pourrait peut-être sortir.

Ou, et Eponi secoua la tête à cette idée, retourner en ville et faire monter son escouade. Accomplir réellement la mission. Être une amie.

Être une héroïne.

— Eponi ? Une voix dure, une femme. Une voix qu'Eponi reconnaîtrait n'importe où. Les mots d'Aurora coupèrent les sons de *Beaker* alors qu'ils commençaient à s'estomper, se réduisant à des sanglots lointains. Quelques supplications. Où es-tu ?

— Je suis dans une navette qui se dirige vers vous. Eponi ne savait pas quoi dire d'autre. Comment Aurora était-elle sur le vaisseau ? Comment avait-elle pris le contrôle ? Toute seule ? Que se passe-t-il là-bas ?

— Nous avons eu quelques désaccords, alors j'ai pris le commandement, répondit Aurora. Es-tu capable de t'amarrer ?

— Je peux vous rejoindre, dit Eponi. On peut vous sortir de là.

— Pas seulement moi. Sai est là aussi. Mais nous avons perdu le pilote. Je ne sais pas piloter ce truc ?

Eponi sourit. Le simple fait d'entendre la voix de son chef d'escouade lui redonna confiance. Elle n'était pas seule. Elle n'avait pas besoin de fuir. Il y a une minute, elle avait mille options, aucune d'entre elles n'étant bonne. Maintenant, elle avait un choix parfait : se reconnecter avec son escouade.

— Alors écoute, et parle-moi, dit Eponi. Tu veux trouver le radar, et cibler ma navette. Une fois que tu auras fait ça, on pourra établir une interception et les ordinateurs s'occuperont du reste.

— Compris, répondit Aurora. Ça fait du bien d'entendre ta voix Eponi. On ne savait pas ce qui t'était arrivé.

— C'est toute une histoire. On dirait que tu en as une aussi.

— Tu n'as pas idée.

30

CHASSE AU TRÉSOR

Au moment où Rovo et Kaia avaient sauté dans le troisième téléphérique, la femme les suivant calmement tout du long, Rovo avait compris qu'il ne se ferait pas tirer dessus dans la rue. Helix ne prendrait pas le risque d'essayer de l'abattre à distance. Ils attendraient de voir dans quel trou Rovo déciderait de se cacher.

Heureusement, le trou prévu par Rovo avait un blindage solide et beaucoup d'armes. Helix ne laisserait pas un soldat légèrement armé trouver son arsenal.

— Tiens bon, dit Rovo à Kaia alors qu'ils descendaient du troisième téléphérique, près de la station de tram visée. À deux pâtés de maisons du salut. Nous y sommes presque.

Kaia s'était comportée de façon remarquable. Elle pointait du doigt les magasins, les gens et les lumières, gloussant et riant tout le long du chemin. Elle avait gardé sa petite peluche de lion dans sa main gauche, lui montrant chaque chose notable qu'ils croisaient. Toutes les inquiétudes qu'elle avait pu avoir d'être mouillée, de manquer de vêtements appropriés pour Dynas, avaient disparu avec l'aventure.

Au début, Rovo avait trouvé que la bonne humeur de Kaia était en décalage avec leur situation dangereuse, mais au fur et à mesure des trajets en téléphérique, il avait commencé à réaliser qu'elle n'avait jamais fait cela auparavant. Jamais vu ces choses qui, jusqu'à présent, n'avaient été visibles que par brèves apparitions à travers sa fenêtre. Et d'une certaine manière, s'ils étaient en infériorité numérique et sur le point d'être capturés, c'était agréable d'offrir à Kaia quelques moments de joie fugace. Alors quand elle pointait du doigt et riait, Rovo riait aussi. Le soldat proposait des noms, des explications et des blagues, et parvenait même à arracher des sourires aux personnes moroses qui voyageaient avec eux.

Rovo pouvait presque faire semblant qu'ils étaient une famille. Le fait qu'ils soient poursuivis par des gens qui allaient lui mettre un laser dans la tête n'empêchait pas Rovo d'imaginer : et si ç'avait été une journée normale ?

Juste un père et sa fille partis explorer la ville.

Pas une mauvaise pensée.

Une pensée qui s'évanouissait chaque fois qu'il voyait la femme, toujours positionnée près de l'avant des téléphériques pour que Rovo et la fillette soient obligés de passer juste à côté d'elle chaque fois qu'ils descendaient. Toujours les suivant d'un pas léger, gardant cette expression sérieuse sur son visage tandis qu'elle communiquait par radio leur position actuelle à tous les autres. Pour une poursuite, c'était méthodique, et Rovo prenait une profonde inspiration à chaque fois pour garder son calme. Pour s'empêcher de poser Kaia, de faire demi-tour et de s'en prendre à la femme.

L'assommer, et peut-être qu'ils s'échapperaient.

Mais pour aller où ? Si, par chance, la femme était la seule à les suivre, Rovo pourrait gagner quelques minutes. Il ne savait pas où aller avec ce temps, n'avait nulle part où s'échapper, et porter une fillette et une grande mallette argentée n'était pas exactement discret. Alors à la place, pendant les trajets en téléphérique, Rovo élabora un plan différent. Sans son armure, Rovo n'avait pas beaucoup d'outils, mais le petit ordinateur attaché à son poignet offrait une option.

Rovo utilisa d'abord le transpondeur, émettant un message en boucle sur la fréquence de Sever, indiquant sa destination et demandant de l'aide. Il ne savait pas où étaient Sai ou Eponi, Aurora ou Gregor, ne savait pas s'ils pouvaient entendre son signal, mais il se propagerait sur quelques kilomètres. Serré et léger. Peut-être, juste peut-être, Rovo pourrait-il rassembler son escouade.

Ils marchèrent dans les flaques à un pâté de maisons de la station. Rovo scrutait les toits à la recherche de gens armés, observait les passants dans la rue qui s'arrêtaient et les regardaient longuement, mais il n'en repéra aucun. Pas nécessairement parce qu'il n'y en avait pas — Rovo n'était guère un espion, habile à débusquer les ennemis sous couverture — mais aucun ne se montrait ouvertement. Personne ne voulait déclencher une bagarre publique.

— Nous allons entrer là-dedans, dit Rovo alors que la station de tram entrait dans leur champ de vision, le panneau *Fermé* bien visible au-dessus de l'entrée principale. Il faut que tu sois vraiment sage maintenant, d'accord ?

— D'accord, dit Kaia. Qu'est-ce qu'il y a là-dedans ?

— Un trésor. Un trésor qui va nous aider.

— Un trésor ?

— Tu verras.

Au dernier croisement avant la station de tram, Rovo se pencha et souleva Kaia, commençant à courir. Dès qu'Helix comprendrait qu'il se dirigeait vers la station de tram, ils pourraient le piéger. Ce qui signifiait qu'ils allaient commencer à converger, ce qui signifiait que Rovo n'avait que quelques instants pour descendre là-bas, enfiler son armure et se préparer.

L'entrée de la station de tram s'était refermée, tout comme lorsque Rovo, Aurora et Gregor étaient arrivés pour la première fois. Cela semblait remonter à des siècles, même si ce n'était que quelques heures auparavant. Avec Kaia dans un bras, Rovo ouvrit la porte d'un geste, entra et la referma brutalement. À part le scanner de carte d'identité, il ne semblait pas y avoir d'autre moyen de sceller la porte.

— Où allons-nous ? demanda Kaia.

— Vers le trésor, répondit Rovo. Ce n'est plus loin maintenant.

Kaia n'avait pas l'air de le croire, alors Rovo la souleva et courut à travers les tourniquets menant aux quais, enjambant et traversant les barrières destinées à des temps plus heureux. Il prit à droite, passant devant d'autres panneaux indiquant que le quai était fermé. Fermé parce que ce quai envoyait le tram vers la station extérieure plus éloignée qui abritait des choses bien pires que ce que quiconque sur Dynas avait besoin de savoir.

En bas d'une rampe aux carreaux blancs tachetés, avec des panneaux occasionnels sur le mur demandant aux gens d'être prudents, de vérifier leurs bagages et de passer une bonne journée.

Le voilà. Le tram dans lequel Rovo était arrivé, immobile, hors service. Les portes du tram étaient ouvertes et attendaient, et derrière elles se trouveraient l'armure et les armes dont Rovo avait tant besoin.

Des bruits retentirent d'en haut, se propageant dans l'intérieur silencieux de la station ; l'entrée du tram qu'on forçait à s'ouvrir. La poursuite était en route.

— On y est presque, dit Rovo à Kaia, qui serrait fort sa peluche et continuait de regarder autour d'elle, fascinée.

Rovo et Kaia traversèrent la plateforme, puis, d'un bon coup de rein, Rovo les fit monter tous les deux dans le tram. Sans surprise, le tram était vide de passagers. La plus grande surprise vint lorsque Rovo réalisa que le tram ne manquait pas seulement de gens, mais aussi d'armures.

Disparues. Toutes.

Rovo resta simplement là, tandis que la fillette glissait de son bras et courait dans l'allée en riant comme si le tram était un parc d'attractions plein de choses nouvelles et intéressantes, ce qui, pour Kaia, était probablement le cas, pensa Rovo. Bien que, bien sûr, plus pour longtemps. Sans l'armure, Rovo n'avait aucune chance. Helix les attraperait, Rovo serait abattu et Kaia ?

Il ne voulait pas penser à ce qu'ils pourraient lui faire.

— Où est le trésor, Rovo ? demanda Kaia, accroupie et regardant sous les sièges.

— On dirait que quelqu'un nous a devancés, répondit Rovo. Il n'est plus là.

— J'espère qu'ils en profitent, alors, dit Kaia. Je m'amuse quand même beaucoup !

D'accord. Respire, bleu. Il avait connu des moments de panique dans sa vie, mais être légèrement armé et entouré d'ennemis n'était pas une situation que Rovo avait déjà vécue. Les chances semblaient minces, mais Rovo était encore libre. Il devait y avoir un autre moyen.

Rovo jeta un coup d'œil autour de la plateforme et ne vit rien d'autre que le tunnel. Il pouvait courir le long des rails loin de la ville, vers l'avant-poste de Felix, ce qui prendrait Dieu sait combien de temps pour y arriver et, s'il y parvenait, que ferait-il ? Se faire dévorer vivant par le monstre viral ?

Mais que dire de l'autre direction ? Vers la ville ?

— Allez, on y va, dit Rovo. Maintenant.

— Mais on vient juste d'arriver !

Rovo ignora la protestation de Kaia, saisit la fillette et se précipita vers la porte latérale qu'ils avaient utilisée pour entrer. Un laser frappa le sol à ses pieds, juste avant qu'il ne pose le pied sur la plateforme, laissant un anneau noir là où la chaleur extrême avait marqué la céramique. Rovo leva les yeux : la femme, flanquée de deux soldats Helix, le regardait. Ils avaient leurs fusils levés.

Prêts à tirer.

— Je pense qu'il est temps d'arrêter de courir, dit la femme. Laisse partir la fillette.

Rovo leva lentement sa main gauche. Faire semblant de se rendre puis s'enfuir. Si Helix accordait tant de valeur à Kaia, ils n'essaieraient jamais de lui tirer dessus maintenant, alors qu'elle pourrait être touchée. Donc, dès que sa main fut au-dessus de l'épaule, Rovo fit un écart vers la droite et s'élança, tenant Kaia devant lui. Ce n'était pas exactement le geste d'un héros courageux d'utiliser une jeune fille comme bouclier humain, mais Kaia ne tiendrait pas long-temps sans Rovo, alors il fit ce qu'il devait faire.

La femme lança un ordre sec à ses forces Helix de retenir leur feu et pas un seul laser ne vint dans la direction de Rovo alors qu'il courait le long de la plateforme et dispa-raissait au-delà du bord éloigné.

Cela n'amenait pas exactement Rovo là où il avait besoin d'être. Il s'avéra que les tunnels de tram n'avaient pas grand-chose d'utile. La plateforme s'amincissait en une étroite allée de maintenance, et pour le reste, le tunnel lisse continuait, la seule caractéristique étant les légères cavités qui auraient été lumineuses si le tram avait été en fonction-nement, auraient pulsé avec l'électricité magnétique destinée à maintenir l'engin en lévitation. Maintenant, le tunnel était sombre, la seule lumière provenant des globes de maintenance standard couleur miel au-dessus.

— Où allons-nous maintenant ? dit Kaia. Je suis fatiguée.

— Tu ne peux pas être fatiguée maintenant, dit Rovo. L'aventure ne fait que commencer !

Sur la gauche, ils passèrent devant une autre petite cavité, celle-ci arborant un panneau et une porte unique. Maintenance. Rovo essaya la poignée. Verrouillée. Il recula, sortit son pistolet et tira un coup sur la poignée, qui fondit. Kaia rit à la lumière, et encore quand Rovo ouvrit la porte d'un coup de pied alors que la poursuite Helix criait dans sa direction depuis la plateforme.

La route de Rovo ne serait pas difficile à suivre, mais il essayait simplement de gagner du temps maintenant. Trouver un endroit où il ne mourrait pas trop vite.

Au-delà de la porte de maintenance, Rovo trouva quelques marches étroites, en béton et clairement peu utilisées. Avec son arme dans sa main gauche, Rovo jeta Kaia sur ses épaules, ramassa la mallette de sa main droite, et se mit en mouvement. Il monta les marches trois par trois jusqu'à ce que, les quadriceps brûlants, il arrive à un palier qui offrait deux choix : continuer à monter, ou retourner vers l'entrée principale de la station. Cette dernière option pourrait potentiellement les mener dans la rue, où ils pourraient continuer à courir.

Sauf que ses muscles commençaient à fatiguer. Helix pourrait continuer à le traquer et, si Rovo quittait la station, toute aide possible ne saurait pas où le trouver.

— Je ne suis vraiment pas doué pour ça, dit Rovo, et ils continuèrent à monter. Il passa devant plusieurs portes en montant, chacune verrouillée, mais les bruits derrière lui poussaient Rovo à continuer. Prendre le temps de tirer sur une autre poignée pourrait signifier se faire attraper.

Pendant tout ce temps, Kaia continuait à rire. Un bruit si mignon et ravi. Rovo sentait son cœur se briser à chaque fois.

— Je vais te sauver, souffla Rovo en continuant à monter les marches en haletant. Tout ira bien. Tout ira bien.

Les marches se terminaient par une porte plus grande, celle-ci non verrouillée. Rovo la chargea de l'épaule. Il surgit et se retrouva sur le toit. Au sommet de la station, où des générateurs solaires avaient été installés autour d'une grande plate-forme d'atterrissage pour les aéroglisseurs. Le vent de Dynas lui caressa le visage, alors que le brouillard du soir commençait à descendre. Le toit n'offrait aucun choix immédiat.

Rovo devrait franchir une douzaine de mètres ou plus pour sauter jusqu'au bâtiment le plus proche, une distance impossible même avec une armure pour booster le saut.

— Non, non, non, murmura Rovo, tandis que Kaia continuait à pointer diverses choses en demandant comment elles s'appelaient.

Piégé. Il essaya de courir vers le côté de la station, mais quand il y arriva, regardant la rue loin en bas, des tirs arrivèrent, des doigts pointèrent, et il vit plus de gardes Helix avec des armes levées qui les attendaient en bas.

Totalement, complètement piégé.

Rovo posa la mallette, assit Kaia dessus. Et courut vers la porte, disant à la fillette de rester immobile. De ne pas bouger jusqu'à ce qu'il le dise.

Se positionnant juste à l'extérieur de l'entrée de l'escalier, Rovo attendit. Quand le premier garde sortit en courant, Rovo lui tira dans le dos. L'envoya s'étaler sur le béton. Le deuxième garde et la femme ne suivirent pas leur ami dehors.

— Maintenant, vous avez rendu les choses beaucoup plus difficiles, appela la femme depuis la cage d'escalier. J'aurais pu essayer de plaider pour votre vie. Plus maintenant.

— Je pense que j'aurais perdu ce plaidoyer de toute façon, répliqua Rovo. Je n'ai plus d'endroit où courir, mais vous allez devoir venir me chercher.

— Ne vous inquiétez pas, nous le ferons.

Mais ils ne se précipitèrent pas vers la porte. Au lieu de cela, Rovo entendit le gémissement caractéristique que, grâce à cette planète, il détesterait à jamais. Moteurs de faible puissance, aéroglisseurs flottant au-dessus. Rovo n'avait pas besoin de se retourner pour savoir que Helix les avait chargés de soldats, et qu'il était à court de temps.

31

CHOIX DÉSESPÉRÉS

Aurora devait l'admettre, c'était agréable d'avoir des otages. D'habitude, l'Escouade Sever se trouvait du mauvais côté des armes. Coincés, en infériorité numérique et laissés pour compte. Forcés de se frayer un chemin avec leur propre talent et leur chance. Mais cette fois, Aurora, les armes à la main, surveillait quatre gardes Helix, Kashmal et Anaskya pendant que Sai vacillait sur le côté, haletant et peinant à maintenir son katana hors du sol. Il avait eu une sorte de résurgence de la maladie ; Sai s'était battu avec acharnement pendant le combat pour finalement commencer à s'effondrer vers la fin, ses coups devenant imprécis et ses pas se transformant en trébuchements.

Aurora ne pouvait s'empêcher de remarquer qu'Anaskya ne quittait jamais Sai des yeux, même après qu'Aurora ait mentionné l'arrivée imminente de la navette d'Eponi et le fait que l'Escouade Sever allait retourner sur Dynas en les laissant pourrir seuls ici.

— Il régresse, dit Anaskya pour la troisième fois. C'est vraiment malheureux.

— Vous n'arrêtez pas de le répéter, dit Aurora.

— Parce que c'est tout ce que je ne voulais pas, répondit Anaskya. Et elle avait l'air vraiment abattue, ses yeux presque remplis de larmes. Je pensais qu'il était celui qu'on cherchait. Que nous avions enfin trouvé à la fois le spécimen et une structure moléculaire qui pouvaient convenir.

— Nous avons rencontré un des vôtres il n'y a pas long-temps, dit Aurora. Il se faisait appeler Felix. Il a envahi tout un avant-poste.

Anaskya secoua la tête tandis que les gardes Helix fixaient le sol et que Kashmal, étonnamment, restait silen-cieux et l'observait.

— Il sera bientôt mort, s'il ne l'est pas déjà, répondit Anaskya. Sa version était plus destructrice, agissait plus rapidement et était plus puissante. Elle renforçait son hôte pour finalement le détruire quand celui-ci ne pouvait plus nourrir le virus. C'était une idée, une solution à court terme. Des équipes de choc qui soumettraient la cible avant de succomber elles-mêmes. Mais nos investisseurs n'y ont pas trouvé leur compte.

— Tu m'en diras tant, répliqua Aurora. Puis elle regarda Sai et fronça les sourcils. Alors, quel est le remède ?

— Le remède ? dit Anaskya. Puis elle rit, un rire sans cœur. On ne nous a pas payés pour développer un remède. Le changement est permanent.

— Vous feriez mieux d'espérer que ce ne soit pas le cas, parce que nous l'avons tous attrapé maintenant. Vous avez vu ce que nous avons fait à votre cargaison, dit Aurora. À ces mots, tous les gardes devinrent verts et Kashmal eut l'air sur le point de vomir. Anaskya se contenta de rire à nouveau.

— Alors vous nous avez tous tués, répondit Anaskya. Félicitations. Vous avez empêché notre fuite et vous vous êtes condamnés par la même occasion. Quel succès. Quelle brillante stratégie de la part de vos esprits mercenaires.

Il fallait admettre qu'Aurora et Sai n'avaient pas envisagé l'absence de remède. Qu'Anaskya s'engageait dans une voie sans retour. Quand ils avaient libéré la maladie dans la navette, l'idée était de s'échapper de la salle de cargaison, de provoquer la panique et d'utiliser cette panique pour prendre le dessus sur l'ennemi. Cela avait fonctionné, mais peut-être à un coût plus élevé. En regardant Sai, Aurora n'était pas particulièrement enthousiasmée par ce qui l'attendait. Elle sentait déjà les démangeaisons dans ses poumons, le virus qui se développait.

— Donc vous pensez qu'on va tous suivre son chemin ? dit Kashmal en pointant Sai du doigt. Vous pensez qu'on va tous mourir maintenant, suivre sa trajectoire ? Suer comme lui, tomber aussi malade ? Et puis on s'effondre, c'est ça ?

— Ça semble probable, dit Anaskya. L'aérosol n'a pas été largement testé. Il y a une chance qu'il ne fonctionne pas, une chance qu'il n'atteigne pas le seuil critique pour vous transformer comme ce qui lui arrive. Nous utilisions des injections à la surface.

— Quelle chance ?

— Une mince.

Le plan, expliqua Anaskya, pendant qu'Aurora faisait les cent pas et réfléchissait à toute vitesse, était que les acheteurs puissent utiliser la version en aérosol pour simplement asperger une armée. Les infecter tous d'un coup, et dans certains cas sans même leur dire que le processus était en cours. Simple et efficace, et beaucoup moins traumatisant que des injections de masse.

On pensait aussi que la version inhalée pourrait être moins difficile à supporter que l'injection plus forte. Qu'elle serait plus facile pour le corps, moins éprouvante tout en aboutissant au super soldat que tout le monde voulait.

— Un super soldat pour un jour, vous voulez dire, dit Aurora. Puis plus rien du tout.

Elle retourna dans le cockpit, laissant Sai en charge des otages, bien qu'en vérité aucun d'entre eux ne semblait avoir l'intention de bouger. De se rebeller. Qu'y gagneraient-ils ? Le compte à rebours était enclenché et continuerait quoi qu'il arrive, peu importe où irait le vaisseau, peu importe qui le piloterait.

Le radar indiquait qu'Eponi se rapprochait, Aurora rouvrit la communication avec elle.

— Mauvaise nouvelle, dit Aurora. Je ne pense pas que tu veuilles t'arrimer à nous finalement.

La communication grésilla un moment tandis qu'Eponi respirait dans le micro, apparemment en train de digérer les paroles d'Aurora, ce qui n'était pas surprenant. Quand votre commandant vous avait positionnée pour une tentative de sauvetage et qu'ensuite, après que vous ayez fait tout le travail pour aligner deux vaisseaux en orbite active, elle vous disait qu'une telle tentative était inutile, Eponi avait parfaitement le droit de se demander si sa commandante n'avait pas perdu la tête.

— Crois-moi, Eponi, dit Aurora. Nous avons répandu le virus dans toute la navette. Tout le monde à bord est infecté, et il pourrait passer par le sas pour entrer dans ton vaisseau. Anaskya dit qu'il n'y a pas de remède.

— Qui est Anaskya ? répondit Eponi.

— Celle qui est derrière tout ça. La scientifique folle au cœur de l'expérience. Celle que je vais personnellement abattre entre les deux yeux avant que ce virus ne m'emporte.

— Quoi ? Tu vas mourir ?

Aurora regardait par les fenêtres du cockpit, fixant la masse noire tournoyante de Dynas dans le ciel. La mort n'avait jamais été bien loin de sa vie depuis longtemps maintenant, suivant toujours ses pas et lui chuchotant à l'oreille à chaque mission. Aurora aurait dû mourir une douzaine de fois déjà, maintenue en vie uniquement par le hasard, des préparations sans fin et les compétences de ses coéquipiers. Maintenant, elle semblait avoir dépassé tout cela. S'être préparée pour la dernière danse.

— J'ai dit qu'il n'y avait pas de remède, dit Aurora. Aucun que nous connaissions. Nous pourrions vivre quelques jours, puis nous brûlerons. Exactement comme Sai en ce moment.

Eponi ne dit rien. Que pouvait-elle dire ?

— Alors ce que je veux que tu fasses, c'est descendre à la surface, poursuivit Aurora. Trouve Gregor et Rovo. Sortez de ce système. Et Eponi, DefenseCorp était au courant. Du moins certains d'entre eux. Donc je ne te conseille pas non plus de retourner vers eux. Prends ce que tu peux, vends l'armure et fuis.

Encore du silence, puis un soupir sinistre.

— Aurora, ma navette ne peut pas quitter le système. Elle n'a qu'une portée limitée. Même si je voulais t'abandonner, je ne pourrais pas.

— Tu ne veux pas en détourner une autre ?

— Toute seule ? Je ne suis pas une combattante comme Gregor. Comme toi.

— Eponi, tu es tout autant une combattante que moi. Tu ne serais pas dans l'Escouade Sever si ce n'était pas le cas.

Le silence retomba. Aurora continuait de regarder ces étoiles. Elle jeta un coup d'œil vers le couloir, vers les bruits d'une dispute grandissante à l'arrière. La voix de Kashmal ne cessait de monter. Peut-être ressentait-il les effets du virus maintenant. Réalisant qu'il ne toucherait pas son gros salaire. Son grand projet, un échec total.

— Je ne descends pas, dit Eponi. Je ne le ferai pas.

— Pardon ?

— Tu es une combattante, tu dis que je suis une combattante, continua Eponi. Alors battons-nous. Je suis sur le point d'amarrer avec vous, et nous allons trouver un moyen de vaincre cette chose. Ensemble, ou pas du tout.

— Ce n'est pas une armée à laquelle nous sommes confrontés, dit Aurora, forçant le ton dans sa voix. Cette attitude de commandant qu'elle devait adopter chaque fois que quelqu'un de son escouade, toujours obstinée, décidait d'aller à l'encontre des ordres. Nous ne vaincrons pas celle-ci avec une puissance de feu supérieure. Suis les ordres, Eponi. Retourne à la surface et laisse-nous tranquilles.

— Et que vas-tu faire si je désobéis ?

Aurora n'avait pas de réponse à cela. Elle pouvait, cependant, prendre le vaisseau d'Anaskya et l'éloigner de celui d'Eponi. Le pousser dans une plongée folle qui rendrait l'amarrage impossible. Aurora jeta un coup d'œil aux manches de pilotage, aux commandes du cockpit. Un labyrinthe de boutons, couplé à des écrans qui faisaient référence à des coordonnées mathématiques qu'Aurora comprenait à peine. Mais si elle continuait à appuyer sur des boutons, peut-être qu'elle pourrait trouver quelque chose qui fonctionnerait. Quelque chose qui sauverait la vie d'Eponi.

La commandante de Sever commença à appuyer au hasard sur les boutons. Frappant les écrans et les touches comme une créature qui avait perdu la raison. C'était stupide, c'était incroyable. Toute cette frustration se déversait sur un panneau de contrôle qui ne le méritait pas mais qui devait l'encaisser malgré tout.

Comment une vie menée avec tant de vigueur, avec un entraînement si intensif, pouvait-elle en arriver là ? En arriver à une maladie contre laquelle Aurora n'avait aucun moyen de se défendre ? Ce n'était pas juste, ce n'était pas correct.

Alors qu'elle martelait le panneau de contrôle, alors qu'Aurora appuyait sur un interrupteur clignotant après l'autre, elle sentit le vaisseau trembler et s'ébranler. À un moment donné, Aurora saisit un manche de pilotage et essaya de tourner, mais rien ne changea. Apparemment, elle avait éteint les moteurs, laissant le vaisseau à la dérive. Aurora essaya de comprendre comment les rallumer, mais, stupidement, il n'y avait pas d'instructions pour les néophytes comme elle.

Quelque chose avait changé. Un sifflement avait commencé dans toute la navette, une brise. Et une alarme douce se mit à retentir dans le cockpit, bien qu'Aurora ne puisse pas déterminer exactement ce que l'alarme essayait de lui dire.

Comment quiconque apprenait-il à piloter l'un de ces engins ?

— Aurora ? La voix venait de derrière elle, calme et amusée. Anaskya. Tout va bien ?

Quand Aurora se retourna, elle avait un pistolet à la main, prête à abattre le docteur.

— Où est Sai ?

— Dans la zone passagers avec les autres. Il survit, malgré vos meilleurs efforts.

Aurora secoua la tête, fit un geste vers le panneau de contrôle.

— J'essaie de nous tuer avant que le virus ne le fasse.

— Vous pourriez bien y parvenir, dit Anaskya en écartant les mains, montrant qu'elle ne cachait rien dans la combinaison de sport qu'elle portait. Mais il semble que vous ayez peut-être trouvé une piste à explorer.

— Que voulez-vous dire ?

— Vous avez vidé le vide de la soute. Anaskya laissa échapper un triste sourire. Tous les échantillons de virus que je prévoyais de livrer flottent maintenant au-dessus d'une planète que je déteste.

— Bien.

— Cependant, vous avez également exposé cette même chambre à un froid extrême. Anaskya porta une main à son menton. Je n'en suis pas certaine, car nous n'avons jamais pu tester ces conditions sur Dynas même, mais le virus pourrait ne pas survivre dans de telles situations.

— Ne pas survivre ? Je pensais que le but était de faire en sorte que les soldats résistent aux environnements extrêmes ?

— Mais le vide ? Anaskya secoua la tête. Non. La pression négative et le froid sont trop importants. Cela tuerait n'importe qui, mais cela tuerait aussi le virus. La maladie est une chose effrénée et dévastatrice, comme nous l'avons vu. Arrêtez cette destruction avec le froid extrême, et elle pourrait ne jamais reprendre.

— Je ne- Aurora s'arrêta alors que le vaisseau trembla à nouveau, une secousse plus longue et plus profonde que les précédentes. Un rapide coup d'œil au radar confirma pourquoi : Eponi s'était amarrée. On dirait que ses tentatives pour dissuader la pilote de kart avaient échoué. Une de plus dans la série de déceptions qu'Aurora avait liées à cette mission. Donc, vous dites que nous pourrions nous libérer en nous congelant ?

— Oui. Pour guérir le virus, tout ce que nous avons à faire, c'est nous jeter dans l'espace.

32

UN REMÈDE GLACIAL

Sai avait déjà été malade auparavant, il avait ressenti la progression périlleuse des fièvres, des frissons et d'autres maladies intergalactiques qui consumaient son corps. La plupart avaient des traitements prescrits et, malgré ses défauts, DefenseCorp investissait dans la guérison de ses soldats pour les renvoyer sur le terrain le plus rapidement possible. Ainsi, bien que Sai ait déjà été affaibli, il n'avait jamais été complètement mis hors jeu.

Cette fois, c'était tout à fait différent. Alors qu'un autre virus aurait pu sembler être un envahisseur, celui-ci envahissait ses systèmes et les faisait siens. Sai n'avait pas l'impression d'être attaqué, mais plutôt d'avoir été transformé. Le virus l'avait changé, d'un humain, père et expert en démolition surfant sur les étoiles pour une compagnie de mercenaires, en... quoi, exactement ? Quelqu'un souffrant d'hallucinations, quelqu'un qui vacillait de droite à gauche et cherchait la poignée de son épée comme seul lien avec la réalité ?

Oui, c'était ça.

Mais aussi quelqu'un avec des larmes flottant dans ses

yeux, une bouche sèche et un râle permanent dans les poumons. Cependant, les muscles de ses bras et de ses jambes semblaient plus durs, plus forts. Le sang de Sai coulait chaud dans ses veines, exauçant le souhait d'Anaskya d'un être résistant à l'hiver.

Le bon et le mauvais se mélangeaient et s'entremêlaient avec un abandon délétère.

— Tu portes une épée, dit Kashmal, le VIP qu'ils étaient venus secourir et qui était maintenant assis sous la surveillance floue de Sai. L'homme s'adossa à un siège de crash, à côté de deux des gardes qui avaient survécu à la prise rapide du vaisseau par Sai et Aurora. Tu le sais, n'est-ce pas ?

— C'est la mienne, dit Sai, forçant sa tête à se lever pour rencontrer le regard de niveau de Kashmal.

Le VIP semblait déjà rougir, le virus progressant rapidement dans son système. Ce n'était pas surprenant, étant donné l'apparence flasque et fragile de l'homme. Comme s'il avait bu un peu trop pendant un peu trop longtemps. Les gardes à côté de lui, bien que transpirants, ne semblaient pas encore succomber à la maladie.

— J'avais compris, dit Kashmal, puis il essaya de rire. Ce que j'essaie de comprendre, c'est pourquoi ? DefenseCorp en distribue maintenant ?

— De ma famille, dit Sai, puis il se demanda pourquoi il se donnait la peine de dire quoi que ce soit à cet homme.

— Tu penses qu'ils la récupéreront ? dit Kashmal. Après qu'on soit tous morts ici ? Un récupérateur va trouver l'épée quand ils découvriront ce vaisseau et se dire : « Oh, c'est à ce type, je ferais mieux de la ramener là où tu appelles chez toi » ?

Sai cligna des yeux vers Kashmal. Non, il n'y avait pas de bon moyen pour que le katana retourne à sa femme, ses enfants, et bien que cette pensée agaçât un peu Sai, ce n'était pas une préoccupation brûlante. Il n'avait pas appris à sa fille, à son fils à utiliser l'arme, ni à sa femme. Ils étaient destinés à des choses différentes, ils les faisaient probablement déjà.

Sai ne parvenait jamais à bien comprendre la dilatation du temps. Voyager si longtemps à la vitesse de la lumière et au-delà signifiait simplement ne pas vieillir, tandis que la masse gravitationnelle du monde de ses enfants...

Peu importait. S'il les revoyait un jour, Sai les aimerait tels qu'ils seraient, et il espérait qu'ils le traiteraient de la même manière.

— Tu ne peux pas te taire ? dit l'un des gardes. J'ai déjà mal à la tête et tu l'aggraves.

— Parler est mon mécanisme de défense, répondit Kashmal.

— Te frapper pourrait être le mien, dit le garde. On va voir.

Sai souleva légèrement le katana, essayant de ne pas montrer à quel point ce petit mouvement fatiguait son poignet. Pas les muscles, mais son esprit. Envoyer un mouvement le long de ses nerfs semblait comme essayer de nager dans du ciment mouillé ; faisable, difficile et salissant.

Le vaisseau sembla réagir à la lame levée de Sai, tremblant comme si quelque chose de plus gros l'avait frappé. Sai ne se retourna que lorsque ses otages commencèrent à regarder autour de lui, vers l'écoutille située sur le côté de la zone passagers.

Une porte circulaire là-bas avait été entourée de fines lumières rouges, indiquant sans équivoque que cette porte était fermée pour une raison. À savoir, que l'ouvrir une fois le vaisseau en route signifiait le genre de fin rapide et brutale qu'on préférerait éviter.

Maintenant, ces lumières étaient passées au jaune, et au-delà de la petite fenêtre dans l'écoutille — Sai ne pouvait pas dire si la fenêtre était vraiment ça, ou un écran lié à une caméra extérieure, cette dernière étant moins risquée et le modèle préféré sur les nouveaux vaisseaux, mais pourquoi s'en préoccupait-il ? Cette maudite fièvre l'emmenait sur une autre tangente.

De quoi s'inquiétait-il ?

Ah. Les lumières jaunes. Elles étaient maintenant vertes. Quelque chose s'était passé. Un amarrage. C'est ce que cela signifiait. Un sas avait été attaché. Ce qui signifiait qu'un autre vaisseau avait attendu au-dessus de Dynas.

Les amis d'Anaskya ?

Sai changea sa prise, mit ses deux mains sur le katana et le leva, face à la porte. Il prit une profonde inspiration après l'autre, voulant que ses muscles se tendent, qu'ils soient prêts à bondir. Tout le monde sous-estimait toujours la vitesse de l'épée dans cet univers de pistolets et de lasers. Sai aurait sa demi-seconde pour lancer l'attaque et il l'utiliserait.

Jusqu'à ce qu'un visage apparaisse que Sai ne s'attendait pas à voir : des yeux curieux, des cheveux attachés avec des bandes de fortune, puis une main agitée à travers l'écran.

— Eponi ? dit Sai. La fièvre avait-elle produit une autre hallucination ? Celle-ci semblait si réelle. Ce n'est pas toi.

— C'est définitivement quelqu'un, dit Kashmal derrière lui.

— Sai ! La voix d'Eponi passa par le haut-parleur de l'écoutille, métallique mais sonnant autrement comme elle. Je suis là pour te secourir !

Comment Eponi s'était retrouvée dans l'espace au-dessus de Dynas, Sai n'en savait rien. Il ne s'en souciait pas vraiment non plus — voir simplement un autre visage amical aidait à apaiser la fatalité qui s'approchait. Sai, cependant, ne fit aucun geste pour ouvrir la porte. Si Eponi n'était pas infectée, l'exposer à l'air du vaisseau serait un meurtre.

— N'ouvrez pas, dit Aurora en revenant du cockpit vers les quartiers des passagers, ses yeux dans cet état vitreux pré-infection, mais ayant pour le reste l'air de la commandante confiante qu'elle avait toujours été. Eponi va nous aider, mais pas encore. Pas avant qu'on ait nettoyé cet endroit.

— Nettoyer cet endroit ? Kashmal éclata de rire. Comment comptes-tu faire ça ? On n'est pas une équipe de décontamination.

Aurora se retourna et désigna la personne qui la suivait, une autre otage et la source de la rage qui couvait en Sai : Anaskya. Elle arborait encore un de ces maudits petits sourires qui disait qu'elle en savait plus que vous, qu'elle était meilleure que vous, et que vous aviez le privilège de partager l'espace avec son intelligence.

— On va passer l'aspirateur dans le vaisseau. Anaskya croisa les bras et laissa son sourire s'élargir tandis que ses mots faisaient leur effet.

Être hautaine après une telle phrase semblait approprié, car Sai avait du mal à croire ce qu'il venait d'entendre. Passer l'aspirateur dans un vaisseau signifiait l'exposer à l'espace, laisser tout l'air être aspiré, ainsi que tout ce qui n'était pas cloué au sol. Sai avait entendu cette expression utilisée lors d'attaques — comme dans "percer un trou dans la coque et passer l'aspirateur dans le vaisseau" — jamais dans une conversation décontractée comme une méthode.

Une stratégie.

— Tu es folle, dit Kashmal, pour une fois exprimant ce que le reste de la pièce pensait. On mourrait tous ?

— Pas tout à fait, dit Anaskya. Mais avant que vous ne fassiez des bonds ridicules vers la panique, laissez-moi expliquer.

— Elle est douée pour ça, ajouta Aurora. J'étais sur le point de lui tirer dessus, mais elle m'a convaincue. Pour l'instant.

— Merci ? Anaskya haussa un sourcil. Maintenant, voici ce que nous pouvons faire. À cause des actions de ces deux-là, je pense que nous sommes tous infectés. J'ai conçu le virus pour permettre une dispersion contrôlée, soit par injection, soit, avec moins de succès, par prolifération aérienne.

— Cependant, nous ne l'avons pas conçu pour se propager de manière incontrôlée. Nos investisseurs ne voulaient pas créer une peste, mais une méthode appliquée pour améliorer leurs employés. Ainsi, vous et moi étant dans la même pièce ne pose aucun risque. Ce n'est que si du virus frais est libéré dans l'air que nous pouvons l'attraper.

Des haussements d'épaules et des regards vides abondaient. Sai inclus.

— Viens-en au fait, dit Aurora.

— Bien. Je préfère toujours comprendre le raisonnement derrière les actions de quelqu'un, mais si vous préférez uniquement l'objectif, Anaskya soupira, comme Sai le ferait avant de donner une leçon évidente à ses enfants. Si nous tuons le virus flottant dans l'air autour du vaisseau, il n'y aura aucun danger pour les autres. Si nous le tuons dans nos propres corps, alors nous survivons.

— Mais le vide nous tuera, dit Kashmal. Je pensais que tu le saurais.

— Pour nous, nous avons juste besoin du froid, dit Anaskya. En nous refroidissant suffisamment, le virus devrait mourir. Le corps, ainsi congelé, peut être ramené avec des dommages minimes si nous le faisons assez rapidement.

Nettoyer tout le vaisseau par le vide, puis congeler et décongeler chacun d'entre eux à tour de rôle ? Tout ce plan semblait ridicule. Dangereux et potentiellement mortel.

Sai lâcha le katana et il heurta le sol dans un fracas métallique. Il regarda sa main droite, tellement couverte de sueur qu'elle ne pouvait plus rien tenir. Son mal de tête s'était intensifié, une douleur pulsante qui brouillait sa vision à chaque battement.

Il ne pouvait pas faire le difficile. Ne pouvait pas être compliqué. Il avait besoin d'un remède, et il en avait besoin maintenant.

— Je marche, dit Sai. Quand pouvons-nous commencer ?

— Je ne vois pas de meilleur moment que maintenant ? dit Anaskya. D'abord, nous stérilisons le vaisseau. Et ensuite, nous gelons.

Kashmal, enfin, n'avait rien à dire.

33

CHOC ET STUPEUR

Les équations de menace avaient tendance à impliquer des enjeux. Peser les avantages potentiels par rapport aux inconvénients de se jeter contre les ennemis qui se présentaient à vous. Gregor, sur un esquif avec trois ennemis potentiels, dont deux portaient une armure DefenseCorp comme la sienne, calculait ainsi la menace de les forcer à sauver son camarade de l'Escouade Sever :

Avantage : sauver Rovo.

Préjudice de la part de Lani, Wicks et Sayers ? Aucun.

Non pas qu'ils ne puissent pas blesser Gregor, non pas que Lani ne puisse pas tirer un coup potentiellement mortel à travers une fissure de l'armure de Gregor et abattre le gros une bonne fois pour toutes. Non, Gregor ne considérait tout simplement pas cela comme un *préjudice*. Du moins, pas comparé à la loyauté.

On ne tournait jamais le dos à son escouade. Quoi qu'il arrive.

— Je crois que tu passes à côté de l'essentiel, dit Lani

tandis que Sayers faisait filer l'esquif vers la ville. Tu ne nous commandes pas, et ton marteau ne va pas t'aider.

— Il m'a beaucoup aidé par le passé, répliqua Gregor.

— Qu'est-ce que tu vas faire ? Lani leva son fusil, l'inspecta sans inquiétude apparente. Nous fracasser ? Admettons que tu réussisses, sais-tu au moins piloter un esquif ?

— Je me débrouillerais.

Lani rit alors qu'un brouillard jaune balayait son visage. Tous leurs visages. L'esquif traversait les épais brouillards, la crasse s'infiltrant à nouveau dans les moindres recoins de l'armure. Sayers, dans la cabine de l'esquif, avait posté Wicks près du pare-brise, l'essuyant constamment.

Hormis les gémissements du moteur de l'esquif et leurs voix, Dynas restait silencieuse. Gregor trouvait que c'était l'une des choses les plus étranges de la planète : le bruit n'avait pas sa place ici. Même dans la ville, le seul son constant provenait des éclaboussures. Pas d'industrie brûlante, pas de vent soufflant fort ni de cris d'animaux indigènes.

Le silence était tel qu'on pouvait entendre ses propres dents claquer tandis que Lani continuait d'expliquer à quel point Gregor était piégé : — Parce que, tu le vois sans doute maintenant, DefenseCorp et tant d'autres ont trop investi ici pour laisser une petite requête VIP se mettre en travers de leur chemin. Et ils vont nous payer aussi. Du liquide que tu pourrais peut-être récupérer, si tu décides de nous rejoindre.

— Je ne trahis pas.

— C'est un mot fort, dit Lani. Ton ami est probablement déjà mort. Tout comme le reste de ton escouade. Toi, par contre, tu nous as trouvés, et je suis en mesure de te protéger. On pourrait utiliser tes muscles, honnêtement, parce que ça pourrait vite tourner au pillage si Helix continue à tout gâcher.

Pourquoi tout le monde pensait-il que Gregor pouvait être acheté ? Parce qu'il portait un marteau et ressemblait tellement aux durs à cuire des films d'action stéréotypés ? Ceux qu'on pouvait renvoyer d'un coup de poing, d'un coup de pied ou d'un regard à peine appuyé du héros de l'histoire ?

— On va à la station de tram, dit Gregor. C'est tout.

Lani haussa les épaules, ne donna aucun ordre de ce genre à Sayers. Gregor laissa l'esquif bourdonner encore quelques minutes, observant le brouillard et attendant que Lani retrouve ses esprits. Qu'elle réalise qu'un soldat de DefenseCorp valait plus qu'une mission qui avait si manifestement déjà échoué.

Qu'allaient-ils sauver ? Un virus qui massacrait ses hôtes ? DefenseCorp ne pouvait pas être intéressé par quelque chose qui transformerait ses soldats en sosies de Felix. Des fous viraux en train de fondre.

La ville noire surgit instantanément du brouillard. Un instant auparavant, l'esquif n'avait pas franchi son filet de nano-particules, et tout n'était que brume jaune, et l'instant d'après se dressait une métropole détrempée, avec des cieux bourdonnant d'esquifs et des rues grouillant de navetteurs du soir rentrant chez eux.

Et juste là, juste après le mur d'enceinte de la ville qui retenait les eaux marécageuses de Dynas, se trouvait la station de tram. Une masse grise et moisie entre les blocs résidentiels. Et dessus, Gregor pouvait voir plusieurs silhouettes, vit un éclair laser.

— Il est encore en vie, grogna Gregor à Lani, tous deux à la proue de l'esquif. Descendons là-bas, maintenant.

— Qu'est-ce qui dans les dernières minutes t'a fait penser que j'avais changé d'avis ?

Gregor lui jeta un coup d'œil. La bonne humeur de Lani face au massacre réussi de Felix s'était transformée en un visage fermé. Son bluff sur la mort de Rovo avait été déjoué par les circonstances, et maintenant elle avait un choix à faire.

— Tu abandonnes les tiens, dit Gregor.

— Je les sauve, répondit Lani. Sayers et Wicks, c'est mon équipe. Pas toi. Pas ton escouade. Si on y va, Helix va nous retirer notre licence. On se fera tuer quand tu partiras.

— Alors viens avec nous.

— Ça tue notre mission.

— Dès qu'on sera dans l'espace, mon commandant va dire à DefenseCorp de réduire cet endroit en cendres, dit Gregor. Vous n'aurez plus de mission.

L'esquif glissait au-dessus du mur. Soit il descendait maintenant, vers ces silhouettes qui couraient sur le toit, soit...

Lani secouait la tête : — DefenseCorp ne le fera pas. Ils admettraient leur propre rôle. Et tu ne sais même pas si ton commandant est-

Gregor se retourna, souleva et abattit son marteau chargé sur la proue de l'esquif. Le coup tordit et fendit le métal, faisant immédiatement plonger l'engin. Les bottes de Gregor s'enclenchèrent, le verrouillant à la surface inclinée. Lani et Wicks se sauvèrent de la même manière, et Sayers s'écrasa contre le pare-brise robuste de l'esquif tandis que l'engin piquait du nez.

Lani jura, hurla et se cramponna tandis que l'esquif descendait. Gregor ne pouvait pas voir ce que faisait Wicks. Il s'en fichait d'ailleurs. Il plia les jambes, s'accroupit et attendit le bon moment.

La station de tram s'élevait rapidement devant eux, offrant une meilleure vue des acteurs qui couraient sur son toit. L'un d'eux, Rovo, tira un coup bien placé qui abattit une autre silhouette émergeant de la porte du toit. Une femme se précipita ensuite, visant Rovo avec son arme.

Et trois autres escaladaient le toit du côté opposé, près de l'endroit où quelqu'un d'autre, quelqu'un de petit, semblait être assis.

Rovo ne vit pas ceux qui arrivaient derrière lui. Il se concentrait sur la femme, semblant lui dire quelque chose. Une seconde de plus et il recevrait un tir dans le dos.

— Bonne chance ! cria Gregor à Lani, avant de sauter.

Son saut amplifié donna à Gregor l'impression, l'espace d'un instant, d'être un super-héros. Flottant dans les airs, bien au-dessus de son point d'atterrissage, son marteau au-dessus de la tête comme un guerrier viking d'il y a des millénaires, d'une planète que Gregor n'avait jamais vue et ne verrait probablement jamais.

Le trio qui grimpait sur le toit, tous des gardes Helix dans cet uniforme noir qu'ils portaient si bien, remarqua l'aéroglisseur. Il devait être difficile à manquer, descendant du ciel avec sa proue fumante et enflammée tandis que ses batteries électriques fondaient. Sayers semblait essayer de maintenir l'engin en l'air, ralentissant sa chute avec les quelques réacteurs qu'il parvenait encore à faire fonctionner.

Tout ce bruit et ce désastre rendaient difficile de voir Gregor qui tombait, du moins jusqu'à ce qu'il s'écrase sur le garde du milieu, l'enfonçant dans le toit, tandis que son marteau s'abattait sur le premier et l'envoyait voler, en piteux état.

L'armure de Gregor absorba le choc de l'atterrissage, convertissant l'énergie cinétique qui aurait dû lui broyer les genoux et lui briser la colonne vertébrale en puissance. Gregor pivota vers le troisième garde, qui semblait encore sonné par la catastrophe qui venait de tomber du ciel.

La mauvaise journée du garde continua quand Gregor le fit tomber du toit d'un coup latéral.

— Gregor ! cria Rovo de l'autre côté, où il semblait être pris dans un échange de tirs avec la femme et un autre garde qui émergeait. Attrape la fille !

La fille ? Les instincts de Gregor assemblèrent les pièces plus vite que son esprit, le faisant se tourner vers la petite silhouette qui serrait quelque chose près du coin de la station de tram.

Que diable faisait une fille ici ?

Gregor rangea son marteau et sauta, utilisant cette puissance amplifiée et cinétique pour se propulser le long du toit alors que l'aéroglisseur s'y écrasait, une explosion ondulante se déclenchant dans son sillage. Les yeux déjà grands ouverts de la fille s'écarquillèrent encore plus lorsque Gregor vola vers elle, la saisit dans ses bras et la serra contre lui alors qu'ils tombaient du côté du bâtiment.

La rotation dans les airs n'était pas facile, mais Gregor avait fait suffisamment de sauts avec Sever et d'autres missions de DefenseCorp pour se projeter en avant, enveloppant la fille dans une coquille protectrice d'armure assistée alors qu'ils s'écrasaient dans la rue humide en contrebas, des débris enflammés les suivant.

34

SORTIE SPATIALE

Elle laissa le sas aux contaminés. Eponi attira leur attention puis retourna dans sa navette, scella les portes et observa.

Tout le plan semblait insensé. Exposer le vaisseau d'Anaskya au vide et espérer que cela puisse nettoyer l'appareil ? Puis congeler individuellement chacun d'entre eux pour faire de même ?

Eponi garda ses doutes pour elle-même tandis qu'elle regardait la demi-douzaine de membres s'engouffrer dans le sas, le tube gris élastique reliant sa petite navette au vaisseau plus grand. La membrane se gonflait là où les gens marchaient, sans doute trop nombreux pour que le passage puisse les contenir tous en même temps, mais en apesanteur, les limites de poids et le vent ne représentaient pas vraiment un risque.

— Nous sommes prêts, dit Aurora, sa voix passant par le cockpit de la navette. Ouvre-la, Eponi.

— Du moment que tu comprends que je ne suis pas responsable de ce qui va se passer ensuite.

— Si ça ne marche pas, on meurt, donc il n'y a pas grand-chose à perdre.

Eh bien. Eponi pourrait mourir si quelque chose tournait mal. C'était quelque chose à perdre. Mais elle garda le silence.

Avant de quitter le vaisseau d'Anaskya pour le sas, Eponi et Aurora avaient travaillé d'arrache-pied pour asservir les commandes du plus grand vaisseau afin qu'Eponi puisse le piloter à distance. Conçue davantage pour guider les vaisseaux dans des situations d'amarrage difficiles que pour se livrer à des expériences scientifiques drastiques, cette méthode permettait néanmoins à Eponi de voir toutes les diverses options dont disposait le vaisseau d'Anaskya.

Et il y en avait beaucoup. Anaskya s'était dotée d'un vaisseau performant, capable d'atteindre des vitesses supraluminiques pour de véritables voyages interstellaires. Des tourelles défensives rudimentaires nichées sous des plaques de blindage, dissimulées jusqu'à ce qu'elles soient nécessaires, étaient renforcées par une peinture réfléchissante extensive qui dévierait l'énergie d'un laser.

En bref, cet engin n'était pas destiné à rester dans la baie d'amarrage d'un monde comme Dynas. Il appartenait à la mêlée, plongeant dans les territoires contestés pour en ressortir victorieux.

Eponi ne put réprimer un peu d'excitation en parcourant les paramètres, le potentiel. Ce serait tellement amusant de piloter cet engin, et, si tout se passait bien, Eponi le ferait. Aurora ne l'avait pas dit explicitement, mais si Sever prévoyait d'accomplir la mission, le vaisseau d'Anaskya était le plus logique à prendre. Larguer leurs otages à la surface et filer dans la nuit étoilée.

— Eponi ? Tu es là ? reprit Aurora sur le canal. Il fait froid, et nous sommes toujours en train de mourir dans ce sas. Alors quand tu veux. Ce qui veut dire, maintenant.

— D'accord.

Exposer un vaisseau au vide signifiait désactiver tout bouclier magnétique, puis ouvrir un compartiment. Eponi devait faire cela avec précaution, elle devait préserver l'intégrité structurelle du vaisseau. Ouvrir brusquement tout l'engin d'un coup et les forces de succion partout pourraient briser les supports du vaisseau.

— Donc un à la fois, dit Eponi. La soute semble un point de départ logique, ne serait-ce que parce qu'elle a déjà été ouverte sans dommage majeur. Allons-y.

Eponi bascula plusieurs interrupteurs, ajustant la vue de son propre cockpit sur l'une des nombreuses caméras de coque de la navette — procédure standard pour qu'un pilote puisse voir ce qui se passait à l'extérieur — et orienta la vue pour montrer le vaisseau d'Anaskya, s'attardant là sur le côté avec l'énorme masse de Dynas derrière.

L'interrupteur suivant rouvrit la soute malgré les protestations de l'ordinateur. Eponi regarda les minuscules volets s'ouvrir sur la vitre de son cockpit, sans le moindre bruit. Rien ne flottait non plus, bien que la force dans cette baie dût être énorme.

— Nous pouvons l'entendre, dit Aurora. Ça rugit fort.

— Ça ne va faire que s'amplifier, répondit Eponi. Je vais sceller et ouvrir le reste du vaisseau un par un maintenant. Dis-moi si quelque chose se passe mal.

Les vaisseaux comme celui d'Anaskya étaient construits avec des arrêts partout. Des portes épaisses qui pouvaient isoler des sections entières pour empêcher exactement ce qu'Eponi avait l'intention de forcer : la décompression de tout le vaisseau. En cas de fuite, on pouvait espérer fermer une section et survivre jusqu'à l'arrivée des secours.

Eponi força cette fuite et, une par une, vida chaque pièce du vaisseau. Des débris flottaient hors de la soute au fur et à mesure, tout ce qui n'était pas cloué ou attaché se déplaçant et jaillissant. Aurora signala quelques gros bangs, sans doute des objets pas tout à fait capables de sortir de leurs pièces mais tentant néanmoins.

La danse se termina sans aucun mort, sans aucune explosion. Eponi retraça ses étapes de fermeture, scellant finalement la soute. Maintenant venait une autre astuce.

Le vide avait aspiré tout l'oxygène du vaisseau d'Anaskya. Personne ne pouvait y respirer, donc Eponi devrait transférer l'air de son propre engin. Ce qui signifiait qu'elle devait mettre un respirateur, s'équiper.

— Passage à la deuxième étape, dit Eponi. Tenez bon.

Les respirateurs étaient standard et quelque chose avec lequel Eponi avait beaucoup d'expérience. La plupart des pilotes de kart en avaient, plaquant des masques à oxygène sur leurs visages lors de courses plus intenses, où atteindre des forces g suffisamment élevées pour assommer les gens était une cause fréquente d'accident. Avec un peu de chance, Eponi ne serait pas impliquée dans de telles manœuvres ici, mais alors qu'elle glissait le masque sur son visage, sentant la première bouffée pure d'air, ce frisson excitant l'accompagna.

Elle devait retourner à la course. Et bientôt.

— J'inonde le sas maintenant, dit Eponi. Préparez-vous à ouvrir le passage de retour dans le vaisseau.

— Nous sommes prêts depuis longtemps.

Bien sûr qu'ils l'étaient. Aurora les avait probablement fait se tenir devant la porte, attendant son ordre dès la seconde où ils étaient entrés dans le sas. Une commandante si stricte.

Trop stricte, parfois, si Eponi devait être honnête.

Eponi bascula quelques interrupteurs sur la navette, ajustant ses pompes de recyclage pour rediriger cent pour cent de leur énergie vers le sas, plutôt que les dix habituels ou moins. Lentement, l'air de la navette s'écoulerait dans ce tube, et quand Aurora ouvrirait la porte vers le vaisseau d'Anaskya, la pression résultante aspirerait l'oxygène avec elle.

— Tu es contente qu'on ait accepté la mission ? demanda Eponi à Aurora, observant le pourcentage d'oxygène de la navette diminuer. Qu'on soit venues ici ?

— Pas du tout, répondit Aurora. Je vais demander une prime au commandant Deepak pour toutes les conneries qu'on a dû subir.

— Tu penses qu'on va l'avoir ?

— Ça dépend si j'arrive à me retenir de le frapper.

— S'il te plaît, retiens-toi.

— On verra.

Aurora n'ajouta rien et Eponi laissa la conversation mourir. Elle regarda le cadran descendre encore et encore. C'était étrange de tuer un vaisseau de cette façon. La petite navette n'avait rien fait de mal, elle avait même tout fait correctement. Et pourtant, elles allaient la laisser dériver ici, en orbite. Peut-être que des récupérateurs la sauveraient et la remettraient en service.

— Tu le mériterais, dit Eponi, puis elle tapota doucement la console.

Elle faisait la même chose avec ses karts après chaque course, comme si les machines pouvaient le sentir. Comme si elles pouvaient comprendre qu'Eponi tenait à elles, plus qu'à la plupart des gens dans sa vie.

— Vas-y, dit Eponi une fois que le cadran atteignit cinquante. La moitié de l'oxygène de la navette avait inondé le sas, plus que suffisant pour commencer les efforts de récupération d'Aurora.

La marche de retour à travers le vaisseau d'Anaskya se déroula, étonnamment, exactement comme prévu. Aurora ouvrit la porte du sas et tout leur groupe entra, mit leurs propres respirateurs par sécurité, et s'affaira à réinitialiser les systèmes du plus grand vaisseau. La seule inquiétude vint de Sai qui, une fois équipé de son respirateur, s'effondra sur le siège de crash.

Eponi avait presque oublié qu'ils étaient tous infectés, tous mourants.

— C'est le moment de passer, annonça Aurora quelques minutes plus tard, de retour dans son propre cockpit. Le sas est toujours indiqué comme sécurisé.

— J'arrive.

Comme si elle traversait une maison pour la dernière fois, Eponi, avec le respirateur et le réservoir d'oxygène accrochés dans son dos, parcourut la navette jusqu'à son propre sas. Elle tapa la combinaison, jeta un dernier regard au métal terne qui avait été sa maison ces dernières heures dans l'espace, et mit le pied dans la membrane élastique s'étendant sur le vide pur.

Sans gravité, avancer le long de la membrane ressemblait plus à flotter qu'à marcher. Rebondissant sur ses pieds et ses mains, Eponi se dirigea tout droit vers la porte scellée marquant le vaisseau d'Anaskya.

Presque arrivée.

— Continue d'avancer, dit Aurora. On t'attend tous.

Sa commandante pouvait-elle sentir la peur d'Eponi ? Probablement. Eponi sentait sa propre sueur s'accumuler partout, sentait sa respiration rapide alors qu'elle aspirait l'air du réservoir.

Mais elle y arriva. Ses mains touchèrent la porte du sas du vaisseau d'Anaskya et Eponi entra le même code qu'Aurora avait utilisé quelques instants plus tôt pour ouvrir la porte. Seulement cette fois, les chiffres s'affichèrent en rouge. Verrouillé.

— Ça ne s'ouvre pas, dit Eponi, forçant le calme dans sa voix. Aurora ?

— Je vérifie.

Eponi regarda autour d'elle. Tout était gris, oppressant. Elle ne pouvait pas voir les étoiles, ne pouvait pas voir Dynas. Une porte fermée devant elle, et, le long de la membrane, la porte de son ancienne navette. Rien d'autre. Pas d'odeurs. Rien à sentir. Le seul son était celui de ses poumons aspirant et expulsant l'air.

— Le vaisseau dit qu'il ne peut pas ouvrir le sas parce qu'il n'y a pas assez d'air dans la membrane, dit Aurora. On doit remettre de l'air dedans.

— J'attends.

La membrane, cependant, n'était pas coopérative. Un bruit étrange s'éleva de l'autre côté, vers la navette d'Eponi. Il lui fallut une seconde pour comprendre le gargouillement grondant, la frustration grinçante venant de son ancien vaisseau.

Les pièces. Elles fonctionnaient toujours, mais sans air, les choses se cassaient. Eponi aurait dû éteindre tout le vaisseau. Elle aurait dû, mais quand on est distraite, quand on ne prépare jamais les vaisseaux pour une stase orbitale, on ne pense pas à ce qu'on ne fait pas.

On ne se rappelle pas ce que les pompes feraient sans rien à pomper. Qu'elles forceraient et se casseraient et-

La membrane se secoua quand le vaisseau d'Anaskya

commença à envoyer de l'air dans sa direction et que l'ancienne navette d'Eponi capta le retour de l'oxygène. La pression envoya l'air hurlant à travers la membrane vers l'ancienne navette d'Eponi, allant à l'encontre de ces mêmes pompes forçant encore pour repousser un air inexistant. Cette force se rencontra à la connexion de la membrane, et la fit gonfler vers l'extérieur, comme un ballon grandissant lentement.

Et quand il éclaterait, Eponi serait très, très morte.

35

NOUVEAUX AMIS

Rovo imaginait le combat sur le toit se dérouler de nombreuses façons différentes, la plupart se terminant par lui se faisant griller alors que des forces Helix écrasantes approchaient. Kaia serait capturée, la valise volée. La mission échouerait.

Dans ces brefs moments où Rovo entrevoyait une possible réussite, comme après avoir surpris le premier garde arrivé sur le toit, ou quand il avait attiré la femme qui l'avait suivi tout ce temps à découvert et l'avait désarmée d'un mouvement rapide, Rovo pensait pouvoir arriver à une impasse. Négocier sa sortie et au moins survivre.

Jamais, pas une seule fois, il n'avait parié sur un aéroglisseur s'écrasant sur le toit comme un gigantesque couteau enflammé, tranchant et brûlant tout sur son passage.

Il ne s'attendait pas non plus à ce que Gregor, le fou au marteau, tombe du ciel et assène des coups mortels à un trio de gardes pour lui sauver la mise.

Mais il fallait réagir vite pour rester en vie, pour garder les autres en vie, alors quand Rovo vit l'aéroglisseur s'écraser, vit son propre chemin vers Kaia bloqué par une pluie de feu métallique, il poussa le cri. Il vit cette fraction de seconde où Gregor bondit vers la fille.

Puis la fumée, les éclats, et pire encore balayèrent tout. Rovo sentit une lourde vague le frapper, le plaquer au sol. Peut-être que l'aéroglisseur l'avait percuté avec un gros morceau de pont, ou son blindage ?

— Arrête de te débattre, dit quelqu'un, juste à côté de lui, et Rovo réalisa qu'on le repoussait alors qu'il essayait de se relever. Tu n'es pas blindé. Moi si.

Blindé ? Rovo ne voyait toujours pas grand-chose à cause de la fumée, ne pouvait pas bouger ses bras car ils étaient bloqués, alors il essaya de demander qui diable était sur lui.

Mauvaise idée.

Dès que Rovo ouvrit la bouche, des vapeurs, de la poussière et de la saleté s'y engouffrèrent, le faisant tousser et cracher directement sur ce que la fumée qui se dissipait révélait être une visière.

— Vous êtes tous aussi stupides ? dit la personne — une femme ? Ferme ta putain de bouche et peut-être qu'on sortira vivants de là.

C'était possible. Rovo savait qu'ils étaient près des escaliers menant à la station de tram, et d'une manière ou d'une autre, tout le toit ne s'était pas effondré, bien que l'aéroglisseur semblait s'être écrasé de façon à former un mur entre les deux moitiés.

Du côté de Rovo, il pouvait voir quelques corps — la femme qui le suivait avait disparu — et des débris, mais pas grand-chose d'autre. Aucune poursuite ne montait les murs maintenant, et à part quelques sirènes qui approchaient et le crépitement des petits feux électriques, Dynas semblait calme. Reprenant son souffle entre deux rafales.

— Tu peux te relever maintenant, dit Rovo. Qui que tu sois.

— J'essaie de comprendre comment faire ça, répondit la femme. Je crois que l'armure est endommagée. Je ne peux pas bouger les jambes.

— Alors roule.

Rovo aida, poussant l'armure — il reconnaissait maintenant la combinaison d'Aurora — pour se dégager. Dès qu'il eut de l'espace, Rovo se leva, puis tendit le bras et prit l'arme de l'étui de la femme en armure. Il la leva, regarda le canon fissuré, et la jeta au loin.

Il allait devoir utiliser sa voix effrayante.

— Qui diable es-tu et pourquoi portes-tu cette armure ? dit Rovo, debout au-dessus de la femme tout en scrutant les alentours à la recherche de renforts.

— Je m'appelle Lani, et ce n'est pas important pourquoi je porte l'armure, dit la femme. Ce qui l'est, c'est que tu me relèves avant qu'Helix ne décide que tu es peut-être encore en vie.

— Pas avant de savoir ce que tu fais dans la combinaison de ma capitaine, répliqua Rovo.

Lani frappa le toit de son poing blindé par frustration. Rovo ne pouvait pas vraiment voir son visage à travers la visière couverte de poussière, enduite du pollen jaune de Dynas. Peut-être étaient-ils sortis de la ville ?

— Ce n'est pas le moment ! dit Lani. Je travaille aussi pour DefenseCorp, espèce d'abruti, et je viens de te sauver la vie. Que veux-tu de plus ?

Beaucoup, vraiment. Rovo aimerait qu'on lui explique pas mal de choses sur cette mission foireuse, mais vu les circonstances, il supposa qu'il pouvait attendre.

Un coup d'œil aux jambes de Lani montrait quelques dégâts dus aux éclats, mais rien qui n'empêcherait totalement les jambes de bouger. Ce qui le ferait, en revanche, serait le mode de protection de l'armure. Il aspirait toute l'énergie dans les boucliers énergétiques et de diffusion de particules de l'armure dans une tentative de survivre à un cataclysme comme celui qui venait de se produire.

— D'accord, voilà ce que tu vas faire, dit Rovo, puis il se lança dans une série de commandes vocales que Lani dut répéter pour que l'armure se déverrouille.

Quand Lani eut fini, l'armure passa d'un bloc rigide à quelque chose comme une poupée de chiffon, pressant son poids sur les membres de Lani et les envoyant dans tous les sens alors que Lani se retrouvait capable de bouger.

— Tu aurais pu me prévenir, répliqua Lani.

— J'aurais pu, dit Rovo. Allons-y.

Bien qu'elle semblât un peu chancelante, Lani se releva sans trop d'effort. Rovo la vit jeter un long regard vers l'aéroglisseur écrasé, cherchant quelque chose, mais quoi que ce fût, soit elle ne le vit pas, soit elle abandonna, car elle vint en claquant vers Rovo une fois qu'il eut atteint les escaliers.

Pas que les escaliers allaient être d'une grande aide.

Le crash de l'aéroglisseur avait brisé la structure de la station de tram, fracassé les poutres et les supports et pire encore, et maintenant les escaliers menant à la station s'étaient effondrés. Là où il y avait eu des marches et des lumières, des décombres et des restes crépitants régnaient.

— Je suppose que c'était notre chemin de descente ? dit Lani.

— C'était mon chemin de montée, répondit Rovo. Maintenant, il nous faut une alternative.

La station de tram n'était pas isolée, mais étant donné sa fonction, les autres bâtiments n'étaient pas tout près. Pas de sauts de toit en toit possibles.

Pire encore, alors que Rovo et Lani regardaient autour

d'eux, les sirènes se faisaient plus fortes et s'accompagnaient d'un gémissement familier : d'autres aéroglisseurs, ce qui signifiait plus de soldats Helix.

— Le temps presse, dit Lani. Sors-moi de cette armure.

— Quoi ?

— Ils ne sauront pas qui nous sommes, dit Lani. Du moins pas moi. Je peux dire que nous étions échoués, essayer de nous en sortir en parlant.

— On ne laisse pas l'armure d'Aurora derrière. Elle me tuerait, dit Rovo, se demandant à quel point cette affirmation était vraie. Probablement assez proche. Et maintenant que j'y pense, où est mon armure ?

— Encore une fois, ce n'est pas le moment, dit Lani. Si nous ne pouvons pas descendre les escaliers, alors nous devons choisir un autre chemin.

— Comme ? Rovo fit un geste vers le côté. Je ne survivrai pas à un saut du toit.

— Non, nous passons par le milieu.

Le skiff qui s'était écrasé avait ouvert un trou dans la station de tram, puis l'avait immédiatement rempli de métal brisé, de batteries en feu, et pire encore. Pourtant, dans la liste des options pourries dont Rovo disposait, se frayer un chemin à travers les débris semblait être la moins mauvaise.

— D'accord, mais tu passes en premier, dit Rovo.

Lani ne discuta pas, et la femme utilisa l'armure d'Aurora pour déchirer un trou dans le côté fumant du skiff. Ils avancèrent lentement, testant chaque pas avant d'y mettre leur poids. À l'intérieur, le skiff était noir comme du goudron, avec des odeurs âcres qui brûlaient le nez de Rovo à chaque respiration. Des grillages et des fils pendaient partout, et Rovo se coupa les mains une demi-douzaine de fois en essayant de garder sa prise sur des morceaux de métal tranchants.

La proue du skiff avait fait le plus gros dégât, brisant le toit et restant suspendue dans l'espace au-dessus du tram fermé en dessous. Au lieu de la pointe effilée que Rovo se serait attendu à voir sur n'importe quel autre skiff, le métal brun ici se brisait en un trou béant, comme si quelqu'un avait pris l'avant du skiff et l'avait arraché.

— C'est pour ça que vous vous êtes écrasés ? dit Rovo.

Il supposait que Lani avait été sur le skiff, à la fois parce qu'il avait vu Gregor dans son armure et parce que si Lani n'avait pas été sur le skiff, d'où serait-elle venue ?

— Nous nous sommes écrasés parce que ton ami est fou. Lani se dirigea vers le bord, regarda en bas. C'est plus court que le toit. Le tram n'est qu'à quelques mètres en dessous.

— Je sais que Gregor est fou, mais tu le laissais piloter ? dit Rovo, rejoignant Lani au bord. Parce que ça expliquerait certainement le crash.

— Il a frappé le skiff avec son marteau et l'a cassé. Lani sauta, atterrissant sur le tram avec un grand bruit.

— Oh. Rovo fit de même, se suspendant d'abord au bord du skiff — et ajoutant une autre coupure à sa collection — avant de se laisser tomber.

Le toit du tram malmena les genoux de Rovo, mais un peu de douleur n'était pas grand-chose avec tout ce désordre. Il se rattrapa avec ses mains, se releva et épousseta sa combinaison humide, une combinaison maintenant si couverte de terre et de poussière que Rovo se dit qu'il ressemblait plus à un fantôme qu'à une personne.

Lani n'était pas en meilleur état. Aurora ne serait pas ravie de trouver son armure aussi mouchetée, noircie et marquée que Lani l'avait rendue. Le blanc qui autrefois offrait un contraste si éclatant était devenu un gris poussiéreux, donnant à la combinaison l'aspect d'une relique usée plutôt que d'un outil mortel.

Relique ou pas, Lani n'attendit pas que Rovo continue à bouger. Dès qu'il se fut remis sur le tram, elle se dirigea lourdement vers son bord et sauta sur le sol de la voie. Puis continua à courir.

— Où vas-tu ? dit Rovo alors que Lani s'enfonçait dans le tunnel.

— Je ne sais pas si tu as remarqué, cria Lani en retour. Mais nos amis ne nous attendent pas là-bas.

— Les miens si, dit Rovo. Et tu ne pars pas sans eux.

— Dit qui ?

— Si je me fais capturer, devine qui je vais dénoncer ?

Lani s'arrêta, se pencha, ce qui dans l'armure ressemblait à un robot à court d'énergie. Les lumières restantes de la station de tram répandaient un éclat blanc brisé sur tout, ce qui donnait à l'exaspération de Lani l'air d'une âme vaincue.

— Tu n'es pas le seul à avoir perdu des amis aujourd'hui, dit Lani, mais elle fit demi-tour. Comment sais-tu qu'ils sont même encore en vie ?

— Gregor ne mourrait pas d'un crash comme celui-ci, dit Rovo en descendant du tram.

Rovo n'était pas sûr de ce qui *pourrait* tuer Gregor. Rien, probablement.

Lani ne contesta pas cette affirmation, et bien qu'elle marmonnât des jurons, soupirât et semblât totalement opposée au plan de Rovo, elle le suivit alors qu'il traversait le quai pour atteindre la rampe menant hors de la station. Contrairement aux escaliers du toit, la rampe tenait encore debout, avec des morceaux recouverts de carreaux de plafond tombés ou de morceaux de mur. Rovo les enjamba, continua à monter, espérant contre tout espoir que Gregor, et peut-être la fille, avaient survécu.

En haut, au-delà de la grille fermée, l'entrée de la station de tram était de travers. Au-delà, la rue bondée filtrait à travers des fentes et des fissures. Les sons, cependant, arrivaient fort : ces sirènes interminables, les gémissements des skiffs, et maintenant quelqu'un aboyant des ordres à haute voix. Des menaces.

— Il se passe encore quelque chose, dit Rovo alors que lui et Lani s'approchaient de l'entrée endommagée, restant baissés.

— Je te rappelle qu'aucun de nous n'a d'arme, dit Lani. Alors ne commence pas de bagarre.

— Je ferai de mon mieux.

Alors que Rovo s'approchait, parvenant à avoir une meilleure vue, il vit pourquoi les sirènes continuaient de retentir, pourquoi les ordres arrivaient si fort.

Au centre de la rue, accroupi avec son bras gauche autour de Kaia et son droit tenant le marteau, se tenait Gregor, faisant face aux forces Helix de tous les côtés. Des gardes, des skiffs, et des tireurs d'élite le surveillant depuis les toits.

L'appel était fort et clair. Lâche la fille, ou ils mourraient tous les deux.

— Lani, dit Rovo. Je crois que je vais commencer une bagarre.

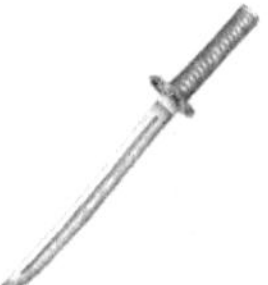

36

ENTRÉE ATMOSPHÉRIQUE

Dans la tour, Sai avait fait face aux infectés. Ces caricatures d'hommes et de femmes qui avaient titubé vers lui, prêtes à être tranchées par son katana. À cet instant, Sai s'était senti fort — même après le crash du skiff — et capable d'affronter tout ce qui se dresserait sur son chemin. Il ne deviendrait jamais comme ces gens, brisés et en décomposition.

Après qu'Anaskya lui eut injecté le virus, Sai ne pouvait pas concevoir que ce pourrait être la chose qui l'emporterait. Il serait assez fort pour le vaincre. Il pourrait surmonter les fièvres, les hallucinations, les changements soudains alors que ses bras et ses jambes devenaient plus forts tandis que sa tête s'allégeait. Le virus le transformant en une bombe agressive qui exploserait avant longtemps.

Mais sa mèche n'avait pas encore brûlé jusqu'au bout.

L'effondrement imminent du sas déclencha des alarmes dans tout le vaisseau d'Anaskya. Aurora et Anaskya, dans le cockpit, n'avaient pas le temps. Kashmal et les gardes, assis sur la banquette de crash l'air confus, n'avaient pas la motivation. Seul Sai, assis au bout avec sa lame en équilibre sur ses genoux, avait les deux.

Il fit un sprint chancelant vers la porte du sas, le katana claquant sur le sol. Pas que s'agripper à la porte aidât ; le vide potentiel avait scellé le sas hermétiquement. Sai chercha la commande manuelle tandis qu'Aurora criait de faire de même sur le communicateur.

Difficile de trouver un levier quand votre vision nageait, quand votre fièvre constante transformait le haut en bas, le long en court, et vous faisait dériver entre passé et présent.

Heureusement, le levier se détachait sur le côté gauche du sas, grand et rouge et couvert d'avertissements sinistres pour quiconque serait assez stupide pour le tirer.

Sai n'était pas en état mental de considérer les conséquences de ses actes, alors il tira ce foutu levier avec la force d'un fou altéré par le virus. Derrière lui, sur la banquette, Kashmal ricanait d'un air sinistre qu'ils allaient tous mourir.

Le sas refusait de s'ouvrir. Même avec le levier tiré, Sai ne pouvait pas vaincre l'aspiration de la pression du vide.

— Aidez-moi ! cria Sai, ou du moins essaya-t-il. Ses mots sortirent embrouillés. Des syllabes brisées, humides de sa bouche pâteuse. — S'il vous plaît !

Parfois, on n'a pas besoin de mots pour faire passer son message. Kashmal et les gardes, peut-être motivés par le désespoir de Sai, peut-être par la réalisation que leurs vies pouvaient avoir une dernière utilité, se hissèrent à travers les quartiers des passagers et agrippèrent le sas, poussant et tirant.

La porte bougea. Pivota avec un grincement, et quand le joint céda, un rugissement familier emplit le vaisseau. L'air aspiré, le froid s'engouffrant.

— Tenez bon, dit Sai, en contournant ses assistants

improvisés et luttant pour atteindre le bord du sas, sentant l'aspiration sur ses pieds, sur ses cheveux.

Ses oreilles se bouchèrent, éclatèrent, et Sai eut l'impression que ses yeux allaient sortir de sa tête, mais la légère ouverture du sas empêchait le pire. Pour l'instant.

Sai regarda autour du coin du sas, gardant une prise ferme. Eponi s'accrochait de l'autre côté, presque pliée en deux. Elle avait passé ses bras à travers la valve extérieure du sas, et bien que ses épaules semblaient disloquées et que ses yeux avaient le regard vitreux des semi-conscients, Eponi était toujours là. Derrière elle, la membrane claquait comme un fouet tandis que la fissure entre elle et la navette d'Eponi continuait de laisser échapper l'air.

Les mots auraient été inutiles par-dessus le rugissement, alors Sai tapota le garde à côté de lui, lui fit le tenir d'une main, et le sas de l'autre. Juste assez de sécurité pour que Sai garde pied tandis qu'il tendait les deux mains vers Eponi.

Il toucha les bras d'Eponi, les saisit et commença à les libérer. Derrière lui, Kashmal criait quelque chose à propos de la pression, disant que s'ils ne fermaient pas le sas bientôt, leurs poumons exploseraient tous. L'homme se remit à rire.

Sai déverrouilla le bras gauche d'Eponi, le tenant fermement de sa main gauche, et passa au bras droit d'Eponi, se penchant maintenant presque entièrement hors du sas, la membrane plus en dessous de lui que le vaisseau. Le vide tirait sur ses pieds, les faisant glisser très légèrement sur le sol.

Le bras droit d'Eponi se libéra plus vite que le premier, mais alors que Sai le décrochait de la valve circulaire du sas, Eponi fut brusquement tirée en arrière. Sai plongea pour l'attraper et sentit ses propres pieds quitter le sol du vaisseau.

Seulement pour être tiré en arrière. Plaqué au sol.

— Je te tiens, cria Aurora derrière lui. — Ramène-la !

Sai sentit une traction, se sentit tiré en arrière jusqu'à ce que ses pieds puissent à nouveau toucher l'intérieur. Après lui vint Eponi, et dès qu'elle fut dégagée, Kashmal et les gardes relâchèrent la porte du sas, qui se referma violemment et se verrouilla avec un clic final. Sai, Eponi, Aurora et Anaskya — le dernier maillon de la chaîne de traction — s'effondrèrent sur le sol.

Vivants. Au moins ça.

— On ne peut pas rester ici, dit Aurora quelques minutes plus tard, depuis le cockpit. — L'oxygène est trop bas.

Eponi, faible et s'appuyant sur Sai, acquiesça. — Nous devons retourner à la surface. Pomper de l'air frais ici.

Sa voix semblait faible, ses bras — malgré qu'Aurora ait remis en place les épaules d'Eponi — pendaient mollement à ses côtés. Mais ses yeux brillaient et Sai pouvait sentir son cœur battre à travers leurs combinaisons.

— Tu peux piloter ? lui demanda Aurora.

— Non, mais je peux vous dire comment faire à vous deux.

Sai ne pensait pas être en état de piloter un vaisseau, mais personne ne faisait confiance à Anaskya, Kashmal ou aux gardes pour s'en occuper. À la place, le trio de Sever scella la porte du cockpit et mit le vaisseau en descente rapide, se dirigeant droit vers la Cité Noire.

Le vaisseau d'Anaskya avait de la vitesse là où ça comptait, et ils plongèrent à travers l'atmosphère, secoués et ballottés tout du long.

Dynas les accueillit avec le même épais brouillard jaune que Sai avait appris à détester depuis que le vaisseau de débarquement les avait fait s'écraser à travers l'atmosphère seulement quelques jours auparavant, une période qui semblait déjà remonter à des siècles. Ce brouillard jaune tourbillonnait et se séparait alors qu'ils volaient dans le nano-réseau de la ville, avec tout le cercle urbain étalé en dessous d'eux.

La radio grésilla. Elle commença à diffuser une courte phrase, avec une voix familière.

— C'est Rovo ? demanda Eponi.

— Il appelle à l'aide, dit Sai, déchiffrant les mots.

— J'ai réglé la communication sur la fréquence de l'escouade une fois que nous avons eu le vaisseau, dit Aurora. Au cas où.

L'appel de Rovo disait qu'il avait besoin d'assistance, qu'il était dans une station de tram. Aurora semblait savoir où c'était, et même alors qu'Eponi lui demandait d'ouvrir les conduits d'air pour que le vaisseau puisse se remplir, le capitaine inclina le vaisseau d'Anaskya dans une descente plus serrée.

La ville se précipitait vers eux, sa surface humide miroitant vue d'en haut, comme si on regardait dans un miroir étincelant. Magnifique, aveuglant. Ou peut-être était-ce le virus. Difficile pour Sai de dire ce qui était réel.

Les jurons d'Aurora, cependant, ne pouvaient être contestés. Pas plus que le sujet de la diatribe du commandant : plusieurs embarcations, une multitude de ce qui ressemblait à des véhicules d'urgence Helix, et qui sait combien de personnel entouraient la station de tram en ruine et en flammes. Et, plus directement, un coin de celle-ci, où une silhouette familière tenait un marteau en l'air.

— Est-ce que c'est... ? demanda Eponi.

— Tu peux parier que oui, dit Aurora. Sai, trouve comment activer les armes de ce vaisseau. On n'en a peut-être pas encore fini.

Les armes ? Ça, au moins, Sai savait comment s'en occuper. Le vaisseau d'Anaskya n'était pas exactement de qualité militaire, mais elle avait donné des dents à l'engin. Les doigts de Sai jouèrent sur la console devant lui, redirigeant l'énergie vers les armes du vaisseau et les activant. Il leur indiqua leurs cibles en glissant ses doigts le long des images venant d'en bas.

Mais Sai ne tira pas le premier coup.

Gregor abattit son marteau devant lui, le coup fracassant le béton et projetant un bouclier de terre et de poussière alors que le grand homme reculait. Les forces Helix environnantes commencèrent à lancer des lasers, se concentrant sur leur cible alors que Gregor leur tournait le dos, semblant essayer de protéger quelque chose serré contre sa poitrine.

En infériorité numérique, surclassé.

Plus maintenant.

La console du vaisseau émit un bip lorsqu'ils entrèrent à portée, et Sai n'attendit pas l'ordre d'Aurora pour activer le programme, envoyant des dizaines de lasers se déverser vers la ville, vers les forces regroupées.

Contre une bande d'embarcations, le vaisseau d'Anaskya fit le travail : les rayons tranchèrent vers le bas et à travers les engins volants, brûlant les véhicules et envoyant les tireurs d'élite sur les toits se disperser alors que leurs postes se transformaient en cendres en fusion. Lorsque les tirs touchèrent les batteries et les cellules de carburant, des explosions s'ensuivirent, crachant de la vapeur et de la fumée, le bruit ondulant parvenant jusqu'au vaisseau alors qu'ils fonçaient à proximité.

— Kashmal, ouvre le sas, dit Aurora. Et si je dois venir là-bas, je te fracasse le crâne.

La menace d'Aurora, ou peut-être la pure folie de la

situation, fonctionna : Sai vit la lumière indiquant une porte ouverte s'allumer alors qu'Aurora faisait pivoter le vaisseau vers le bas dans l'intersection maintenant dégagée et largement détruite.

La porte était ouverte, le sauvetage était arrivé. Maintenant, alors que Sai essayait de concentrer ses yeux fiévreux sur les environs, cherchant des cibles, il ne restait qu'une seule question :

Étaient-ils arrivés à temps ?

37

SAUVER LA FILLE

Gregor ne connaissait pas la fille. Il ne l'avait jamais rencontrée et n'avait aucun lien émotionnel avec elle, si ce n'est que la seconde avant qu'il ne l'atteigne avec ce saut propulsé, volant le long du toit, alors que la visière de son casque identifiait la cible et la mettait en évidence pour une prise impeccable, elle a souri. Gloussé.

Puis ils ont plongé de quinze mètres et se sont écrasés sur le béton.

Et elle a continué à rire, blottie dans les bras de Gregor.

Quelle enfant.

Gregor a dû lutter pour garder conscience après le choc, son esprit secoué et ses muscles peinant à identifier ce que l'armure avait protégé et ce qui, maintenant, avait été meurtri en gelée. Brisé en morceaux.

Son bras gauche, enroulé autour de la fille, semblait incapable de se dénouer. Gregor ne le sentait plus, alors il a donné l'ordre nécessaire à son armure, lui disant de geler ce membre en place. Une option qui existait pour des moments comme celui-ci ; l'Escouade Sever avait l'habitude de se casser des os en pleine mission.

Ses jambes fonctionnaient encore, son bras droit lui faisait mal mais bougeait. Ses doigts avaient des sensations. Gregor n'était pas encore hors de combat.

— Ne bougez pas ! L'ordre est venu d'un haut-parleur que Gregor ne pouvait pas voir — toujours sur le dos, regardant la poussière de l'accident du skiff tomber autour de lui, Gregor n'avait pas évalué son environnement. — Ne bougez pas ou nous tirerons.

La fille a ri de nouveau. Elle a dit quelque chose que Gregor a perdu dans un spasme de migraine. Il a cligné des yeux pour chasser la douleur. S'est concentré. Puis s'est assis.

— J'ai dit ne bougez pas ! L'ordre est venu à nouveau, et cette fois Gregor a vu celui qui parlait, un homme debout devant un camion de police à chenilles, criant dans un mégaphone à l'ancienne.

Gregor a bougé, s'assurant que son bras gauche immobilisé révélait la fille qui gloussait encore contre sa poitrine. S'assurant que tout le monde pouvait voir que tirer sur Gregor signifierait blesser l'enfant.

Il n'avait pas de moyen de sortir de cette situation, pas de réponse à la flotte qui s'assemblait face à lui — plusieurs skiffs, aussi, s'étaient approchés et avaient ajouté leur arsenal — alors la seule option de Gregor était de gagner du temps.

Peut-être que Lani, Wicks et Sayers viendraient à son secours, s'ils n'étaient pas morts. Peut-être que Rovo pourrait faire quelque chose, si le skiff en train de s'écraser ne lui était pas tombé dessus.

Ou peut-être que Gregor devrait trouver ses propres réponses.

— Relâchez l'enfant ! La voix a essayé à nouveau.

— Je ne peux pas, a répondu Gregor, beaucoup trop doucement pour que quiconque l'entende, mais les poumons de Gregor semblaient un peu essoufflés, un peu incapables de reprendre leur souffle.

Sur sa visière, l'armure de Gregor a affiché ses signes vitaux, ainsi que l'état de l'armure elle-même. Des dégâts partout, et l'armure soupçonnait que Gregor pourrait avoir des lésions internes en plus de son bras gauche. En bref, il avait besoin d'un médecin et l'armure avait besoin d'un technicien.

— Ça va ? a demandé la fille, d'un petit gazouillis, et ses yeux l'ont regardé avec une soudaine inquiétude. — Es-tu un mauvais homme ?

Empathie, suspicion. Deux demandes opposées dans le même souffle. Ce que les enfants pouvaient faire.

— Je vais bien, petite, a dit Gregor. Ne t'inquiète pas.

L'armure indiquait qu'il devrait être capable de se lever, et Gregor préférait ne pas mourir assis, alors il s'est levé, lentement et avec des éclats qui se détachaient de son armure métallique. Ses os lui faisaient mal, ses nerfs hurlaient que c'était une mauvaise idée, mais quand Gregor a atteint sa pleine hauteur, quand il s'est tourné vers la foule, la douleur s'est estompée.

Face à tant de monde, protégeant une enfant ? C'était une mort de héros. C'était une fin qu'il pouvait aimer.

— Nous ne voulons pas blesser l'enfant, mais si vous faites un autre mouvement, nous tirerons ! a dit le porte-parole.

Combien de bluffs Gregor pouvait-il déjouer ? Il avait bougé, il n'avait pas relâché l'enfant, et maintenant il s'était levé. De toute évidence, ils voulaient la fille, et la voulaient vivante.

Gregor a souri, même si personne ne pouvait voir le sourire derrière son casque. Il était temps de pousser cela encore plus loin.

— Petite, n'aie pas peur, a dit Gregor, tendant son bras derrière son dos là où son marteau était rangé.

Là où, sans doute, il avait rendu son atterrissage beaucoup moins confortable. Tels étaient les prix à payer pour porter des armes gigantesques.

La prise de Gregor semblait solide, et il a sorti le marteau de son holster alors que le porte-parole criait à nouveau. Menaçait à nouveau.

Gregor a essayé d'inhaler, forçant ses poumons contre ses côtes — contusionnées ? Fêlées ? Cassées ? — et a dit à l'armure d'amplifier ses prochains mots. Il a levé le marteau haut, sa tête brillant dans la lumière du soir tardif, couverte de la rosée omniprésente de Dynas.

— Vous la voulez ? a annoncé Gregor. Venez la chercher !

Peut-être pas l'étoffe des légendes, mais Gregor n'était pas un poète. Il était un guerrier, et il se battrait jusqu'à son dernier souffle.

La chute avait chargé l'énergie cinétique du marteau à son maximum, et Gregor l'a utilisée maintenant, frappant l'arme sur le sol devant lui, faisant jaillir l'eau, la terre, le béton et plus encore en dessous. Le geyser de débris a donné à Gregor assez de temps pour se retourner, pour se pencher sur la fille alors que les premiers tirs commençaient à pleuvoir.

Ils voulaient la fille vivante, mais pas assez pour retenir leur feu éternellement.

Devant lui, Gregor a vu l'entrée en train de s'effondrer de la station de tram, a vu des gens bouger au-delà de ses poutres enchevêtrées et de ses fils pendants. Son armure a mis en évidence leurs formes, les identifiant comme des alliés. Le visage de Rovo, l'armure d'Aurora.

Mais ils n'ont pas tiré. Ne sont pas sortis pour l'aider. Gregor s'est quand même dirigé vers eux, faisant un pas puis un autre alors que les tirs commençaient à faire mouche, commençant à brûler à travers le bouclier de son armure et à surchauffer sa peau.

La petite fille se mit à hurler, et cette fois, ce n'était pas de joie.

— Chut, petite, dit Gregor en faisant un autre pas, sentant son dos s'embraser lorsqu'un tir le traversa. Tu vas t'en sortir, je te le promets.

Il ne cessait de répéter ces mots tandis qu'il parcourait les mètres qui le séparaient du seuil de la station de tram, jusqu'à ce que sa jambe gauche lâche. Jusqu'à ce que Gregor ne puisse plus tenir debout. Il s'agenouilla rapidement, enfouissant la fillette sous sa masse brûlante.

Elle survivrait. La petite fille devait survivre.

Une explosion tonitruante déchira l'air derrière lui. Puis une autre et encore une autre, et maintenant des cris qui n'étaient ni ceux de la fillette, ni les siens, résonnaient autour du carrefour. D'autres détonations suivirent, et même les poumons torturés de Gregor captèrent l'odeur d'ozone de l'air brûlé par les lasers.

— Tu peux te lever ? La voix de Rovo, maintenant à côté de Gregor. Il faut qu'on bouge, Gregor.

— Impossible, répondit Gregor.

Il sentit, puis vit Rovo déplacer son bras gauche. Il grimaça à la douleur tranchante comme de la glace qui l'accompagna, mais la fillette était libre. Lani, dans l'armure d'Aurora, saisit l'enfant et courut devant Gregor, en direction de l'ennemi.

Il essaya de dire quelque chose, essaya de prévenir Rovo, mais Gregor n'en trouva pas la force.

— Ne t'inquiète pas, dit Rovo. Elle emmène Kaia au vaisseau. Là où je t'emmène aussi.

Quel vaisseau ?

Rovo se glissa sous le bras gauche de Gregor et le souleva. La douleur le transperça, mais Gregor parvint à se tenir debout, parvint à se retourner avec Rovo pour voir un énorme vaisseau planant au-dessus du carrefour, pulvérisant des tirs laser sur les ennemis qui se dispersaient. Les bâtiments alentour étaient en ruines, des navettes s'étaient écrasées dans les rues, et des véhicules brûlaient.

Une destruction sauvage et effrénée. Le style de Sever.

Alors que Rovo commençait à guider Gregor vers le centre du carrefour, le vaisseau descendit, son sas s'ouvrant et une petite rampe se déployant. Lani bondit, gravit la rampe avec la fillette dans les bras. Après qu'elle eut disparu à l'intérieur, Eponi apparut, le visage tourné vers eux et les mains leur faisant signe d'approcher.

Miracles après miracles.

— Il doit y avoir une sacrée histoire derrière tout ça, dit Rovo tandis qu'ils se traînaient vers la rampe, puis commençaient à gravir sa surface métallique et dure.

— Je l'entendrai, marmonna Gregor, son armure amplifiant toujours ses paroles. Après, peut-être, une sieste.

— Et un médecin.

— Oui. Ce serait bien.

Dans son bras droit, raclant contre la rampe, Gregor tenait toujours fermement son marteau.

38

ORDRES DU CAPITAINE

Un soldat dans une infirmerie de fortune avec des os brisés et des brûlures de laser. Un autre souffrant d'une épaule déboîtée et du traumatisme d'avoir failli être aspiré dans l'espace. Aurora et Sai se relayant dans le congélateur improvisé sous vide dans la soute du vaisseau, juste assez longtemps pour tuer le virus sans se tuer eux-mêmes.

La recrue était la seule à être sortie du combat sans blessure grave. Et même lui s'occupait d'une petite fille qui était, d'une manière ou d'une autre, devenue leur responsabilité.

Sans parler de Lani, Kashmal, Anaskya, ou des deux gardes qui les accompagnaient toujours. Aucun d'entre eux ne voulait retourner sur Dynas, bien que pour des raisons différentes.

Lani pensait que ses compagnons étaient morts, que sa mission avait échoué, et que DefenseCorp ne s'intéresserait plus à ses services, ni à sa vie. Elle voulait être déposée sur la prochaine planète.

Kashmal et Anaskya se battaient pour le même objectif : comment vendre le virus ou ses applications sans échantillons, avec seulement leur parole. Aurora envisageait de les laisser mourir de froid dans la soute, mais Anaskya *était* médecin, et son aide valait mieux que rien pour soigner les blessures de Gregor.

Kashmal, eh bien, Kashmal pouvait acheter un passage hors du *Nautilus*. Cela donnerait techniquement à l'Escouade Sever la mission accomplie. Ils avaient sauvé la VIP et quitté la planète.

Les gardes de Helix avaient jeté leurs logos et demandé si DefenseCorp recrutait.

DefenseCorp recrutait toujours.

— Aurora, à quoi penses-tu ? demanda Eponi alors que le vaisseau s'éloignait de plus en plus de Dynas, prenant de la vitesse. Il atteindrait et finirait par glisser dans cette mystérieuse anomalie physique qu'était le voyage plus rapide que la lumière. Retrouver le *Nautilus* ?

Le vaisseau-mère de Sever ne devrait pas être si loin. Ils pourraient passer par un monde en marge, déposer leur cargaison humaine et voler pour le rejoindre. Collecter leur récompense, obtenir leur prochaine mission et continuer leur vie.

— C'est ce que tu veux ? demanda Aurora, plus pour se donner le temps de réfléchir qu'autre chose.

Elle et Eponi étaient les seules dans le cockpit, bien que les pensées d'Aurora le fassent paraître bondé.

— Ce que je veux, seul l'argent peut me le procurer, dit Eponi. Mais je préférerais ne plus jamais aller sur une planète comme celle-là.

— Oui. J'en ai assez d'elles aussi. Assez de tout ça, vraiment, dit Aurora.

Elle avait prévu, à la fin de tout cela, de faire appel à l'autorité galactique de DefenseCorp. Leur demander d'aller sur Dynas et de forcer l'arrêt des expériences de la planète. Mais avec Anaskya fuyant sur ce même vaisseau, et toute la ville semblant au bord de l'effondrement de toute façon, à quoi bon ?

Pousser une tour qui s'effondre ?

Mieux valait encaisser l'argent pour une autre mission réussie, puis réévaluer ses finances. Faire ce départ à la retraite. Trouver un endroit calme, paisible.

— Très bien, dit Aurora. On va chercher l'argent alors. Mets le cap sur le *Nautilus*.

Eponi travaillant sur la navigation astrale, Aurora se dirigea vers l'arrière pour informer les autres. Kashmal, Lani et Rovo étaient avec la fille, la recrue tenant Kashmal à distance et lançant un regard noir à la VIP de la mission.

— Elle a peur parce que tu l'as gardée enfermée dans un placard, espèce de monstre, dit Rovo.

— Je l'ai gardée là pour la protéger ! Kashmal agita les bras. Qu'étais-je censé faire ? Laisser le seul vrai succès que Dynas ait jamais produit se promener librement ?

— Un vrai succès ? demanda Lani, se levant et s'éloignant de Kaia et de son lion en peluche poussiéreux. Que veux-tu dire ?

Kashmal eut l'air un peu malade aux mots de Lani, se rassit sur le siège de crash, puis passa ses mains dans ses cheveux noirs courts.

— Elle est la seule. Infectée depuis la naissance et n'a montré aucun signe négatif. Dans son sang se trouve la réponse qu'Anaskya cherchait.

— Attends, dit Lani. Toi, de toutes les personnes, tu as la seule preuve vivante que ce concept pourrait fonctionner ?

— Oui, dit Kashmal, parce qu'elle est ma propre fille.

Aurora se plaça entre Rovo et Kashmal, car la recrue semblait sur le point de lâcher Kaia et de se lancer dans une attaque meurtrière à tout moment. Et si elle commençait, Aurora n'était pas sûre de l'arrêter. Elle avait jugé Kashmal comme un connard, mais ça dépassait tout.

— S'il vous plaît, dit Kashmal. Ce n'est pas, je ne suis pas comme ça. Vous avez senti le virus, dit-il à Aurora. Il est défectueux, oui, mais il vous rend plus fort. Plus résistant. Elle n'est pas née normale. Elle avait besoin d'aide, mais vous avez vu Dynas. Pas vraiment à la pointe de la technologie. Le virus l'a sauvée.

À la décharge de Kashmal, l'homme s'est mis à pleurer à mi-chemin de l'explication, qui a dévié vers une histoire plus longue. Il avait volé un peu du virus, réduit la dose suffisamment pour qu'elle ne tue pas un enfant sur-le-champ. Les médecins affirmaient que la fille ne vivrait pas longtemps, alors Kashmal avait trouvé l'excuse de la ramener à la maison, la laisser partir avec sa famille.

Mais elle n'est pas morte. Kaia a survécu, a prospéré. Et personne ne pouvait le savoir.

— Et la mère ? dit Rovo. Où est-elle ? Ou l'as-tu aussi droguée ?

Kashmal secoua la tête.

— Elle est quelque part dans la ville, là-bas. Elle n'a pas supporté le pronostic et est partie. Elle n'a pas pu accepter non plus quand je lui ai dit ce que j'avais fait. Je lui ai pardonné au moins ça.

Lani baissa les yeux vers la fille, qui semblait toujours inconsciente de tout ce qui avait été dit.

— Elle m'a l'air tout à fait normale.

En tant que commandante d'escouade, Aurora devait être prête à faire face à de nombreuses situations différentes. Elle devait être préparée à tout ce qui pourrait survenir. Les disputes familiales, cependant, n'avaient jusqu'à présent pas fait partie de sa liste. Quoi qu'elle pense des choix parentaux de Kashmal, cela n'avait, en réalité, aucune importance. Le travail d'Aurora concernait l'escouade, son objectif était l'argent.

— Nous retournons au *Nautilus*. Kashmal, vous fournirez l'autre moitié de votre paiement quand nous y serons. Ensuite, je suis sûre que DefenseCorp sera ravie de vous laisser tous acheter un passage pour aller ailleurs.

Aurora avait délivré ce bloc d'un trait, d'une voix ferme et posée qui ne souffrait aucune opposition.

Quand elle vit Kashmal inspirer, affichant un sourire malsain, Aurora sut qu'elle avait échoué.

— Votre recrue n'a pas sauvé ma valise, dit Kashmal. Sans elle, je n'ai pas vraiment d'argent. Il regarda sa fille. Elle est la seule chose de valeur qui me reste.

— De valeur ? répliqua Rovo. Drôle de façon de parler de ta fille.

— Il parle du virus, dit Lani. Ce qui est à l'intérieur d'elle.

Le regard d'Aurora dériva vers la petite fille. DefenseCorp récupérerait son paiement, peu importait comment. S'il y avait un moyen d'extraire de l'argent de Kaia, ils le trouveraient.

— Vous n'avez rien d'autre ? demanda Aurora. Pas d'économies mises de côté ?

Kashmal secoua la tête.

— Vous voyez tout ce que je possède. Et je suis tout ce qu'elle a.

Une heure plus tard, Aurora appela au vote. L'Escouade Sever se rassembla autour du lit de Gregor, où le grand homme les regardait avec un sourire hébété par les médicaments.

— Voilà les enjeux, dit Aurora après avoir fini d'exposer la situation. Si nous retournons au *Nautilus*,

Deepak prendra Kaia comme paiement de Kashmal. Je ne sais pas ce qu'ils feront d'elle, mais je parie qu'elle ne s'amusera pas pendant qu'ils essaieront d'extraire le virus de son sang. Pour comprendre pourquoi ça fonctionne chez elle.

— Donc tu nous demandes si nous voulons quoi ? dit Eponi. Simplement ne pas rentrer ? Cacher Kaia ? Ne pas recevoir notre récompense ?

— C'est l'objet du vote, dit Aurora. Je ne sais pas où nous irions d'autre, ce que nous ferions. Mais nous ne pourrions pas retourner à DefenseCorp. Une mission ratée soulèverait trop de questions. Et je ne ferais pas confiance à Anaskya ou aux autres pour ne pas dire la vérité.

— Abandonner la fille, ou abandonner nos vies ? dit Gregor, puis il rit de son rire brisé. Je peux me battre et mourir n'importe où, pour n'importe qui. Laissons-la vivre.

Aurora hocha la tête, regarda Sai, encore faible après la congélation sous vide et appuyé contre le mur. Il avait subi une exposition plus longue, nécessaire pour traiter sa charge virale plus élevée, et semblait desséché, rabougri.

— J'ai des enfants, dit Sai. Je ne les abandonnerais jamais, pour rien au monde.

— Une mission à peine, je n'ai pas grand-chose à perdre, ajouta Rovo. Je ne veux pas avoir Kaia sur la conscience.

De retour à Eponi, qui se mordit la lèvre, secoua la tête et soupira :

— Tu sais que je suis la seule à piloter cet engin. Je pourrais nous ramener au *Nautilus* sans même que vous le sachiez.

— Mais tu ne feras pas ça, dit Sai. Tu n'es pas ce genre de personne, Eponi.

Le regard fuyant d'Eponi montrait qu'elle n'en était peut-être pas si sûre, mais elle hocha la tête.

— D'accord. Je marche. Mais qu'est-ce que ça signifie exactement ? On devient des traîtres ? Des hors-la-loi ?

— Non, dit Aurora. Nous sommes morts. Pour Defense-Corp, pour tous les officiels, nous sommes des victimes. Maintenant, nous ne sommes qu'un groupe, travaillant pour de l'argent. Comme nous l'avons toujours été.

— Moins d'ordres, plus de plaisir, dit Gregor. J'aime ça.

— C'est réglé, alors, dit Aurora, surprise elle-même de la sensation de liberté que procurait le fait de se débarrasser des chaînes serrées de DefenseCorp. Nous nous dirigerons vers le monde le plus proche, déposerons nos passagers, et déciderons de la suite.

Elle regarda autour de la pièce, captant les hochements de tête de tous les autres. Cinq combattants, qualifiés et prêts. Pas un mauvais début, du moins jusqu'à ce que DefenseCorp découvre qu'ils étaient vivants, et alors, eh bien, alors les choses deviendraient intéressantes.

Mais ce serait pour plus tard. Pour l'instant ?

— Nous allons peut-être former un nouveau groupe, dit Aurora. Quelqu'un voit un inconvénient à ce qu'on garde l'ancien nom ?

Personne n'objecta, et l'Escouade Sever, libre et indépendante, s'élança vers les étoiles.

▭

Pour certains, leur passé les hante. Pour l'Escouade Sever, leur passé se venge.

Après avoir quitté Dynas avec des secrets et des soupçons, l'Escouade Sever abandonne son employeur et se dirige vers un monde minier isolé pour décider de la suite.

Continuez l'aventure de l'Escouade Sever dans *La Dette de l'Espoir*:

REMERCIEMENTS ET NOTE DE L'AUTEUR

Frappe Helix a commencé comme une suite directe à *Drop Zone*. Aurora, Rovo et les autres devaient simplement continuer, en tirant dans tous les sens. Cependant, comme c'est souvent le cas, des fils plus complexes ont émergé au fil de l'histoire. Kaia, par exemple, n'existait même pas au début. Au lieu de cela, lorsque Kashmal s'est révélé un peu plus compliqué qu'un lâche avide d'argent, Kaia est apparue comme la raison, cachée dans un placard, source de honte et, potentiellement, de salut.

Donner une impression d'envergure galactique à une organisation massive comme DefenseCorp est difficile, alors quand Gregor rencontre Lani, nous avons une meilleure idée des nombreuses parties de DefenseCorp qui fonctionnent séparément. C'est un thème qui continuera à revenir, que dans une galaxie si vaste et (au moins en partie) soumise aux lois physiques, aucune entreprise ne peut maintenir toutes ses parties en synchronisation.

Escouade Sever continuera, et j'attends leurs aventures avec autant d'impatience que vous.

Des livres comme ceux-ci, des livres de toute taille, en

réalité, sont le produit d'équipes. Bien que je fasse la majeure partie de la production réelle, ma femme, ma famille et mes amis rendent mon écriture possible. Mon nouveau fils, aussi, m'apporte une inspiration que je n'avais pas auparavant.

Matt, un ami d'enfance à qui ce livre est dédié, a ouvert à mon jeune moi des mondes que je n'aurais jamais imaginés. Que ce soit à travers les jeux vidéo, l'imagination sans fin alors que nous errions dans les quartiers, ou plus tard les soirées autour de Madison, Matt avait toujours une blague prête et une envie de chercher ce qui allait suivre, des thèmes qui imprègnent aujourd'hui beaucoup de mes histoires.

Merci de plonger dans ces aventures avec moi, et j'espère que vous prendrez autant de plaisir à les lire que j'en ai à les écrire !

À PROPOS DE L'AUTEUR

A.R. Knight tisse ses histoires dans une maison glaciale à Madison, dans le Wisconsin, principalement occupée par deux chats. Après avoir été aspiré dans l'engrenage du travail lors de la crise économique de 2008, il s'est retrouvé à s'évader dans l'espace et à vivre de grandes aventures pendant des réunions ennuyeuses.

Au fil du temps, en s'adonnant au podcasting, aux scénarios, aux nouvelles et à d'autres romans, il a trouvé une histoire dans laquelle il pouvait se plonger et une distribution de personnages à la fois divertissants et pleins de cœur.

A.R. Knight prévoit de sauter vers d'autres mondes et de trouver de nouvelles histoires à raconter dans les frontières illimitées de notre imagination.

Merci, comme toujours, de nous lire !

Pour plus d'informations :
www.blackkeybooks.com

# *À Matt*